Marion Stadler

Bayernhymne

Ein Altmühltal-Krimi mit Herz

Marion Stadler

Bayern-hymne

Ein Altmühltal-Krimi mit Herz

SüdOst Verlag

Bibliografische Information der Deutschen Nationalbibliothek

Die Deutsche Nationalbibliothek verzeichnet diese Publikation in der Deutschen Nationalbibliografie; detaillierte bibliografische Daten sind im Internet über http://dnb.dnb.de abrufbar.
ISBN 978-3-95587-707-1

Für Mama

Die Handlungen und Figuren in diesem Krimi sind frei erfunden und in meiner Phantasie entstanden. Ähnlichkeiten mit Personen und deren Besitzverhältnissen sind rein zufällig und nicht beabsichtigt.

Die Autorin

2. Auflage 2019
ISBN 978-3-95587-707-1

www.battenberg-gietl.de

Prolog

Mooslechner Anni wird langsam wach. Sie schwitzt am ganzen Körper. Hier oben in ihrem Schlafzimmer direkt unter dem Dach ist es brütend heiß jetzt in der Sommerhitze des Augusts. Es hilft auch wenig, dass sie die beiden Fenster weit zum Lüften aufmacht.

Anni ärgert sich wieder einmal darüber, dass sie und ihr Mann Rudi bei der Renovierung des alten Bauernhauses an der Dachisolierung gespart haben. Sie strampelt ihre Bettdecke zurück und wälzt sich herum. Wenigstens quietscht das neue Doppelbett nicht, so wie es ihr altes getan hat. Rudi schläft tief und fest ohne Zudecke und nur in seiner Feinrippunterhose neben ihr.

Auf einmal hört sie draußen ein Baby schreien. Zwar ganz dumpf und entfernt, aber es war doch das Weinen eines Neugeborenen! Wie elektrisiert setzt sie sich auf. Ihres Wissens waren auf ihrem Campingplatz keine jungen Eltern und schon gar kein Baby untergebracht. Sie horcht angestrengt. Nun war es wieder still. Anni reibt sich über das nasse Gesicht. Halluzinierte sie jetzt etwa schon? War ihr großer Babywunsch schuld daran? Schließlich probierten sie und der Rudi schon seit zehn Jahren, schwanger zu werden, aber leider hatte es nicht geklappt. Bis heute waren sie kinderlos. Sie leidet schwer darunter.

Rudi sagt immer, wenn es von der Natur nicht gegeben ist, dann müssten sie eben das Beste aus ihrem Leben machen, auch ohne Kinder. Dann hatten sie das Haus, den kleinen Bauernhof und den Campingplatz, der dazu gehörte, renoviert und alles auf Bio umgestellt.

Anni zupft an der Bettdecke ihres Mannes.

„Rudi! Wach auf!“

Der Angesprochene ist natürlich nicht erfreut über die nächtliche Störung seines wohlverdienten Schlafes. „Was willst denn?“

„Da schreit ein Baby! Draußen auf’m Platz!“

Rudi blinzelt sie fragend an. „Wer schreit?“

„Ein Baby."

Dann setzt sich auch er auf und horcht. Doch er horcht umsonst. Es bleibt still.

„Ach geh', Anni, du spinnst doch!", sagt er verächtlich und lässt sich wieder zurück in sein Kopfkissen fallen.

„Aber Rudi, ich hab's doch gehört. Ganz deutlich!"

„Woher soll denn das kommen? Was tät' denn ein Baby auf unserm Campingplatz?"

„Das weiß ich auch nicht. – Aber ich weiß doch, was ich gehört hab."

Rudi stopft sich sein Kissen mit einem verächtlichen Grunzen unter den Kopf und bringt sich wieder in Schlafposition.

Erneut geht Anni zum Fenster und lauscht. Doch vergeblich.

Es bleibt ruhig.

Kapitel 1

Gott mit dir, du Land der Bayern, deutsche Erde, Vaterland …

Die Bayernhymne aus meinem Handy, gespielt von einem original bayerischen Blasorchester, weckt mich. Während ich mich in meinem Bett herumwälze und nach meinem Handy auf meinem Nachtkastl taste, linse ich auf den Wecker. Kurz nach sechs! Nicht einmal am Sonntag hat man seine heilige Ruhe.

„Ja …“, melde ich mich brummig.

„Guten Morgen“, höre ich die verlegene Stimme meines Kollegen.

Ich stöhne „Bär!“ und sinke zurück in die Kissen.

Markus Bärnreuther, von den meisten der Einfachheit, seiner Leibesfülle und seines Charakters halber nur Bär genannt, ist mein Kollege und seinem tierischen Namensvetter ähnlicher, als ihm lieb sein sollte. Daher auch der Spitzname.

Ich bin Kommissarin und er Polizeihauptwachtmeister, für seinen Job eigentlich viel zu bequem, zu behäbig, zu empfindlich, zu sensibel und zu dick. Sein Körperumfang wächst stetig mit seinem Alter, das inzwischen 42 Lenze zählt, genauso wie sein pausbäckiges Gesicht immer runder wird. Das einzige, was bei ihm schwindet, ist seine blonde Haarpracht. So ist er alles in allem das pure Gegenteil eines gestandenen Polizisten, aber ein angenehmer Kollege, der wunderbar mit unserer „Kundschaft“ umgehen kann. Er arbeitet schon immer hier in der Provinz.

Genau wie ich: Abkommandiert in die Kleinstadt-Idylle der Polizeiinspektion Kelheim. Die Kriminalitätsrate ist hier nicht sehr hoch. Hier kann ich im Speziellen mit meinem Sturschädel, meiner unberechenbaren Eigeninitiative, meiner weiblichen Intuition und vor allem meinem psychischen Knacks nicht viel anrichten. Das denkt zumindest die Obrigkeit unserer niederbayerischen Polizei, wie unser Präsident, der Aschenbrenner. Aber das ist eine andere Gschicht …

„Wir haben eine Leich'! – Eine Wasserleich', um genau zu sein", platzt der Bär heraus.

Ich höre die Nervosität in seiner Stimme. Auf einen Schlag bin ich hellwach und setze mich im Bett auf. „Eine Leich'?"

Eine Leiche hatten wir schon lange nicht mehr. Jedenfalls keine, deren Todesursache unnatürlichen Ursprungs war. Und bei einer Wasserleiche steht das außer Frage.

„Ja, eine Wasserleich'. Ein Angler hat sie gefunden", bestätigt er mir.

„Wo?"

„In der Pschlacht bei der Blaubruck'."

Mit den Füßen strample ich die Zudecke weg und setze mich erschrocken auf den Bettrand. „Was? Hier bei uns in Essing?"

Wenn im eigenen Heimatort eine Leiche gefunden wird, ist das doppelt so schlimm. Denn Essing ist nämlich kein großer Ort, genau genommen nur eine Marktgemeinde mit plus/minus tausend Einwohnern. Es werden im Sommer, wenn sich der Fahrradtourismus durchs untere Altmühltal wälzt, vielleicht ein paar Radln geklaut, ein Auto verkratzt, beim Lindenwirt eingebrochen oder ein Jugendlicher, der sich aus Liebeskummer sturzbetrunken in den Rhein-Main-Donau-Kanal gestürzt hat, aus dem Wasser gefischt. Mehr auch nicht. Aber eine Wasserleiche hatten wir hier noch nie!

„Mord?", frage ich besorgt.

„So schaut's aus."

„Identität?"

Der Bär druckst rum.

Das gefällt mir gar nicht. „Na, kenn' ich ihn?"

„Es ist eher eine Sie ..."

Ich werde immer ungeduldiger. „Red' halt endlich!"

„Es ist ein Baby! Ein neugeborenes Mädchen", ergibt er sich schließlich.

Mir bleibt die Luft weg und ich springe auf. „Ich bin schon unterwegs!"

Auf dem Weg ins Bad durchzucken mich Bilder über Fernseh- und Zeitungsberichte in der Presse, wie es sie schon häufig irgendwo in Deutschland gegeben hat. Das Entsetzen war groß. Ein totes Baby erregt die Gemüter der Öffentlichkeit und setzt die Ermittler unter Erfolgsdruck. Diese Geschichte kennt man ausgiebig und meist bleibt die Mutter unentdeckt.

Meine Brust ist wie zusammengeschnürt, denn das, so ahne ich schon jetzt, ohne Details zu kennen, ist eine Nummer zu groß für mich, einer Dorf-Polizistin.

Ich will gerade die Türklinke drücken und ins Bad treten, aber die ist unerwarteter Weise zugesperrt. Ich haue mir mein Hirn dermaßen gegen das Holz, dass mir gleich schwarz vor Augen wird.

„Kruzinesn!", fluche ich.

Ich halte mir stöhnend den Kopf, lehne mich benommen gegen die Wand und versuche, wieder zu mir zu kommen. Nebenbei höre ich die Klospülung, dann das Wasserrauschen am Waschbecken. Kurz darauf wird die Tür aufgesperrt.

„Ja, sag' mal, spinnst du jetzt komplett ...", will ich gerade meinen Sohn Lukas zusammenstauchen, der sonst nie die Badtür abschließt, schon gar nicht um diese unchristliche Zeit am Sonntagmorgen. Aber vor mir steht nicht Lukas, wie angenommen, sondern ein zartes, blondhaariges Mädchen von vielleicht sechzehn Jahren in seinem Curt-Cobain-T-Shirt und lächelt mich verlegen an. „Guten Morgen!"

„Guten Morgen ...", erwidere ich verdattert.

Das zarte Wesen entfleucht eilig zurück in das Zimmer von Lukas und schließt die Tür. Ich bin einigermaßen überrascht. Dass mein gerade volljährig gewordener Sohn kein Kostverächter ist, weiß ich, auch wenn er mir nie über seine Weibergeschichten erzählt. Aber, dass er eine Bekanntschaft mit nach Hause bringt, ist neu.

Als ich beim Zähneputzen in den Spiegel schaue, erschrecke ich. Mitten auf meiner Stirn blinkt eine leuchtend rote Beule oder auf gut bairisch ausgedrückt: ein Hörndl! Na prima! Und mein Sohn hat offenbar eine feste Freundin. Ich kann nicht lange darüber nachdenken, denn ich muss schließlich zu der Babyleiche. Ich schlüpfe in meine Standard-Dienstkleidung: Jeans und ein T-Shirt und binde meine blonden langen Haare zu einem Pferdeschwanz im Nacken zusammen. Nach einem weiteren Blick in den Spiegel ist das Hörndl noch größer geworden und ich schaue mir seufzend in die blauen Augen. Wenigstens fallen meine Denkerfalten auf meiner hohen Stirn jetzt nicht mehr so auf, versuche ich meinem verschlafenen Gesicht etwas Positives abzugewinnen. Ich bin mit meinen 45 Jahren halt auch nicht mehr die Jüngste!

In der Küche treffe ich auf den Opa, der zeitungslesend an der erhöhten Küchentheke auf einem Barhocker sitzt. Im Grunde ist er gar nicht mein Opa, eher mein Schwiegervater. Ich habe ihn damals bei mir aufgenommen, als mein Mann Martin, also sein Sohn, und kurz darauf seine Frau Magda, also meine Schwiegermutter, gestorben waren. Wir teilen das gleiche Schicksal, unsere Ehepartner verloren zu haben, und das verbindet. Aber das ist auch wieder eine andere Gschicht …

„Was tust du denn schon so früh auf?", fragt er mich brummig und blättert mit seinen großen, von der ehemals harten Arbeit verhornten Fingern eine Seite der Bild am Sonntag um, die vor ihm auf der Küchentheke liegt. Er steht jeden Tag um sechs Uhr auf. „Wenn man alt ist, braucht man nicht mehr so viel Schlaf", hat er einmal gemeint. Wenn man aber, so wie er, den ganzen Tag über immer wieder ein Natzerl macht, wie wir hier ein Nickerchen nennen, dann glaube ich ihm das gern.

„Einsatz", halte ich mich kurz und an meine Schweigepflicht, denn der Opa ist eine Ratschkathl, also das was allgemein als Tratschweib bekannt ist, allerdings bei ihm in männlicher Gestalt. Leider lässt es sich aber trotzdem oft nicht vermeiden, dass er viel zu viel von meiner Arbeit mitkriegt.

„Aha", tut er gleichgültig, aber ich ahne, dass ihm die Neugier auf der Seele brennt. „Du hast da was am Hirn."

„Ein Begrüßungsgeschenk vom Lukas seiner neuen Flamme“, sage ich lapidar.

„Meinst du die Jacky?“, will er wissen. Es hört sich lustig an, wie der alte Mann, dem die englische Sprache völlig unbekannt ist, diesen Namen ausspricht. Aber in erster Linie bin ich baff. Er scheint Bescheid zu wissen über das Liebesleben von Lukas. Ich als Mutter aber nicht! Aber er und der Opa haben sich immer schon bestens verstanden. Ich spüre ein bisserl Eifersucht.

„Sie hat sich mir nicht vorgestellt“, spotte ich ein wenig eingeschnappt.

„Ein nettes Mädel“, erklärt der Opa flüchtig, während er liest.

„Meinetwegen.“

Ich schalte den neuen, ultramodernen Kaffeevollautomaten ein, den ich mir zu meinem Geburtstag vor ein paar Wochen gegönnt habe. „Magst auch ein Haferl Kaffee?“

„Nein! Lieber nicht“, wehrt er ab. Alles was modern und computergesteuert ist und sich somit seinem Verständnis und seiner Begreifbarkeit in seinem hohen Alter entzieht, ist ihm suspekt und er reagiert darauf mit Ablehnung. Jetzt trinkt er halt keinen Kaffee mehr, sondern Tee.

„Probier’ ihn halt wenigstens einmal!“, fordere ich ihn zum wiederholten Male auf. „Der schmeckt echt gut. Jedenfalls besser als der aus der alten, verkalkten Kaffeemaschine.“

Er ächzt nur herablassend und versinkt mit seinem faltigen Gesicht und dem grauen Haarkranz in einem Zeitungsartikel.

Eine Viertelstunde später bin ich auf dem Parkplatz vor der Pschlacht. Pschlacht wird hier im Ort volksmundartig das Altwasser genannt, das beim Bau des Rhein-Main-Donau-Kanals erhalten bzw. neu angelegt worden ist, damit die Naturschützer besänftigt waren. Es ist ein idyllisches, ruhiges Fleckchen Natur, wie das ganze Essing, das ungefähr so in einem Touristenführer beschrieben werden würde:

Der kleine Ort liegt an der Nordseite des Tals mit steilen, malerischen Felsen, ausgewaschen vom Jura-Meer, das hier vor tausenden von Jahren seine Fluten hindurchgewälzt hat. Direkt darunter, wie an die Felswurzeln geklebt, befindet sich der historische und ältere Ortsteil Neuessing mit dem alten Rathaus, dem Marktplatz mit dem Brunnen und dem bekannten Tor-Turm samt hölzerner Brücke. Diese führt über einen ungefähr fünfzehn Meter breiten und einen halben Kilometer langen Teilabschnitt des alten Ludwig-Donau-Kanals, der von der Blautopfquelle mit hell-türkisem Wasser gespeist wird. Irrtümlich wird dieses Gewässer für die Altmühl gehalten, die es hier aber seit dem Kanalbau gar nicht mehr gibt. Nach der parkähnlichen Uferpromenade entlang dieses alten Ludwig-Kanals befindet sich die Staatsstraße 2230, die das Tal wie eine Lebensader ziemlich mittig durchzieht, genau wie der breitere Rhein-Main-Donaukanal daneben, an dem sich in südöstlicher Richtung nach Neuessing der langgezogene Ortsteil Altessing anschließt. Sechs Kilometer weiter flussabwärts in Kelheim mündet dieser Kanal dann in die Donau und schafft damit die Verbindung der Wasserstraße zwischen Nordsee und Schwarzem Meer.

Auf der anderen Seite des neuen Rhein-Main-Donau-Kanals ist Wildnis und der dichtbewaldete Südhang des Tals.

Diese Wildnis ist, wie schon erwähnt Pschlacht genannt, ein ziemlich trübes Gewässer, das sich selbst überlassen wird und an den Kanal angeschlossen ist. In diesem Biotop tummeln sich Amphibien, Insekten, Fische und anderes Wassergetier. Sogar Biber gibt es hier. Vor allem aber Mücken, Mücken, Mücken!

Genau diese stechenden Biester sind das Erste, was mich begrüßt, als ich aus meinem Auto steige. Sofort fange ich an, mit den Händen wie wild um mich zu wedeln. Normalerweise werde ich von diesen blutsaugenden Insekten verschont, aber in Ermangelung an potentiellen Opfern hier und ihrer Überzahl ist ihnen mein Blut wohl auch gut genug.

Der Feldweg, der zum Altwasser führt, ist bereits von zwei meiner Kollegen mit einem rotweißen Trassenband abgesperrt und bewacht.

„Guten Morgen", grüße ich sie. Sie riechen intensiv nach Mückenabwehrspray.

„Der Bär wartet schon auf dich" sagt der Schubert. Er ist mit seinen 52 Jahren einer der Dienstältesten auf dem Revier, gleich nach dem Koller. Die beiden sind ein zuverlässiges Team und das schon, bevor ich in die PI nach Kelheim versetzt worden bin.

Es ist so Sitte bei uns, dass wir uns im Revier ausschließlich mit Nachnamen anreden, dann aber natürlich mit dem betonenden Artikel der oder die davor. Außer man hat natürlich einen Spitznamen, so wie der Bär oder ich.

Der Koller meint: „Hat ihn ziemlich mitgenommen, die Leich'." Dann bemerkt er die Beule auf meiner Stirn, grinst schadenfroh und meint: „Du hast da was am Hirn!"

Ich ignoriere das und erschlage eine Staunze, die gerade angefangen hat, auf meinem Unterarm zu saugen.

Der Schubert hält mir die Flasche mit dem Mückenspray hin. „Da, das Zeug hilft wirklich gut!"

Ich überlege kurz, womit ich besser leben kann: nach einer Chemiefabrik zu stinken oder zerstochen zu werden. Ich entscheide mich für zweiteres, schüttle den Kopf und gehe weiter.

Das Fahrzeug von der Spurensicherung ist auch schon da, sehe ich, als ich etwa fünfzig Meter am Ufer des Gewässers entlanggegangen bin. Hier spannt sich eine eiserne Fußgängerbrücke, bei uns Blaubruck' genannt, zu einer total verwucherten Insel hinüber. Warum diese schmale, eiserne, etwa zwanzig Meter lange Fußgängerbrücke allerdings im Volksmund Blaubruck' heißt, weiß ich selber nicht, weil sie rostrot gestrichen ist.

Zwei Techniker von der Spurensicherung in weißen Ganzkörperanzügen wuseln schon herum. Die haben es gut: die können wenigstens nicht gestochen werden. Allerdings schwitzen die wohl extrem bei der Schwüle des Hochsommers, die momentan im August auch schon in aller Frühe bei uns herrscht, denn die Nächte sind ungewöhnlich lau.

Da erspäht mich der Bär und kommt geschäftig auf mich zu. „Endlich bis du da, Mary!“

Er riecht ebenfalls nach dem Mückenspray.

Eigentlich heiße ich Maria, was im Bairischen zu Mare oder Marei verkürzt wird. In meiner Jugendzeit habe ich mir dann die englische Aussprache zugelegt. Das war damals total in. Und, was will ich mich beschweren, es ist mir geblieben. Allerdings rollt hier in Bayern niemand das R so wie die Amerikaner, so dass es sich eher ziemlich schnöde und nicht viel anders als Mare oder Marei anhört.

Der Bär nimmt mich am Arm und führt mich, als würde ich das jetzt brauchen. Der Anblick der Leiche muss echt schlimm sein, so blass wie der ist. Der zittert ja richtig. Ich selbst habe, wie bereits erwähnt, noch nicht viele Tote gesehen. Während meiner Ausbildung und meiner Dienstjahre in München und Ingolstadt ein paar Erschossene oder Verkehrsverunfallte, aber eher unspektakulär. Als Frau wirst du von solchen Tatorten immer eher fern gehalten. Darum wird mir nun ein bisserl mulmig.

„Schlimmer Anblick, das sag' ich dir gleich“, warnt er mich vor. „Übrigens hast du ein ziemliches Hörndl auf deinem Hirn.“

„Ich weiß“, erwidere ich genervt.

Der Pathologe kniet am Ufer des Gewässers über einem schwarzen Leichensack, der noch offen ist, und ich schaue ihm über die Schulter. Und da liegt das Baby. Es ist aufgedunsen vom Wasser, aber es ist ganz offensichtlich ein Neugeborenes. Ein Rest der Nabelschnur ist noch an seinem aufgeblähten Bauch erkennbar. Auf seiner weißen, wächsern wirkenden Haut kleben einige kleine Blutegel. Es schaut aus, als wäre es eine lebensechte Spielzeugpuppe, äußerlich unversehrt, so weit ich sehen kann. Aber es ist ein Mensch. Ein kleines Menschlein!

Ich wende mich ab, weil mir der Anblick unter die Haut geht. In meiner Brust zieht sich alles zusammen und es grummelt in meinem

Magen, der zum Frühstück nur eine magenschleimhautreizende Koffeingabe bekommen hat.

Die erste Frage, die mir durch den Kopf jagt, ist, wer so was tut. Die Geburten meiner beiden Söhne waren die schönsten Erlebnisse meines bisherigen Lebens und ich glaube nicht, dass da noch was Besseres nachkommt. Jedenfalls nicht in dieser Hinsicht, denn schließlich läuft meine biologische Uhr gerade ab, wie es so schön heißt. Wie auf Kommando steigen die Muttergefühle in mir hoch, die ich damals gehabt habe, als die Hebammen mir nach den beiden Geburten meine Söhne auf die Brust gelegt haben. Ich war selig.

„Ah! Juten Morgen, Maria!“, begrüßt mich Lorenz Kollwitz, der Leichendoktor, in seinem Berliner Akzent, als er mich bemerkt, und erhebt sich. Er ist der einzige, neben dem Opa, der meinen Namen richtig ausspricht. Kein Kommentar zu meiner Stirn, obwohl er mich mustert.

Dr. Lorenz Kollwitz ist ein stattlicher, sehr gutaussehender und gepflegter Mann in den Mittfünfzigern. Sein pechschwarzes Haar, seine hohe Denkerstirn, sein kantiges Gesicht mit dem korrekt gestutzten Schnur- und Kinnbart und nicht zuletzt seine würdevolle Haltung mit seinen bedachten Gesten und Handlungen lassen eher vermuten, dass er ein Bürokrat oder Politiker ist. Oder aus einem Musketier-Film entsprungen. Jedenfalls scheinen ihn die Staunzn zu meiden, obwohl er nicht nach dem Spray riecht. Dafür aber nach einem sehr männlichen, markanten und edlen Duft, der den Gentleman in ihm unterstreicht. In seiner Nähe fühle ich mich immer überaus würdevoll und zuvorkommend behandelt. Er versteht es einfach, mit Frauen umzugehen. Auch ich selbst bin schon ein paar Mal in diesen Genuss gekommen, als er mich zum Essen ausgeführt hat. Wir haben uns kennen gelernt, als ich ihn vor ungefähr einem Jahr bei der ungeklärten Todesursache einer Rentnerin hinzuziehen habe müssen. Ansonsten haben wir selten Bedarf an einem Leichendoc.

Jedenfalls gefällt es Lorenz nicht, wenn ich seine Berufsbezeichnung derart herabwürdige, denn genau genommen braucht eine

Leiche keinen Doktor mehr, also sage ich: „Guten Morgen, Herr Pathologe."

Er lächelt mich an. Es liegt eine Spur Verehrung darin. Immer noch und nach all meinen Abfuhren – und, obwohl ich mit meinem Einhorn aussehe, wie frisch vom Baum heruntergeschüttelt. Sonntagmorgen sieben Uhr eben.

„Was hast du herausgefunden?", bleibe ich sachlich und versuche, das tote Baby hinter ihm auf dem Boden nicht anzuschauen.

Lorenz räuspert sich und zieht sich die Einmalgummihandschuhe aus. „Das Mädchen war höchstens ein paar Stunden alt. Ob es nich lebensfähig war oder jetötet wurde, wird die Obduktion herausstellen. Äußerlich scheint es voll entwickelt, keine Frühgeburt. Es liegt, wenn ick das heiße Wetter und die Wassereinwirkung berücksichtige, unjefähr schon drei oder vier Tage im Wasser." Er bückt sich und schließt seinen Koffer. „Das hier wird ganz schön Aufsehen erregen. Darum werd' ick die Obduktion gleich heute noch machen, damit ihr morgen alle Details habt."

Ich nicke höflich. „Danke dir derweil."

Er wirft mir ein Lächeln zu und tritt dicht vor mich hin. Dann greift er mir mit Daumen und Zeigefinger ans Kinn.

„Und nimm' dir das nich allzu sehr zu Herzen!", mahnt er mich zärtlich.

Ich lächle mutig zurück und nicke kaum merklich.

„Ick ruf dich an, wenn ich fertig bin", sagt er, während er geht.

Der Bär kommt mit dem Ottfried Langreiner zu mir. Ich kenne ihn. Er ist als Angelfanatiker im Dorf bekannt. Man sieht ihn andauernd am alten Kanal mit der Angel herumsitzen, um seinem herrischen Weib zu Hause zu entfliehen, so hört man.

„Der Otti hat die Leich' gefunden", erklärt mir der Bär.

Eifrig nickt Otti. „Ja! Zuerst hab' ich gedacht, das wär' Müll, den wieder so ein Radlfahrer hier reingeschmissen hat. Mit meinem Kescher hab' ich die Plastiktüte dann rausgefischt, und die war ganz schön schwer. Drum hab' ich dann auch reingeschaut und bin ganz schön erschrocken. Es hat ausgeschaut wie eine Puppe!" Angewidert schüttelt er den Kopf. „Ich mein', wer tut denn so was?"

„Sonst ist dir nix aufgefallen?", will ich seine Frage ignorierend weiter von ihm wissen.

„Was meinst du jetzt damit?"

„Irgendwelche Personen in der Gegend, die sich komisch verhalten hätten, Dinge, die rumgelegen sind oder nicht hierher gehören? Fremde Autos?", zähle ich ungeduldig auf. „Kruzinesn, du bist doch öfter hier beim Angeln!"

Otti überlegt kurz. Dann schüttelt er den Kopf. „Nein."

Ich hole tief Luft. „Gut, dann danke dir."

Ich gehe hinüber zu den beiden Technikern der Spusi, die gerade ihre Koffer wieder einpacken und in ihr Fahrzeug räumen. Offenbar sind sie mit ihrer Arbeit gerade fertig geworden. Wie gesagt, haben wir nur selten Bedarf an Spurensicherung, darum kenne ich die beiden nur flüchtig von ein paar Einbruchstatorten. Seltsamerweise aber nur bei ihren Vornamen: der kleinere, untersetzte mit dem braunen Vollbart und der Halbglatze heißt Ludwig und der größere und schlankere mit den blonden Locken Klaus. Vielleicht verleiht ihnen das ein wenig mehr Persönlichkeit in ihren weißen, anonymen Anzügen.

„Na, Jungs, was haben wir?", frage ich so kumpelhaft wie möglich, um meine Unsicherheit zu überspielen. Ich kann mir vorstellen, dass sie es nicht mögen, wenn man sie bedrängt, aber ich muss schließlich auch meine Arbeit machen.

Beide mustern meine Stirn.

„Also du hast eindeutig ein Hörndl auf'm Hirn!", meint Ludwig und deutet schadenfroh auf meine Stirn. „Und wir haben nicht viel Verwertbares."

„Das heißt?", wehre ich seine ironische Bemerkung mit einer wegwischenden Handbewegung ab.

„Das Kind war in ein Badetuch eingewickelt." Er hebt eine große, transparente Tüte hoch, in der ein buntes, nasses Frotteetuch eingepackt ist. „Soweit ich sagen kann, sind da Blutflecken drauf. Die weiße Plastiktüte, in der das Ganze war, ist ein Allerwelts-Produkt, das wahrscheindlich in tausenden Geschäften überall auf der Welt ausgegeben wird. Ansonsten war's das."

„Keine Fingerabdrücke, Fußspuren, Zigarettenkippen, Hautfetzen?"

Fast schon genervt schauen mich die zwei an und Ludwig meint anklagend: „Das Kind hat laut Kollwitz ein paar Tage im Wasser gelegen. Somit sind alle Spuren zerstört. So viel Ahnung müsstest du nach all den Jahren als Kommissarin auch mal haben."

„Du weißt aber schon, wie oft ich eine Wasserleich' in meinem Revier gehabt hab in all diesen Jahren?", sage ich grantig und verschränke die Arme vor der Brust. „Nämlich null Komma null Mal!"

„Du schaust wohl keine Krimis?", wundert sich Klaus und zieht seinen Anzug aus.

„Du meinst den Schmarrn aus der Flimmerkiste, der jeden Tag den Zuschauern weißmachen will, dass blitzgescheite Kommissare aus völlig hergeholten und zusammenhanglosen Fakten in einer dreiviertel Stunde einen Mörder fangen?", schimpfe ich gereizt.

Klaus knüllt seinen weißen Anzug zusammen und wirft ihn in den Fond ihres Busses. „Oh, Frau Kommissarin ist heut' wohl mit dem falschen Fuß aufgestanden, was?"

„Heut' ist Sonntag, Kruzinesn!", kommentiere ich und mahne mich zur Ruhe. „Und was soll ich jetzt dem Staatsanwalt sagen?"

Die beiden Techniker räumen ihre Sachen in den Kofferraum. „Genau, heut' ist Sonntag, wie du schon sagtest, da tut der sowieso nix, außer vielleicht seinen Golfball einzulochen." Er grinst süffisant zweideutig. „Also reicht's doch, wenn du ihm morgen Bericht erstattest. Dann wissen wir vielleicht auch schon mehr."

Offenbar ist der Ruf unseres zuständigen Staatsanwalts Dr. Herbert Übelacker auch schon bis zu ihnen durchgedrungen, was kein Wunder ist. Der Paragraphenreiter macht seinem Beruf alle Ehre als überaus korrekter und penibler Pedant und gilt als eiserner Verfechter der Staatsinteressen vor Gericht. Außerdem zählt er durch seine Verbandelungen mit den hiesigen Politikern, Industriellen und Firmenchefs zur Landkreis-Prominenz. Dieser Fall wird ihn einige Nerven kosten: eine Baby-Wasserleiche in seinem Zuständigkeitsbereich! Ich kann mir ein schadenfrohes Schmunzeln nicht verkneifen, wenn ich mir vorstelle, wie ihn die hartnäckigen Fragen der Journalisten bei einer Pressekonferenz aus der Fassung bringen werden. Die verliert er nämlich allzu schnell, was sein großes Manko ist. In Anbetracht der Brisanz dieses Falles wird es eine solche Konferenz zweifelsohne geben, schwant mir, auch, weil sich unser Staatsanwalt gern in der Öffentlichkeit wichtigmacht. Pressekonferenzen abzuhalten, ist sozusagen sein Hobby, dem er hier bei uns eher selten nachgehen kann. Aber dann erahne ich, dass ich als Kommissarin der PI Kelheim viel zu tief mit drin stecke, als dass ich meiner Schadenfreude frönen könnte. Seine besonderen Eigenheiten habe ich nämlich bereits kennen gelernt, als wir bei einigen wenigen Straf-Delikten zusammengearbeitet haben.

– Aber, was heißt Zusammenarbeit! Er ist der Boss und ich sein Untergebener. So ist das!

Die Techniker verabschieden sich und sind auch schon weg.

Der Bär kommt wieder auf mich zu. „Und jetzt?"

Ich überlege. Vielleicht liege ich ja falsch, aber ich habe da so einen leisen Verdacht.

„Ich muss was überprüfen. Fahr' du nur wieder heim zu deiner Familie", wimmele ich den Bär ab. „Heut' ist schließlich Sonntag."

Wir gehen auf dem Feldweg zu unseren Autos.

„Du willst mich nicht dabei haben?"

„Das ist eine Sache zwischen Frauen."

„Wennst meinst." Er steigt beleidigt in seinen Streifenwagen und fährt davon.

Kapitel 2

Betti Bögerl ist bekanntermaßen die Dorfschnalln, also das, was bei uns allgemein als Prostituierte in Heimarbeit bezeichnet wird. Allerdings ist diese Berufsbezeichnung noch zu schön ausgedrückt, denn ich glaube, Betti kriegt nicht einmal was für ihre Dienstleistungen, so naiv und gutgläubig wie sie ist. Schon seit sie geschlechtsreif ist, hat sie in ihr Haus jedes Mannsbild hereingelassen, das einen zwischenmenschlichen Notstand gehabt hat. Ich frage mich, ob diese Männer überhaupt keinen Geschmack haben, denn sie ist so ziemlich das hässlichste Weibsbild, das ich kenne. Nicht nur, dass sie eine total ungepflegte Alkoholikerin und Kettenraucherin ist, lebt sie auch noch in einem Saustall von Haus. Ach, was sage ich, Drecksloch trifft's wohl besser.

Insgesamt hat sie vier Kinder zur Welt gebracht. Ihre zwei älteren Söhne, die ungefähr so alt sind wie die meinen, wurden ihr schon vor Jahren weggenommen. Und vor vier Monaten hat ihr das Jugendamt mit meiner Unterstützung ihre acht und zwölf Jahre alten Töchter, beide von unterschiedlichen Vätern versteht sich, entzogen, die in ihrer Obhut total verwahrlost waren. Es gab mehrere Beschwerden von Nachbarn, dass die Kinder andauernd plärren und in schmutzigen Klamotten durch die Gegend rennen. Als dann auch noch die Schule eine Anzeige gemacht hat, dass die ältere der beiden Mädchen nicht mehr zum Unterricht erscheint, hat das Jugendamt mit unserer Hilfe eingreifen müssen. Damals war Betti schon wieder schwanger und hat mich angebrüllt, dass sie schon für Nachschub sorgen würde, so viel und so oft sie wolle. Tja, man mag es kaum glauben, aber so was gibt es bei uns auf dem Land auch.

Ihr Schicksal und das ihrer Kinder haben mich aber doch ziemlich erschüttert, mehr, als es mir lieb sein hätte können. Ich will so einen Kindesentzug jedenfalls nie mehr mitmachen. Es ist einfach grausam, die Kinder von ihrer Mutter zu trennen, auch, wenn man weiß, dass es zu ihrem Besten ist. Aber ich habe mich danach vom Jugendamt auf dem Laufenden halten lassen und erfahren, dass die beiden Mädchen in einer liebevollen Pflegefamilie untergekommen sind.

Logischerweise komme ich sofort auf Betti, wenn ich an das tote Baby denke. Vielleicht hat sie es in ihrem Suff tot zur Welt gebracht und dann in der Pschlacht entsorgt. Ich muss das überprüfen und zwar gleich!

Als ich vor ihrer Bruchbude parke, muss ich feststellen, dass es nicht besser geworden ist. Ihr Haus steht im Ortsteil Neuessing direkt an der Hauptstraße im historischen Ortskern und ist wirklich ein Schandfleck für den schönen Ort. Überall auf dem kleinen Vorplatz vor ihrer Bude liegt Gerümpel und Glump umeinander. Der graue Putz bröckelt von den Außenwänden und die weiße Farbe blättert von den Fenstern. Die Vorhänge darin sind vergilbt oder grau, die Pflanzen hinter den dreckigen Scheiben vertrocknet, besser gesagt mumifiziert. Mir graust es davor, wie sie reagieren wird, wenn sie mich sieht. Schließlich bin ich in ihren Augen ihre Erzfeindin.

Kennen tue ich Betti schon seit der Kindheit. Sie ist ein paar Jahre jünger als ich. Schon damals war sie eine Außenseiterin. Der Vater Säufer, die Mutter eine dorfbekannte Schnalln. Was soll da aus der Tochter schon anderes werden als beides zusammen. Ein paar Mal haben wir als Kinder sogar miteinander gespielt, aber ich glaube, sie war irgendwie neidisch auf mich und meine unbeschwerte Kindheit, und ist sogar einmal handgreiflich geworden. Seitdem gehe ich ihr aus dem Weg.

Irgendwann hatte sich ihr Vater tot gesoffen, und ihre Mutter ist mit irgendeinem Typen durchgebrannt auf Nimmerwiedersehen. Seitdem, Betti war gerade volljährig, lebt sie allein in dem damals schon heruntergekommenen Haus. Gewissermaßen kann sie also nix für ihr verhundstes Leben und darum tut sie mir auch leid.

Ich klingle, aber ich höre nix. Scheinbar kaputt! Ich klopfe. Zuerst normal, als das aber offensichtlich kein Gehör findet, versuche ich es lauter. Dann rufe ich nach ihr. Nach einer halben Ewigkeit geht die Tür endlich auf. Und ich erschrecke. In einem Fetzen von Nachthemd steht Betti vor mir. Fettige Haarsträhnen mit nicht definierbarer Farbe hängen wirr von ihrem Kopf, dessen aufgedunsenes Gesicht mit feinen, roten und blauen Adern durchzogen ist, genau wie ihre tiefliegenden, verschlafenen Augen. Ihre Nase blinkt mich fast dunkelblau an. Typisch Alki halt! Ob sie noch schwanger ist oder das Kind bereits bekommen hat, ist nicht erkennbar. Ihr riesiger Hängebusen und ihre Wampe sind eine Einheit.

„Guten Morgen, Betti", grüße ich mit fester Stimme.

„Sag' mal, spinnst du!", keift sie mich an. „Weißt du, wie spät es ist?"

„Ich hätt' da ein paar Fragen an dich."

„Am Sonntag in der Früh! – Vergiss es!" Sie will die Tür zuknallen, doch mein Fuß, den ich schnell zwischen Tür und Schwelle klemme, ist schneller. Sie drückt zu und ich dagegen. Wenigstens weiß sie, was für ein Wochentag heute ist.

„Das ist Widerstand gegen die Staatsgewalt, Betti!", presse ich angestrengt heraus. „Also lass' mich rein!"

„Das letzte Mal, als du da warst, habt ihr mir meine Kinder weggenommen. Also hau ab!" Ihre Stimme ist schrill.

„Du willst doch auch, dass es deinen Kindern gut geht. Und da, wo sie jetzt sind, geht's ihnen gut!", versuche ich sie zu besänftigen.

„Nur bei der Mutter geht's den Kindern gut! Nur bei der Mutter!", brüllt sie.

Wir rangeln immer noch an der Tür. Sie drückt nach draußen, ich nach drinnen. Aber ich bin stärker, weil ich mich mit meinem Fuß und dem anderen Arm in den Türrahmen spreize. Schließlich geht ihr die Kraft aus und Betti plumpst auf den Boden. Etwas außer Atem will ich ihr aufhelfen und reiche ihr meine Hand, aber sie ignoriert sie mit einem verächtlichen Schnauben und erhebt sich schwerfällig.

Wie es hier im Flur ausschaut, will ich gar nicht beschreiben. Ein Saustall ist ein Dreck dagegen!

„Also, was willst'?", fragt die Betti brummig, während sie in die Küche schlurft. Obwohl? Küche kann man zu diesem Raum nicht sagen.

Mir wird übel. Es stinkt, als würden hier ihre drei Katzen ihre Notdurft erledigen, die überall herumstreunen. Der achtlos verstreute Müll, eingetrocknete Essensreste und aufgetürmtes, dreckiges Geschirr auf Boden, Herd, Spüle, Tisch und Arbeitsplatte rauben mir fast den Atem.

Ich muss ein Fenster aufmachen und bleibe davor stehen. Sie schaut mich grimmig an und zündet sich eine Zigarette an. Dann greift sie nach einer der unzähligen Bierflaschen auf dem Tisch und trinkt daraus. Pfui Deife! Ich versuche, das Umfeld und den Gestank auszublenden, mich auf meine Arbeit zu konzentrieren.

„Wo ist dein Baby?“, frage ich direkt.

Betti lacht hämisch. „Du hast es wohl noch nicht mitgekriegt, was?“

„Was jetzt genau?“

„Ich hab's verloren.“ Niedergeschlagen lässt sie sich auf einen Stuhl fallen und fängt an zu schluchzen. „Im sechsten Monat …“

Ich bin verdattert. „Das … das tut mir leid“, bedauere ich ehrlich.

„Wegen dem Scheiß Alkohol!“, brüllt sie plötzlich und fegt mit dem Arm über die Tischplatte, so dass alle Bierflaschen laut klirrend zu Boden fallen oder zerbrechen und einige Katzen erschrocken davonspringen.

Die ist eindeutig im Delirium. Ich bin auf der Hut.

„Kannst du das beweisen?“, hake ich nach.

Sie lacht höhnisch und schaut mich mit roten, blitzenden Augen an. „Was brauchst denn für Beweise?“ Dann steht sie auf und reißt sich das Nachthemd hoch. „Da, weg ist er, der Bauch!“

Jetzt muss ich dazu erklären, dass ihre runde Wampe eindeutig kein Beweis dafür ist, ob schwanger oder nicht. Was aber noch viel schlimmer ist, ist die Tatsache, dass sie keine Unterhose trägt und mir dieser Anblick fast den Magen umstülpt. Deshalb bemerke ich die rosarote, kleine Narbe von einem Kaiserschnitt auf ihrer unteren Bauchhälfte auch nur nebenbei. Mir wird schlecht, ich drehe mich schnell zum Fenster und schnappe nach Luft.

„Ich muss dich leider enttäuschen, Mary. Es gibt kein Baby, das du mir wegnehmen kannst.“ Ihre Stimme ist jetzt schnippisch.

Als ich mich wieder zu ihr umdrehe, sitzt sie wieder und zieht an ihrer Zigarette. „Die Ärzte im Kelheimer Krankenhaus werden es dir sicher gern bestätigen. Dort haben die mir das tote Kind rausoperiert. Langt dir das als Beweis?“

„Wir haben in der Pschlacht ein totes Baby gefunden“, fühle ich mich dann doch verpflichtet, ihr den Grund meines Besuches zu sagen.

Sie lacht spöttisch. „Und da fällt dir nix Besseres ein, als gleich mich zu verdächtigen? Mistmatz, varreckte!“

„He, Betti! Reiß dich zusammen, oder du kriegst eine Anzeige wegen Beamtenbeleidigung!“, drohe ich ihr.

Wieder lacht sie. Kehlig, höhnisch und betrunken. „Meinst du, dass mich das juckt?“

Ehrlich gesagt meine ich, dass Betti alles egal ist, wenn ich sie und ihr Haus so anschaue. Dennoch glaube ich nicht, dass sie ein Baby umbringen könnte. Ich hatte immer den Eindruck, dass sie ihre Kinder trotz aller Umstände liebt, aber durch ihre Laster halt einfach nicht fähig dazu war, sie zu versorgen. Und, dass ihr die Fehlgeburt nahe geht, ist deutlich erkennbar.

Nachdenklich fragt sie mich nach einem kurzen Schweigen: „Was war’s denn?“

„Was?“, bin ich verwirrt.

„Na, das tote Baby. Bub oder Mädel?“

„Ein Mädchen.“

„Meins wär’ ein Bub gewesen“, erklärt sie und schnieft niedergeschlagen.

Ihr Schicksal berührt mich und ich trete neben sie. „Willst du wirklich so weitermachen, Betti?“

Sie starrt auf den dreckigen Boden. „Was denn sonst?“

„Warum machst du keinen Entzug, verkaufst das Haus und das Grundstück und fängst neu an?“, schlage ich ihr vor.

Plötzlich ernüchtert, steht sie auf und hebt stolz den Kopf. „Du hast ja keine Ahnung. – Und jetzt verschwind’!“

Nach einem bedauernden Seufzen verlasse ich sie und bin froh, als ich wieder an der frischen Luft bin.

Ich fahre zu meinem Arbeitsplatz in die Bahnhofstraße nach Kelheim. Früher war die Polizeiinspektion einmal das Bahnhofsgebäude und genauso sieht es auch heute nach dem Umbau immer noch aus, allerdings mit einem Erweiterungsbau vergrößert. Am Empfang des Amtsbüros für den Publikumsverkehr werde ich von den diensthabenden Kollegen meiner Dienstgruppe Koller und Schubert kurz darüber informiert, dass sie den Tatort in der Pschlacht wieder frei gegeben hätten und es nix Neues gibt.

In meinem verwaisten Büro, das ich mir mit dem Bär teile und ziemlich karg und trist mit einem Aktenschrank und zwei sich gegenüberstehenden Schreibtischen eingerichtet ist, lasse ich mich in meinen Bürostuhl fallen. Die einzigen Farbtupfer in diesem Raum sind die drei Zimmerpflanzen auf der Fensterbank, die ich pflege.

Ehrlich gesagt, bin ich ziemlich überfordert mit unserem Leichenfund. Ich habe keine Ahnung, was ich weiter unternehmen soll. Immer wieder habe ich das Bild des toten Säuglings vor mir und ich spüre, wie nahe mir das geht. Aber ich wische diese Gedanken schnell weg und versuche, ganz professionell zu bleiben. Darum rufe ich doch noch den Übelacker an. Ich muss wohl in den sauren Apfel beißen und ihm wenigstens telefonisch Bericht erstatten, sonst fühlt er sich übergangen und regt sich wieder mords auf. Und ich will schließlich keinen Ärger mit dem Staatsanwalt.

Wie erwartet, ist der total bestürzt und entsetzt. Nicht wegen dem Schicksal des toten Kindes, sondern dem ganzen Trara, das sich nicht vermeiden lassen wird, wenn erst die Presse Wind von der Sache kriegt. Aber waren nicht meine ersten Gedanken genau die gleichen?

„Und wir haben bis jetzt noch gar nichts?“, fragt er in seinem typisch hochgestochenen, reinen Deutsch. Als geborener Oberpfälzer, genau genommen, Regensburger, spricht er doch nur Hochdeutsch, und zwar ziemlich hochtrabend, obwohl er auch seines Dialektes mächtig ist.

An dieser Stelle sollte ich noch dazu erklären, dass sich der oberpfälzer Dialekt schon in einigen Details von dem niederbayerischen unterscheidet. Der Landkreis Kelheim ist der letzte Zipfel Niederbayerns und grenzt an die Oberpfalz an, aber trotzdem sind einige Niederbayern überzeugt davon, ein gepflegteres Bairisch zu sprechen als die Bezirksnachbarn. Mir ist diese Kleinigkeitskrämerei egal, aber der Herr Staatsanwalt sieht das wohl anders, denn er muss seinem hohen Amte Würde erweisen.

„Die Spusi und der Leichendoktor schieben heut' Sonderschicht. Wir werden uns bis morgen gedulden müssen, Herr Dr. Übelacker", versuche ich, ihn zu besänftigen.

Es ist immer das Gleiche mit den Staatsanwälten. Sie wollen schnelle Beweise, damit sie jemanden verhaften und vor den Kadi zerren können. Nach dem Motto: nur ein abgeschlossener Fall ist ein guter Fall. Das Gleiche gilt zwar auch für mich, aber ich habe schließlich die Arbeit damit. Ich bin der Bringer und der Paragraphenreiter nur der Empfänger. Er schafft an und ich darf rumpeln.

„Haben Sie schon einen Verdacht, Frau Spangler?", lässt er nicht locker.

„Nein, keinen."

„Gibt es in Ihrem Ort keine Frau, die schwanger war und jetzt kein Kind vorweisen kann?"

Ich seufze. „In Essing gibt es ungefähr tausend Einwohner und der ganze Landkreis hat 113.000, Herr Staatsanwalt. Wenn ich alle gebärfähigen Frauen darin kennen würd', wär' ich Gott."

Meinen Besuch bei der Betti erwähne ich lieber nicht. Sie soll sich in Ruhe zu Tode saufen können, wenn sie unbedingt will.

„Schon gut, Frau Spangler. Sie informieren mich sofort, sobald Sie neue Erkenntnisse haben. Und vorerst nichts an die Presse, verstanden!", befiehlt er und legt auf.

„Auch noch einen schönen Sonntag, lieber Herr Dr. Übelacker", sage ich noch so und lege ebenfalls auf.

Kapitel 3

Am Nachmittag, als ich wieder nach Hause komme, liegt der Opa draußen auf der Gartenliege im Schatten des Apfelbaumes, Lukas und seine zarte Fee sind verschwunden und ich mache einen langen Spaziergang.

An dieser Stelle sollte ich vielleicht dazu erklären, dass ich immer zum Wandern gehe, wenn mich etwas beschäftigt. Manchmal sind es richtige Gewaltmärsche, die ich rund um Essing herum auf den Wanderwegen unternehme, je nachdem, wie schlimm es ist, was mich belastet. Ich kann mich dabei so richtig auspowern und komme wieder runter, wie es so schön heißt. Esoterisch kann man das wohl auch als Erden bezeichnen. Das hat mir meine beste Freundin Bärbel, die sich viel damit beschäftigt, schon beigebracht. Leider bin ich kein esoterisch veranlagter Mensch. Für mich ist es einfach so, dass ich in der Natur entspannen kann. Dort wirken die Dinge auf einmal ganz anders und kommen einem gar nicht mehr so übermächtig und tragisch vor. Ich fühle mich mit meiner Heimat sehr verbunden, besonders deshalb, weil es bei uns so schön ist. Ich habe das Glück, dort zu leben, wo andere Leute Urlaub machen.

Komischerweise führt mich mein Weg zurück zum Fundort des Babys hinüber zur Pschlacht. Der Otti sitzt jetzt auf der anderen Seite des Tümpels und winkt mir kurz aus seinem faltbaren Campingstuhl zu. Wie man nur einen Fisch aus dem Wasser essen kann, in dem eine Leiche geschwommen ist, denke ich so bei mir und mich graust es.

Das arme Kind. Kein Recht auf Leben. Wie grausam muss eine Mutter sein, damit sie ihr eigenes Kind tötet? Wieder kommen die Bilder von den Geburten meiner Söhne. Unserer Söhne. Martin war bei beiden dabei gewesen. Das Glücksgefühl und die Liebe, die wir füreinander und für unsere Kinder damals gespürt haben, sind noch heute unbeschreiblich. Mir kommt es vor, als wäre es erst gestern gewesen. Wie schnell sie erwachsen geworden sind!

Quirin, der ältere, inzwischen einundzwanzig, studiert Maschinenbau und wohnt in Regensburg. Er schaut aus wie sein Vater: groß, schlaksig, große braune Augen in einem runden Gesicht und hellbraune Haare. Er hat auch die innere Ruhe und Ausgeglichenheit von Martin geerbt. Quirin weiß, was er will, und geht zielstrebig seinen Weg, was während der Schulzeit noch nicht so offensichtlich gewesen war. Wie viele Jungs war er stinkend faul und hat stets Antrieb von mir gebraucht.

Da war Lukas anders. Er kommt äußerlich mehr nach mir: mit seinen 18 Jahren ist er nicht ganz so lang gewachsen wie sein Bruder, stämmig mit ovalem Gesicht, meinen blauen Augen und dünnem, blondem Haar. Er ist ziemlich emotional, sehr schnell erregbar und nachtragend, wenn er sich ungerecht behandelt fühlt. Schon immer ist Lukas gern in die Schule gegangen und hat sich leicht gelernt. Er hat es sogar aufs Gymnasium geschafft und heuer das Abitur mit einem glatten Zweier-Schnitt gemacht.

Früher war Quirin immer eifersüchtig auf Lukas, weil er besser in der Schule war. Vielleicht haben wir unseren Jüngsten deshalb auch immer ein wenig bevorzugt. Als Mutter kann man das schwer einschätzen. Man denkt immer, man macht alles richtig.

Die gravierende Veränderung hat für uns dann mit einem Schlag der Tod von Martin gebracht. Fünf Jahre ist das jetzt her. Martin hatte eine Motorradtour mit einem Freund unternommen. Am späten Nachmittag sind dann zwei Kollegen aus Ingolstadt vor meiner Haustür gestanden und haben mir peinlich berührt die Nachricht überbracht, dass mein Mann bei einem Verkehrsunfall tödlich verunglückt sei. Ein Kleinbus hatte ihm an einer unübersichtlichen Kreuzung die Vorfahrt genommen …

Das war ein Riesenschock für mich. Wir hatten gerade die Schulden von unserem Haus abbezahlt, die Kinder waren aus dem Gröbsten raus und wir haben uns drauf gefreut, finanziell wieder ein wenig freizügiger leben zu können. Wir waren, als wir noch keine Kinder gehabt hatten, viel auf Reisen gewesen, wollten was sehen von der

Welt. Aber wir hatten nicht viel Geld gehabt und so hatte es immer nur für europäische Länder gereicht. Das sollte sich dann ändern. Aber plötzlich waren all diese Träume zerstört. Die Kinder hatten keinen Vater mehr, an dem sie so gehangen waren. Und ich keinen Mann, keinen stärkenden, zuverlässigen und liebenden Rückhalt mehr.

Martin und ich hatten uns schon von Kindheit an gekannt, weil wir beide gebürtige Essinger sind. Aber erst als ich 20 und er 24 gewesen war, verliebten wir uns ineinander, als wir bei einem Dorffest in der Bar versumpft sind. Unsere Beziehung war von Anfang an nicht einfach, weil ich Kriminalkommissar-Anwärterin war und in Fürstenfeldbruck studiert habe. Er arbeitete für einen namhaften Autohersteller in Regensburg und lebte im Haus seiner Eltern in Essing. Ich hatte zu der Zeit eine Wohnung in der Nähe von München und kam nur sporadisch heim in mein Elternhaus. Manchmal haben Martin und ich uns wochenlang kaum gesehen. Nach meinem Studium wurde es besser, weil ich nach Ingolstadt versetzt worden war, was näher an der Heimat liegt. Trotzdem haben unsere Beziehung und unsere Liebe gehalten und wir deuteten das als gutes Omen, um zu heiraten.

Mit 25 bin ich schwanger geworden und wir haben in den großen Obstgarten seiner Eltern in Essing ein Haus gebaut. Quirin ist zur Welt gekommen, drei Jahre später dann Lukas. Martin hat sich die Karriereleiter hochgearbeitet, während ich eine berufliche Auszeit nahm, um die ersten Jahre bei den Kindern daheim zu bleiben. Ich habe mich gern um das Haus, meinen Garten, die Kinder und meinen Mann gekümmert und habe die Zeit genossen, weil ich ein harmoniebedürftiger Familienmensch bin. Als Lukas dann in den Kindergarten gegangen ist, hat es mich aber doch wieder in meinen Beruf als Kommissarin nach Ingolstadt zurückgezogen. Anfangs war es nicht einfach, Familie und meine unterschiedlichen Arbeitszeiten unter einen Hut zu bringen. Glücklicherweise sind meine Schwiegereltern immer hilfsbereit eingesprungen und haben sich um unsere Jungs gekümmert, wenn ich Sonderschicht oder Bereitschaft hatte.

Wir waren eine glückliche, typisch bayerische Familie. Die Jungs haben im Sportverein Fußball gespielt, waren Ministranten, im Schützenverein und bei der Feuerwehr. Einfach konservativ halt, aber ich bin zufrieden und glücklich gewesen, denn so hatte ich mir mein Leben immer vorgestellt.

Und plötzlich war ich dann Witwe. Witwe mit 40! Und alleinerziehend. Ich hatte damals keine Ahnung, wie ich das schaffen sollte.

Das erste Jahr nach seinem Tod war hart und ich erinnere mich nur mehr, als hätte ich es wie in einem Nebel durchlebt. Mit meinen Jungs, damals mitten in der Pubertät, habe ich viel geweint. Später dann haben sie ihren Verlust mit sich selbst ausgemacht. Die Erde drehte sich weiter und unser Leben musste auch weitergehen. Aber es dauerte lange, bis ich wieder bei dem Tempo mithalten habe können.

Ein paar Wochen nach Martin war dann auch noch seine Mutter gestorben. Ich nehme an, dass sie seinen Tod nicht verkraftet und sie keinen Lebenswillen mehr gehabt hat. Aber sie war auch immer schon sehr kränklich gewesen.

Ich habe ihren Mann, also den Opa, bei mir aufgenommen. Er schläft jetzt in Martins ehemaligem Büro im Erdgeschoß, und er ist ganz froh, dass er bei uns leben kann. – Das glaube ich zumindest, denn sagen tut der Opa so was nicht. Er ist ein Grantler aus alter Schule, der niemals über seine Gefühle spricht.

Das alte, damals leerstehende Haus der Schwiegereltern habe ich vermietet und mehr arbeiten müssen, allein, um die laufenden Kosten zu decken. Die kleine Lebensversicherung von Martin geht derzeit für das Studium von Quirin drauf.

Meine Arbeit hat mich abgelenkt, obwohl ich überreizt, gestresst und schnell erregbar gewesen bin. Das wurde mir irgendwann zum Verhängnis. Nachdem ich einer Nutte mein Schießeisen unter die Nase gehalten hatte, nur, um eine Aussage über ihren Zuhälter zu erzwingen, wurde ich, wie schon gesagt, versetzt. Natürlich hat die blöde Kuh sich mords aufgeregt und alles endete in einer Dienstaufsichtsbeschwerde.

Ich wusste damals schon selbst, dass mein Verhalten keine angemessene Art und Weise gewesen war, weder polizeitechnisch noch menschlich. Der mir zugewiesene Polizeipsychologe Dr. Bernhard Leikam hat dann auch haarscharf an mir analysiert, dass ich ein Trauma durch den plötzlichen Verlust meines Mannes erlitten habe, und dass ich mit der neuen Lebenssituation überfordert wäre.

Da hätten sie mir keinen Seelenklempner verordnen müssen, die Oberen von der Polizei! Das hätte ich ihnen auch gleich selber sagen können. – Nicht, dass ich einen Hang zur Psychopathin hätte, nein, ganz im Gegenteil: Ich bin ein lustiger Mensch, gesellig, unterhalte mich und lache gern und habe einen großen Bekanntenkreis. Ich engagiere mich in der Gemeinde und bei Vereinen und bin ein sozialer und hilfsbereiter Mensch. Ich habe einen starken Gerechtigkeitssinn und ein großes Harmoniebedürfnis und versuche immer, Konflikte friedlich zu lösen. Darum bin ich auch zur Polizei gegangen.

Martin hat immer bemängelt, dass ich eine zu große Optimistin bin, die die Welt verbessern will. Er war ein knallharter Realist und ich oft niedergeschlagen und enttäuscht, wenn meine zuversichtlichen Hoffnungen und Erwartungen nicht eingetroffen sind. Im Polizeidienst begegnet man nur Ungerechtigkeiten, Missständen, Gewalttaten und Ungereimtheiten, aber bis zum Tod von Martin habe ich ganz gut damit umgehen können.

In unzähligen Sitzungen beim Leiki, wie ich meinen Psychiater der Einfachheit halber nenne, hat er mit mir eine intensive Seeleninventur betrieben. Das war anfangs aufwühlend, traurig und anstrengend, aber dann immer häufiger auch erhellend und aufbauend. Das ist aber eine andere Gschicht …

Diese auferlegte Therapie, gegen die ich mich anfangs so gesträubt hatte, hat mir also dann doch geholfen. Oder war es die Strafversetzung in die heimatliche Provinz? Mir war es jedenfalls recht. Hier ist es wegen der geringen Kriminalität ruhiger, ich kenne die Mentalität der Einwohner und die Umgebung von Kindheit an, ich arbeite in der Nähe meiner Familie und ich habe nette, umgängliche Kollegen. Und seit ich da bin, bin ich auch nicht mehr ausgeflippt oder habe meine Pistole gezückt. Meistens liegt sie ungeachtet und ungenutzt im Halfter in meinem Spint in der PI.

Inzwischen bin ich austherapiert, wie Leiki so schön sagt. Das heißt aber nicht, dass ich meinen Biss verloren habe. Ich kann es nach wie vor nicht leiden, wenn man mich anlügt, bescheißt oder gegen das Gesetz oder die Moral verstößt. Dann kann ich schon mal ein bisserl lauter und direkter werden, aber meine Gefühle inzwischen wieder gut unter Kontrolle halten.

Als ich wieder heimkomme und meinen Garten betrete, fällt mir ein, dass ich meinen Seelenschrauber wegen der Babyleiche um Rat fragen könnte. Er kann mir bestimmt erklären, was in der Mutter des toten Babys vorgegangen sein muss. Denn außer, dass er renitente oder traumatisierte Polizeibeamte therapiert, ist er auch noch forensischer Psychologe.

An dieser Stelle muss ich vielleicht noch dazu erklären, dass der Leiki und ich uns prima verstanden haben. Während einer unserer letzten Sitzungen sind wir uns sogar einmal näher gekommen. – Aber das ist nur passiert, weil meine Sehnsucht nach Geborgenheit und Nähe so überhandgenommen hat. Ich habe mich an seiner Schulter ausgeweint wie schon so oft, und dann hat er mich einfach geküsst. Ob aus Mitleid oder aus wahrer Zuneigung weiß ich bis heute nicht. Die letzten beiden verordneten Sitzungen waren dann eher peinlich. Kurz gesagt, es war einfach der Wurm drin. Dieser eine Kuss hat das therapeutische Verhältnis zwischen ihm und mir zerstört. Und ich bedauere das wirklich sehr.

Der Opa liegt noch auf der Liege im Garten, sein Mund steht offen, er schnarcht und ein Speichelrinnsal läuft zäh aus seinem Mundwinkel. Von wegen, er braucht in seinem Alter nicht mehr so viel Schlaf!

Ich hole mir mein auf der Küchentheke zurückgelassenes Handy und setze mich in einen der Rattan-Stühle auf meiner Terrasse. Dann wähle ich die gespeicherte Nummer vom Leiki, aber es geht nach ein paar Mal Klingeln nur die Mailbox dran. Ich hasse Anrufbeantworter und solche Boxen und lege wieder auf. Klar, dass der Seelenklempner am Sonntag nicht erreichbar ist. Der kann sich's ja leisten!

Ich richte eine Brotzeit für den Opa und mich auf der Terrasse her und wecke ihn auf. Er freut sich über das Bauerngeräucherte, die grobe Leberstreichwurst, die frischen Tomaten aus meinem Gemüsegarten und das resche Bauernbrot und haut rein, dass ich mich frag, wo das klapperdürre Gestell das hintut.

„Ich hab gehört, ihr habt eine Babyleich' in der Pschlacht gefunden", stellt er dann schließlich fest.

Woher weiß denn der das schon wieder?

„Woher weißt du denn das schon wieder?"

„Beim Wirt drüben wird's halt erzählt", berichtet der Opa. „Und außerdem pfeifen es die Spatzen in ganz Essing schon von den Dächern."

„Warst du schon wieder im Frühschoppen?", schimpfe ich und warte seine Ausrede gar nicht erst ab. „Du sollst doch nicht mehr so viel Bier trinken wegen deinen starken Herztabletten."

„Es war doch bloß eine Halbe! Und außerdem geht man halt nach der Sonntagsmess' in den Frühschoppen, das war schon immer so", wehrt er sich. „Und dann hab' ich auch noch einen Schweinsbraten dazu gegessen, weil du ja dienstlich unterwegs gewesen bist."

Das Thema Alkohol war schon oft ein Streitpunkt zwischen uns. Der Opa ist kein Säufer, war es nie. Aber den einen oder anderen Rausch hat er dann doch vom Stammtisch mit heimgebracht. Das hat sich seit einem kleinen Herzinfarkt vor einem Jahr geändert, nachdem ihm sein Arzt die Leviten gelesen hat. Seitdem nimmt er starke Medikamente und hat verordnetes Alkoholverbot, was er nicht immer einhält. Ich spiele dann den Anstandswauwau und schimpfe ihn. Und das tue ich nicht, weil ich ihm sein Bier nicht vergönne, sondern weil ich wirklich Angst um ihn habe. Darum schaue ich ihn nur durchdringend an und sage nichts mehr dazu. Er weicht meinem mahnenden Blick aus und beißt in sein Leberwurstbrot.

„Was ist jetzt mit dieser Leich'?", hakt er kauend nach.

„Ich darf dir über einen aktuellen Fall nix sagen ..."

„Der Otti hat gesagt, dass es ein Neugeborenes war, weil noch ein Stückerl von der Nabelschnur drangehängt ist", unterbricht mich der Opa, meine Bemerkung völlig ignorierend.

Somit gibt er mir zu verstehen, dass er eh schon alles in Erfahrung gebracht hat. Häufig weiß er als Ratschkathl sogar mehr als ich und das nervt mich. Ich stöhne. Otti hat also geplaudert, der Idiot! Ich hätte ihm einbläuen müssen, dass er sein Maul halten soll.

„Was hat er denn noch alles gesagt, der Otti?", forsche ich.

Der Opa wird nachdenklich. „In einer Plastiktüte haben die es einfach ins Wasser weggeschmissen, das arme Würmerl." Er schüttelt bestürzt den Kopf, grübelt kurz und schaut mich dann mit leuchtenden Augen an. „Warst du schon bei der Betti?"

Sein erster Verdacht fällt also auch auf sie.

Ich nicke. „Sie hat ihr Kind vor ein paar Monaten in der Schwangerschaft verloren."

Er haut sich mit der Handfläche auf seine blanke, faltige Stirn. „Ach, ja! Das hab' ich ja ganz vergessen."

„Du hast das gewusst und mir nix erzählt?"

„Du magst es doch nicht, wenn ich den Dorftratsch mit heimbring'."

Da hat er auch wieder Recht. Ich hasse es, wenn über Leute geredet und gelästert wird. Aber ich will auch darüber informiert sein, was in meinem Dorf so alles passiert. Schließlich bin ich der Dorf-Gendarm!

„Ihr macht doch so eine DNA-Analyse, oder?", fragt der Opa weiter und beißt auf eine Kirschtomate, dass ihm der Saft aus den faltigen Mundwinkeln läuft.

Also manchmal graust es mich schon mit ihm.

„Freilich Opa! Glaubst du, dass wir nicht wissen, was wir zu tun haben?“, motze ich.

Durch meine Arbeit kriegt er viel mit, wie das so läuft bei der Polizei. Aber ich halte mich dabei wirklich streng an meine Schweigepflicht. Allerdings schaut er auch zu gern den Tatort.

„Naja …“, stellt er lapidar fest. „Du wirst den Mörder schon fangen.“

Da bin ich mir nicht so sicher. Ich habe das Gefühl, dass das ein verdammt verzwickter Fall werden wird.

Ich bin auf der Couch vor dem Fernseher eingeschlafen. Der Opa ist wohl schon ins Bett gegangen. Jedenfalls liegt er nicht mehr auf seinem angestammten Platz am anderen Ende der Couch. Ich höre Geräusche aus der Küche und gehe dahin. Lukas steht am Kühlschrank und sucht nach was Essbarem.

„Servus! Wo kommst denn du jetzt her?“, mache ich auf mich aufmerksam.

„Ich war mit dem Michi und der Jacky in der Eisdiele.“ Er schiebt sich eine Scheibe Aufschnittwurst in den Mund.

Ich verschränke die Arme vor der Brust. „Auch wenn du volljährig bist, wüsste ich schon gern, wo du dich den ganzen Tag herumtreibst.“

Lukas verdreht genervt die Augen. „Ach geh’ Mama! Lass jetzt nicht die Polizistin raushängen.“

Das macht mich wütend. Immer wieder, wenn ich meinen Mutterpflichten nachkommen will und mir Sorgen mache, schiebt er es auf meinen Beruf.

„Und, es wäre echt nett, wenn du mir deine neue Flamme vorstellen würdest, bevor ich ihr am frühen Morgen im Nachthemd gegenübersteh’“, bemängele ich, während er weiter im Kühlschrank kramt.

Dann seufzt er demonstrativ, haut ihn zu und beißt in ein Wienerl.

„Darf ich erfahren, wie sie heißt?“, fordere ich.

„Jaqueline Wimmer.“

Ich krause meine demolierte Stirn. Was für eine Namenskombination!

„Sie ist sechzehn und geht noch auf die Realschule. Ehrenrunde in der achten Klasse“, erklärt er weiter. „Aber nächstes Jahr nach der Mittleren Reife will sie eine Lehre als Friseurin anfangen.“

Ach darum also sein neuer Haarschnitt, stelle ich fest. Irgendwie Irokese! Gefällt mir nicht, aber zum Modegeschmack meiner Söhne schweige ich schon lang.

„Ist das jetzt genug Info für dich, Frau Kommissarin?“, fragt er mich und geht in Richtung Tür, die ins Treppenhaus führt. „Was ist eigentlich mit deinem Hirn passiert?“

Ich stelle mich ihm in den Weg, weil ich noch nicht fertig bin mit ihm, und muss zu ihm aufschauen, denn er ist einen halben Kopf größer als ich. „Ist es was Ernstes?“

Meine Frage ist ihm peinlich, das sehe ich, weil er rot wird.

„Kann sein“, weicht er aus. Was immer das in dem Alter auch bedeuten mag.

„Wann lern' ich sie kennen?“

Wieder stöhnt er. „Keine Ahnung!“

Ich bin etwas beleidigt. Bin ich nicht vorzeigbar? Dabei habe ich immer gedacht, ich wäre eine aufgeschlossene, moderne Mutter, die ein gutes Verhältnis zu ihren Kindern hat. Ich senke den Kopf und lehne mich an den Türstock.

„Na ja, das musst du selber wissen …“, sage ich enttäuscht.

Die Mitleidstour zieht immer.

„Ich red' mit ihr, okay?“, versucht er, mich zu besänftigen.

„Wenn sie hier schläft, ich mein', wenn …“, machen meine Gedanken Sprünge.

Lukas weiß, worauf ich hinaus will.

„Mama!“, ist er genervt. „Das geht dich aber so was von nix an!“

Er will an mir vorbei, aber ich halte ihn am Arm fest.

„Ich mein', ihr verhütet doch, oder?“ Ich bin immer offen mit diesem Thema umgegangen. Und ich weiß doch, wie das läuft. Ich war auch mal jung. Aber meine Eltern, Gott hab sie selig, waren in dieser Hinsicht total verklemmt. Und so wollte ich nie werden.

Sein ovales Gesicht wird hochrot wie das von einem Puter.

„Sie ist erst sechzehn und du grad volljährig. Ihr würdet euch das ganze Leben verbauen“, erkläre ich meine Gedankengänge.

„Ich bin doch nicht blöd, Mama!“, stößt er genervt heraus.

Ich werde melancholisch. „Ich mein’ ja nur. – Wir haben heut’ Früh ein totes Baby in der Pschlacht gefunden. Ein Kind, das keiner haben wollt’ …“

Seine Stimme klingt betroffen, als er sagt: „Ich hab’s schon gehört. – Schlimm, was?“

„Das geht mir ganz schön an die Nieren“, gebe ich zu. „Und ich möcht’ nicht, dass ihr so einen Ausweg sucht, falls …“

„Ach, geh’, Mama! Ich bin ein anständiger Kerl! Du hast schon alles richtig gemacht mit meiner Erziehung“, unterbricht er mich. „Und ich bin vor allem kein Babymörder!“

Ich lächle milde und streichle ihm über den Arm. „Entschuldige.“

„Passt schon“, gibt er nach. „Habt ihr schon einen Verdacht?“

Ich schüttle den Kopf.

„Das machst du schon, Mama!“, versucht er, mich aufzumuntern.

Ich seufze. „Ich weiß nicht. Ich glaub’, das ist ein bisserl zu groß für mich.“

Nun ist Lukas es, der mir über den Arm streichelt. „Ach was! Du bist eine prima Kommissarin. Entspann’ dich!“

„Du redest dich leicht“, spotte ich bedrückt. „Eine Babyleiche hatte ich noch nie. – Nicht einmal während meiner Zeit in Ingolstadt.“

Er schaut mich an. Ich weiß nicht, ist es Bedauern oder Aufmunterung, was ich in seinen blauen Augen sehe. Aber irgendwas beschäftigt ihn wohl.

„Was ist eigentlich aus dem Rechtsmediziner geworden, mit dem du eine Zeit lang rumgehangen bist?“, fragt er mich auf einmal.

„Pathologe, mein Sohn!“, stelle ich richtig und füge hinzu: „Nix.“

„Das wär' aber gut für dich." Er ist ein bisserl verlegen. „Ich mein, so ein Mann an deiner Seite ... Der würd' dich unterstützen und so."

Verwundert schaue ich ihn an.

„Ja, du hast mich schon richtig verstanden!", erklärt er eifrig weiter. „Der Papa ist jetzt schon so lang nicht mehr da. Und du bist zu viel allein."

„Ach geh', ich brauch' keinen Mann!", wehre ich ab. So was will ich überhaupt nicht hören. Schon gar nicht von meinem Jüngsten.

Der geht zur Tür. „Noch mal: Würd' dir aber gut tun. – Und der Papa hätt' sicher nix dagegen."

Völlig verdattert bleibe ich allein in der Küche zurück.

Kapitel 4

Am Montag, an dem meine Beule bis auf einen bläulich schimmernden Fleck fast verschwunden ist und ich in die PI komme, herrscht am Empfang und der dahinterliegenden großen Amtsstube keine besondere Betriebsamkeit. Einige Kollegen arbeiten an ihren Schreibtischen. Ich klopfe zur Begrüßung auf die Theke. Was hatte ich erwartet nach dem Fund der Babyleiche? Eifrige Mitarbeiter, die mich sofort in Beschlag nehmen mit ihren Ermittlungen? Presseansturm? Sollte das in so einem brisanten Fall so laufen?

„Gibt's was Neues?", frage ich den Schubert, der mir jeden Morgen Bericht abliefert, doch er schüttelt nur den Kopf.

Darum gehe ich weiter ins Büro, das hinter der Amtsstube liegt. Der Bär ist schon da. Und der ist seltsamerweise ziemlich fleißig. Er hämmert auf die Tastatur seines Computers ein und ignoriert mich nach dem Grüßen. Ist der immer noch eingeschnappt wegen gestern, weil ich ihn nicht mit zur Betti genommen habe?

An dieser Stelle sollte ich vielleicht dazu erklären, dass er zwar rangniedriger ist als ich, aber so was spielt zwischen uns im Grunde keine Rolle. Wir arbeiten wirklich gut zusammen, aber irgendwie hat er schon immer ein Problem damit, wenn ich ihn nicht in alles mit einbeziehe. Das kommt, und das muss ich zugeben, schon des Öfteren vor. Ich tue das aber wirklich nicht mit Absicht, eher aus der Situation und dem Bauch heraus. Und dann spielt er den Beleidigten. So wie jetzt gerade.

Allerdings weiß ich auch, dass er das nicht lang aushalten kann, und schließlich fragt er nicht ohne eine Spur Häme in der Stimme: „Und, was haben deine Ermittlungen gebracht?"

„Nix."

„Das hätt' ich dir auch gleich sagen können", ereifert er sich und kann sich ein selbstgefälliges Grinsen, das seine Pausbäckchen noch rundlicher erscheinen lässt, nicht verkneifen. Offenbar ist er genau darüber im Bilde, bei wem ich war.

„Wie meinst du das?“

„Ganz Essing weiß, dass die Betti ihr Kind bei einer Fehlgeburt verloren hat. Aber du wolltest ja unbedingt allein ermitteln, statt dich vorher mit mir abzusprechen“, spottet er.

Der Bär ist nämlich auch ein Essinger Urgestein. Allerdings ein Neuessinger.

Übertrieben reumütig hebe ich die Hände. „Ich werd’s nie wieder tun. Versprochen!“

Mein Handy spielt die Bayernhymne. Der Bär runzelt die Stirn, wie eigentlich immer, wenn der Klingelton ertönt.

Bernhard Leikam ist dran.

Ich räuspere mich und versuche, so locker wie möglich zu klingen. „Servus, Leiki!“

„Du hast mich gestern angerufen. Was gibt’s?“, fragt er nüchtern in seiner tiefen, sehr markanten und beruhigenden Stimme, die ich so gut kenne.

Ich erzähle ihm bemüht sachlich von unserem neuen Fall. „… Und jetzt würd’ ich gern von dir die psychologischen Hintergründe über die Mutter erfahren.“

Er seufzt. „Am besten, du kommst bei mir vorbei.“

„Wir müssen heute sowieso noch nach Regensburg wegen dem Autopsie-Ergebnis“, erkläre ich mich bereit, nicht ohne ein klein wenig Herzklopfen.

„Ich bin heut’ den ganzen Tag im Präsidium. Du weißt ja, wo du mich da findest.“

„Polizeipsychologe?“, fragt mich der Bär, nachdem ich mich verabschiedet und aufgelegt habe.

Ich nicke. Der Bär weiß so ziemlich alles über mich, auch dass ich in psychologischer Behandlung gewesen bin. „Ich will seinen Rat wegen der Babyleich’.“

„Läuft mit dem was?“

Ich schaue ihn empört an, spüre aber, wie ich rot werde.

Der Bär grinst süffisant.

Energisch stehe ich auf. „Also, pack' mas!"

„Was?"

„Schlachthaus."

„Aber ich muss noch meinen Bericht fertig schreiben ...", weigert er sich eifrig.

Rechtsmedizin und Berichte schreiben sind so ziemlich die schlimmsten Bestandteile seines Jobs. Das Schlachthaus scheint er aber noch mehr zu hassen, als das zweite, wenn wir auch nur selten dahin müssen. Mir geht es zwar genauso, aber allein will ich da auf gar keinen Fall hin.

„Das machen wir später!"

Als ich gerade aufstehe, kommt der Koller zur immer offen stehenden Bürotür herein. „Die Spusi hat ihre Ergebnisse geschickt."

Er reicht mir eine dünne Mappe. Das ging aber schnell!

„Hast du das schon gelesen?", frage ich den Kollegen und erwarte eine kurze Zusammenfassung.

Er schüttelt den Kopf. „Ist doch dein Fall."

Ich verdrehe die Augen und gehe aus dem Büro. Offensichtlich reißt sich keiner um diesen Fall.

„Du fährst und ich les' das derweil", befehle ich dem Bär, der mir folgt.

Auf dem Beifahrersitz unseres alten Streifenwagens erfahre ich dann aus den Unterlagen nichts Unerwartetes oder Hilfreiches. War ja klar! Ich stöhne, als ich die Mappe auf meine Oberschenkel lege.

„Nix Neues, was?", will der Bär wissen.

„Die weiße Plastiktüte ist überall in Deutschland erhältlich, genauso wie das Badetuch. Hergestellt in Bangladesch. Massenprodukt, verkauft im Zeitraum Mitte bis Ende Mai 2010 bei den unterschiedlichsten Discountern. Allerdings haben sie noch ein paar Haare gefunden, aber, wenn wir keine Vergleichsprobe haben, dann bringt uns das gar nix", kläre ich ihn auf.

„Glaubst du, dass das eine Einheimische war?“, fragt er mich nach einer Pause.

„Mein Gefühl sagt mir nein. Heut’ ist doch jeder mobil. Das kann eine aus Regensburg, München oder Hinterdupfing gewesen sein, die sich mit dem toten Kind ins Auto gesetzt hat und hierhergefahren ist.“

„Das wird dem Übelacker gar nicht gefallen“, stellt der Bär fest.

Ich lache spöttisch. „Mir gefällt’s auch nicht.“ Und nach einer nachdenklichen Pause sage ich noch: „Weißt’, ich würd’ dieser Frau schon gern in die Augen schauen und sie fragen, warum sie das gemacht hat.“

Der Bär nickt zustimmend. „Ich allerdings auch! Und nicht nur das …“

Er hat selber drei Kinder im Alter von acht bis dreizehn Jahren. Und ohne, dass wir groß drüber reden, weiß ich, dass er genauso denkt und fühlt wie ich.

Die Rechtsmedizin ähnelt einem Schlachthaus: Alle Wände sind weiß gefliest bis unter die Decke, es ist kalt und es hallt ungemütlich in den fast möbellosen, langen Gängen und großen Räumen. Drum heißt es unter uns Kollegen auch so: Schlachthaus! Und schließlich werden hier auch Tote auseinandergenommen, wenn es auch keine essbaren Tiere sind. Aber es riecht eindeutig nach Tod: süßlich, fleischig, modrig und blutig. Mir wird schon schlecht, als ich das Gebäude betrete und sich eine seltsame Beklemmung auf meinen Brustkorb legt. Dem Bär geht es genauso, denn sein sonst rosiges Gesicht erbleicht.

Wir meiden den großen Seziersaal und steuern direkt über den langen Flur, auf dem sich eine, glücklicherweise leere Totenbahre nach der anderen an der Wand entlangreiht, zum Büro von Lorenz Kollwitz. Als wir es betreten, ist es leer. Durch eine große Glasscheibe hat man bedauerlicherweise freien Blick in den Seziersaal, in dem gerade zwei Pathologen ganz in mintgrün mit Mundschutz, Schutzbrille und Häubchen auf einem Seziertisch einen jungen Punker aufschneiden. Ich sehe die bunte Haarmähne und die Tätowierungen auf der bleichen Haut von weitem und auch die auseinandergeklappten Hautlappen vom Brustkorb des Toten, in dem der Leichendoc gerade herumwurschtelt. Mein Magen zieht sich zusammen. Ich schaue angeekelt weg und mich in dem Büro um. Es ist erst das zweite Mal, dass ich Lorenz' Reich betrete.

An der Wand neben der Scheibe hängen hell von hinten erleuchtet ein paar Röntgenaufnahmen von einem Kopf und zwei Händen. Es sind eindeutig nicht die von einem Säugling. Ansonsten herrscht in dem Raum ziemliches Chaos. Die beiden Schreibtische sind bestückt mit einigen Flachbildschirmen und überladen mit Papieren, Akten, Büchern und anderlei Büroutensilien. Das will so gar nicht zu dem adretten, überkorrekten Pathologen passen. Aber irgendwo hat wohl jeder seine Müllhalde …

Ich klopfe an die Glasscheibe, um auf uns aufmerksam zu machen. Schließlich wollen wir schnell wieder hier raus. Die beiden Vermummten drehen sich um und einer der beiden nickt uns kurz zu. Er gibt dem anderen noch ein paar Anweisungen und verlässt dann den Raum durch eine angrenzende Tür.

Kurze Zeit später kommt Lorenz auch schon zu uns ins Büro. Bis auf die Hose und das Oberteil hat er seine Schutzkleidung abgelegt.

„Guten Morgen, Lorenz“, grüße ich ihn nicht ohne ein wenig Zurückhaltung.

„Juten Morgen, meine Holde!“, begrüßt er mich sichtlich erfreut, mustert zufrieden meine fast verheilte Stirn und schenkt mir sein schönstes Lächeln. „Schade, dadd dein Besuch leider nur berufliche Gründe hat.“

Der Bär verdreht genervt die Augen und brummt. Dafür bekommt er nur ein mageres Kopfnicken vom Leichendoc.

Ich kann mir nicht helfen, aber in der Nähe von Lorenz fühle ich mich immer, als wäre ich die schönste, begehrenswerteste Frau der Welt. Es ist fast eine Kunst, wie er mit mir redet, mich ansieht und seine Gesten einsetzt. Sogar seine einfache, mintgrüne Arbeitstracht und seine jetzt verschwitzten, platten Haare können nicht verbergen, was für ein attraktiver Mann er ist.

Das einzige Manko an ihm ist, dass er nicht von hier ist, genau genommen nicht einmal aus Bayern, sondern aus Berlin. Ein Preiß' also! Es ist eine geschichtsträchtige Tradition hier in Bayern, dass dessen Bewohner die Preußen nicht leiden können. Ein Klischee ist es aber allemal!

Ist dieses Manko oder auch das Klischee für mich nur ein Vorwand, um ihn nicht an mich heranlassen zu müssen? Im Grunde mag ich ihn und seinen Dialekt und fühle mich geschmeichelt, dass er solch ein Interesse an mir zeigt und dabei aber nie aufdringlich oder lästig wird. Er ist ein Gentleman, wie er im Buche steht, und kein bayerischer Trampel von Mannsbild, wie er mir immer wieder über den Weg läuft.

Als ich die paar Mal mit ihm Essen gewesen bin, war er unglaublich nett, zuvorkommend und lustig. Zugegeben hat es mir schon gefallen, wie er mit mir geflirtet, mir Komplimente gemacht und mich umworben hat. Als er dann aber körperliche Annäherungsversuche probiert und seine Hand auf die meine auf dem Tisch gelegt hat, habe ich sie gleich weggezogen. Sei es wegen der Vorstellung, was oder wen er von Berufs wegen damit schon alles angefasst hat, oder deshalb, weil kein Mann mich mehr berührt hat, seit Martin tot ist.

Seit jenem Abend vor drei Wochen bin ich Lorenz jedenfalls aus dem Weg gegangen und wir hatten seither auch keinen Kontakt mehr.

„Ja, schön …", stammle ich verlegen. „Wir sind allerdings, wie du schon sagtest, dienstlich hier."

Er nickt wissend und wird wieder professionell. „Das Baby!"

Ganz oben auf einem Stapel Papiere liegt ein Ordner, nach dem er greift. „Da haben wir es. – Wollt ihr euch die Leiche noch einmal ansehen?"

Der Bär und ich schütteln energisch mit dem Kopf. Auf gar keinen Fall!

Lorenz blättert in den Unterlagen, als würde er seine Erkenntnisse von einer solch außergewöhnlichen Leiche so schnell vergessen haben, der Berliner Wichtigtuer. Das ist er nämlich auch: ein preußischer Gschaftlhuber, der seinen Beruf sehr ernst nimmt.

„Also, ick hatte schon recht mit meiner Annahme: das Neugeborene, weiblich, mitteleuropäischer Abstammung, war voll entwickelt und lebensfähig; 3270 Gramm; 52 Zentimeter; Pulmo voll entfaltet und beidseits belüftet, was darauf schließen lässt, dadd es nach der Jeburt jeatmet hat. In der Lunge hab' ick keen Wasser jefunden, es ist also nich im Wasser ertrunken, sondern schon vorher jetötet worden. Todesursache: Ersticken. Es jibt prämortale, punktuelle Einblutungen in den Augäpfeln. Die Nabelschnur wurde stümperhaft mit einer Schere oder einem Messer durchtrennt. In seinem Magen war noch Fruchtwasser und das Mekonium, also der erste Stuhl eines Neugeborenen, befand sich noch im Dickdarm, was darauf schließen lässt, dass es unmittelbar nach der Jeburt jetötet wurde."

Ich muss schlucken, was aber die Übelkeit nicht vertreibt.

Etwas selbstgefällig sieht uns Lorenz an, als er den Heftordner wieder zuklappt und mir reicht.

„Danke auch …", bringe ich nur heraus.

„In eurer Haut möchte ick nich stecken. So eine Babyleiche erregt viel Aufsehen", sagt Lorenz aus echtem Mitleid heraus. „Und die Aufklärungsrate bei so etwas ist nich jerade berauschend."

Der Bär und ich haben uns vor lauter Beklommenheit die ganze Zeit über keinen Millimeter bewegt.

„Hier geht's um das Schicksal eines Neugeborenen und nicht um die Aufklärungsrate", meint der Bär sarkastisch. „Das scheint Ihnen nicht sehr nahe zu gehen."

Lorenz mustert den gewichtigen Bär und geht zu ihm hin. „Wenn ick mir zu jeder Leiche, die ick auf dem Tisch hab', so viele Jedanken zu ihrem Schicksal machen würde, dann könnte ick meinen Job an den Nagel hängen, mein Freund."

„Ein Baby wird da nicht so oft dabei sein", spöttelt der Bär. Ich spüre deutlich seine Abneigung gegen den Pathologen.

„Es hilft, wenn man die Leichenschau aus rein wissenschaftlicher und pathologischer Sicht durchführt. Ick konzentriere mich nur darauf, was mir die Leiche über den Mörder sagt", erklärt Lorenz weiter. „Ick bin der Arzt für die, die et hinter sich haben. Ick kann ihnen sowieso nich mehr helfen."

Bei einem unserer Dates hat er auch versucht, mir das näher zu erläutern, denn natürlich hat es mich interessiert, wie er privat mit seinen Leichen umgeht. Er braucht in seinem Beruf schon jede Menge Selbstbeherrschung, Professionalität, Distanz und Coolness, sonst könnte er so was nicht machen.

Aber darauf will ich mich gar nicht weiter einlassen und frage: „Was ist mit der DNA?"

„Morgen habt ihr sie", informiert er mich ganz gelassen und lässt sich auf seinem Bürostuhl nieder.

„Ansonsten keine anderen Spuren an der Leich'?", will der Bär beklommen wissen.

Lorenz schaut ihn fast anklagend an. „Wenn, dann hätte ick es euch bereits jesagt. Außerdem ist die Leiche circa vier Tage im Wasser jelegen. Da jibt es nischt mehr zu finden." Mir zugewandt stellt er bedeutend freundlicher fest: „Schön, dadd wir einmal wieder zusammenarbeiten, Maria. Ick hab' lang nischt mehr jehört von dir."

Mit einem übertriebenen Seufzen wendet sich der Bär ab und geht. „Ich wart' draußen auf dich."

Verlegen zucke ich mit den Schultern. „Ich hab' einen sehr einnehmenden Beruf, Kinder, Haushalt ... keine Zeit", rede ich mich heraus.

Lorenz steht wieder auf und kommt auf mich zu. „Lust, heute Abend spontan essen zu jehn?"

Ich schüttle den Kopf. „Ich muss mich auf den Fall konzentrieren."

„Das ist dein Beruf, das versteh' ick, aber du hast och ein Privatleben", drängt er und bleibt dicht vor mir stehen.

Wieder umwabert mich sein elegantes Parfüm und das tiefe Blau in seinen Augen, mit denen er mich eindringlich ansieht, zieht mich in seine Tiefen.

„Es tut mir leid, Lorenz", bleibe ich hart. Meine Vernunft hat über das Herz gesiegt.

Er ist offensichtlich enttäuscht. „Schade."

Ich verabschiede mich. „Ein ander' Mal."

Draußen am Auto wartet der Bär. „Und alles erledigt?", fragt er ziemlich genervt.

„Ja."

„Wohin jetzt?"

„Ins Präsidium zum Leiki."

Folgsam nickt er, steigt ein und wir fahren schweigend zum Präsidium.

„Wir müssen in den ersten Stock", sage ich zum Bär, als er mir ins Gebäude folgt. „Dort ist Leikis Büro."

„Hast du deine Sitzungen immer hier mit ihm gehabt?", will er neugierig wissen.

Ich schaue ihn irritiert an. Die komische Betonung auf Sitzungen gefällt mir nicht. „Ja, wieso?"

Ich spüre schon seit dem Verlassen des Schlachthauses, dass ihm etwas auf der Seele brennt.

„Was sind das für Männergeschichten mit dem Leichendoc und dem Psycho-Fuzzi?"

Seine Frage macht mich grantig, besonders, weil er sich noch nie in mein Privatleben eingemischt hat. Die Bayernhymne aus meiner Jackentasche unterbricht uns, während wir die Treppen hoch steigen. Das passt mir jetzt gar nicht. Auf dem Display die Nummer vom Kollers Apparat in der Dienststelle. Ich drücke ihn weg.

„Ich glaub' nicht, dass dich das was angeht!", motze ich ihn dann an.

Er bleibt mitten auf der Treppe stehen. „Da hast' schon Recht. Aber wie lang geht das mit den beiden jetzt schon?", stellt er ironisch fest und seine Frage halt durch das Treppenhaus.

Eine junge Polizistin und ihr ziviler Begleiter schauen uns im Hinabsteigen neugierig an. Ich spüre, wie ich rot anlaufe.

Mein Partner bemerkt wohl, dass er zu laut geworden ist, schließt die Stufen zu mir auf und meint besänftigend: „Es wär' halt einmal an der Zeit, dass du Nägel mit Köpfen machst."

„Das muss ich aber nicht. Ich brauch' keinen Mann!", sage ich schnippisch.

„So einer tät' dir aber gut. – Ich mein', weil …", er zögert verlegen. „Du bist schon so lang allein."

Jetzt reicht's aber! „Fang nicht du auch noch damit an! Wer sagt, dass man als alleinstehende Frau nicht auch glücklich sein kann?"

„Keiner", antwortet der Bär ganz ruhig. „Aber du bist eine schöne Frau und ein paar Männern gefällst du offensichtlich recht gut. – Also: warum nicht?"

Ich fühle mich geschmeichelt und bin beschwichtigt. Warum nicht? Eine gute Frage … Allerdings werde ich die Antwort, die ich mir selber darauf gebe, bestimmt nicht dem Bär sagen.

Stattdessen erkläre ich: „Der Lorenz ist ein Preiß', und der Leiki ein Psycho. – Bist du damit zufrieden?"

Der Bär grinst mich breit an. Ich grinse zurück. Seine Neugier und Sorge scheint befriedigt und dieses leidige Thema ist hoffentlich vom Tisch.

Als wir gerade auf dem langen Flur zu Bernhard Leikams Reich im Polizeipräsidium in der Bajuwarenstraße zugehen, öffnet sich die Tür und eine hübsche Brünette in einem grauen Kostümchen kommt heraus. Sie schmunzelt verzückt und wandelt federnden Schrittes auf ihren hohen Hacken an uns vorbei, ohne uns zu bemerken.

„Ich glaub', deine Chancen beim Seelenschrauber sind soeben dahin", meint der Bär ironisch und schaut der Hübschen mit großen Augen hinterher.

Dafür kriegt er von mir einen Ellbogenrempler in seine Wampe, bevor ich höflich an der Bürotür klopfe und eintrete.

Leiki rückt sich gerade seine elegante Krawatte zurecht und lässt sich mit einem zufriedenen Schmunzler hinter seinem Schreibtisch nieder. Im Grunde ist er mir viel zu dünn und langhaxert. Ich mag es nämlich, wenn an einem Mann was dran ist. Auch sein Gesicht ist lang und schmal und seine Züge wirken ziemlich kühl mit den schmalen Lippen und dem kantigen Kinn. Allerdings hat er schöne, braune Augen mit einer einnehmenden Ausstrahlung, die sofort Vertrauen wecken, genau wie seine warme, tiefe Stimme. Und das ist in seinem Beruf wohl sehr dienlich.

Ich grüße ihn kühl und hole ihn damit aus seinen Träumen. „Guten Morgen, Leiki. Hier bin ich also! – Das ist mein Partner, Markus Bärnreuther."

Sein Gruß beschränkt sich auf ein kurzes Nicken. Wir kommen ihm trotz unserer Ankündigung offensichtlich ungelegen. Nicht, dass mir das was ausmachen würde, aber ein dumpfes Gefühl breitet sich dann doch in mir aus. Ich würde lügen, wenn ich nicht zugäbe, dass mir seine einfühlsame, ehrliche Aufmerksamkeit, ob in beruflicher oder privater Absicht, geschmeichelt hat. Aber ich bin ja schließlich keine Patientin mehr von ihm, sondern eine hilfesuchende Kommissarin und er ein Berater. Auf dieser beruflichen Ebene sollte ich ihm wohl in Zukunft am besten begegnen. Das erspart Missverständnisse.

In ihm geht wohl das gleiche vor, denn er räuspert sich und fragt dann ganz professionell: „Wie kann ich euch helfen?"

Mit einem gezwungenen Lächeln bittet er uns, in den beiden Edelstahl-Schwingstühlen vor seinem Schreibtisch ihm gegenüber Platz zu nehmen.

Wir setzen uns. Unter Bärs Gewicht wippt der Stuhl erschreckend stark nach hinten und er versucht angestrengt, sich ganz still zu halten. Für solch eine Last sind die wohl eher ungeeignet.

„Es geht um das tote Baby. Ich habe dir davon am Telefon erzählt", weise ich Leiki hin.

Offenbar ist er gedanklich noch bei seiner letzten Patientin und der Grund unseres Besuchs fällt ihm jetzt erst wieder ein. Jedenfalls greift er sich einen Kuli und lässt ihn gekonnt zwischen seinen langen, dünnen Fingern spielen.

Wieder Bayernhymne! Kruzinesn! Was wollen die denn heute andauernd von mir? Auf dem Display wieder der Koller. Wieder drücke ich ihn weg, dann schalte ich es ganz aus.

„Entschuldigung", sage ich und richte meine ganze Aufmerksamkeit wieder auf Leiki.

„Da gibt es mehrere Arten von Müttern. Das ist ziemlich komplex und umfangreich", analysiert er schließlich und wartet ab, offenbar ganz in der Hoffnung, wir würden ihm mehr Zeit für diese Analyse geben und zu einem anderen Zeitpunkt wieder kommen.

Einen Teufel werden wir tun! Ich will mehr erfahren! Und zwar jetzt. Darum schlage ich die Beine übereinander und beuge mich ein wenig nach vorne, um mein ungeteiltes, drängendes Interesse zu bekunden. „Bitte!"

Der Seelenschrauber weicht meinem Blick aus und räuspert sich. „Gut …, dann fangen wir doch zum Beispiel mit der Mutter an, die schon viele Kinder hat. Statistisch findet man sie in der sozial niedrig gestellten Bevölkerungsschicht. Sie ist überfordert, das Geld reicht hinten und vorne nicht und wahrscheinlich ist sie auch alleinerziehend. Sie beseitigt das Baby also. Dem voraus geht eine abgelehnte, vielleicht auch ignorierte Schwangerschaft. Höchstwahrscheinlich weiß der Vater des Kindes nicht einmal, dass sie schwanger gewesen war."

„Du meinst, sie hat es verheimlicht und er merkt's nicht einmal?", frage ich, und kann es mir nicht vorstellen. Schließlich war ich selbst zwei Mal schwanger. Das ist zwar schon eine Zeit lang her, aber ich erinnere mich genau, dass ich auseinandergegangen bin wie ein Hefeteig. Martin hätte schon blind sein müssen, damit er das übersieht.

„Kann sein, dass er gar nicht mit ihr zusammenlebt, die Partnerschaft schon zerrüttet ist oder aber, er ignoriert es auch“, erklärt er mir. „Jedenfalls ist das eine Art Selbstschutz, denn dann kann man das Geplante, nämlich das Töten des Kindes, einfacher mit seinem Gewissen vereinbaren. An der Art, wie es entsorgt wurde, kann man erkennen, dass es nicht wie ein geliebtes, menschliches Individuum gesehen wurde, so wie es bei den allermeisten Müttern gegenüber ihres Kindes der Fall ist. Oxytozin ist das Hormon, das die Liebe in einer Mutter für ihr Neugeborenes hervorruft. In eurem Fall hat es wohl komplett gefehlt. Aber euch das genau zu erklären, würde euren Zeitrahmen sprengen.“

„Sie tut also so, als wär's nie passiert?“, hakt der Bär nach und schüttelt ungläubig den Kopf.

„So ungefähr.“

„Was gibt's noch für Arten von Müttern?“, forsche ich angewidert.

„Sie könnt' auch eine Teenagerin sein, die ungewollt schwanger geworden ist. Sie gebärt das Kind heimlich, tötet und entsorgt es“, erzählt Leiki kühl weiter.

Irgendwie habe ich das Gefühl, es gefällt ihm, uns zu schocken.

„Was ist mit dem Vater?“, überlegt der Bär.

„Vielleicht war er dabei, vielleicht hat er sich aber aus dem Staub gemacht, wie es meistens der Fall ist bei den jungen Leuten.“

„Weiter!“, fordere ich.

„Tja, die nächste Art ist wohl die tragischste: Nämlich die Mutter, der das Kind von einem Dritten nach der Geburt weggenommen und getötet wird, weil es dieser Dritte nicht haben will.“

Der Bär schluckt und fragt dann: „Wer wäre zum Beispiel dieser Dritte?“

„Der Kindsvater, die Eltern des Mädchens oder des Kindsvaters oder auch eine nicht verwandte Person der Mutter. Jedenfalls jemand, der großen Einfluss auf sie hat."

„Wie zum Beispiel der eigene Vater, der seine Tochter vergewaltigt und sie geschwängert hat?", hat der Bär eine düstere Vorstellung.

„Möglich", stimmt der Psychologe zu.

„Gibt's noch einen Typ Mördermutti?" Eigentlich reicht es mir schon, aber ich muss alle Möglichkeiten in Betracht ziehen.

Zu meinem Leidwesen nickt Leiki. „Ja: Vergewaltigungsopfer Frau, die dabei schwanger wird und das Kind deshalb ablehnt."

Der Bär springt auf. „Ja Herrschaftszeiten! In welcher Welt leben wir denn?", empört er sich. „Es gibt doch anonyme Geburten und Babyklappen. Sogar bei uns im Kelheimer Krankenhaus!"

Da spricht der liebende, dreifache Vater aus ihm. Ihm ist sein Ausraster peinlich. Er setzt sich verlegen und vorsichtig wieder neben mich in den Schwingstuhl.

Leiki steht auch auf und umrundet seinen Schreibtisch. „Leider kann man in einen Menschen nicht reinschauen. Nicht einmal mir gelingt das bei manchen meiner Patienten."

Mir wird unheimlich, weil er mich dabei ziemlich durchdringend anschaut. Verlegen rutsche ich in meinem federnden Schwingstuhl zurück.

„In eurem Fall war die werdende Mutter wohl überfordert und gestresst, zusätzlich beeinflusst durch die Hormone. Das rationale Denken und der Selbsterhaltungstrieb haben sich offenbar ausschließlich auf sie selbst bezogen. Besonders, wenn sie sozial nicht gefestigt oder aus einem ungünstigen, unsozialen Umfeld kommt", fährt er fort und bleibt hinter uns stehen. „Für sie ist es der einfachste Weg, das weg zu machen, was sie nicht haben will, so wie es leider Gottes in der Natur des Menschen liegt."

„So wie ein Krebsgeschwür", grübelt der Bär mit erkennbarem Unwohlsein.

Leiki setzt seinen Weg um uns fort und kommt schließlich wieder an seinem Bürosessel an. „Ich sehe, Sie haben mich verstanden, Herr Bärnreuther.“

Ich schnaufe tief durch. „Ich fasse also zusammen: Die Mutter unseres toten Neugeborenen ist also noch ziemlich jung, kommt aus der unteren Bevölkerungsschicht, ist beeinflussbar und egoistisch, was ihren Selbsterhaltungstrieb angeht.“

Das Nicken vom Psychologen ist zustimmend. „So schätze ich es ein. – Allerdings ohne Gewähr!“

Der Bär räuspert sich und steht wieder auf. „Also mir langt’s jetzt gewaltig!“

Wie oft habe ich diesen Satz in diesem Büro schon im Kopf gehabt? Sehr oft! Diesmal betrifft meine psychische Überforderung aber nicht mich selbst, sondern meinen Fall, was nicht minder schlimm ist. Darum folge ich dem Bär zur Tür.

„Du hast uns sehr weitergeholfen, Leiki. Danke!“, sage ich mehr aus Höflichkeit als aus echter Dankbarkeit, während der Bär hinausrennt.

Auf einmal wird der Blick vom Seelenschrauber weicher und er schaut mich aus seinem Bürostuhl heraus mitfühlend an. „Wie geht’s dir, Maria?“

Ich zucke unsicher mit den Schultern, weil ich überrascht bin über seine plötzliche Freundlichkeit.

Soll ich ehrlich sein oder ihm was vorlügen, nur damit ich meine Ruhe habe? In Anbetracht seines Sinneswandels entscheide ich mich für ersteres: „Das tote Baby erinnert mich an die Zeit, als ich selber Mutter geworden bin und der Martin und ich junge Eltern waren.“

„Kommst du damit klar?“

Mein Nicken ist ein bisserl zu zögerlich. „Glaub’ schon.“

„Wenn nicht, dann ruf’ mich einfach an“, bietet er mir ergeben an. „Ich bin nach wie vor für dich da.“

Wieder nicke ich und bin angenehm überrascht über sein Angebot. Ich verabschiede mich und eile dem Bär hinterher an die frische Luft. Als wir wieder im Auto sitzen, herrscht betretenes Schweigen.

„Man meint immer, hier bei uns gibt's solche Grausamkeiten nicht. Ich kann mir beim besten Willen einfach nicht vorstellen, dass es in unserer Gegend eine Frau gibt, die ihr Baby umbringt", sagt er dann, als wir auf der viel befahrenen Bundesstraße 16 Richtung Kelheim sind.

„Mir geht's auch so", pflichte ich ihm bei.

„Aber dafür, dass wir Polizisten sind und schon einige schreckliche Dinge erlebt haben, schockt mich das wirklich gescheit", fügt er hinzu.

Damit übertreibt er maßlos, weil er noch nie wo anders gearbeitet hat als in der ländlichen Provinz. Somit hat er schlimmstenfalls ein totes Unfallopfer, verzweifelte Angehörige, aufgebrachte Zeugen oder heulende Verletzte erlebt, aber nie einen Mord oder ähnliches.

„Wir sind halt auch nur Menschen", versuche ich, ihn zu besänftigen, weil ich spüre, dass es in ihm genauso rumort wie in mir.

Er grunzt höhnisch. „Dein Seelenschrauber ist aber eine andere Spezies, oder?"

„Was hast du gegen ihn?"

Statt mir auf meine Frage eine Antwort zu geben, kritisiert er weiter: „Du hast schon einen seltsamen Geschmack, was Männer betrifft. Der eine wurschtelt in Leichen herum und der andere in den Köpfen seiner Patienten."

Ich seufze. „Ich dachte, das Thema wär' gegessen."

„Pf!", reagiert der Bär ironisch.

Forschend schaue ich ihn von der Seite an. „Wenn ich es nicht besser wüsst', dann würd' ich sagen, du bist eifersüchtig!"

Ein anklagender Blick trifft mich kurz und ein weiteres, spöttisches „Pf!", folgt.

Es ist wohl besser, wenn ich zum Beruflichen zurückkomme. „Wenigstens haben wir dank dem Leiki ein Täterprofil der Mutter."

„Ja, eine asoziale Schlampm ist sie!“, schimpft er weiter.

Unser Funkgerät rauscht und der Koller ruft uns. Ich melde mich zurück.

„Mensch, Mary! Endlich erwisch’ ich dich! Hier ist die Hölle los!“, stöhnt der Koller.

„Was ist denn passiert?“, bin ich neugierig und auf der Hut.

„Die Presse hat Wind von der Babyleich’ gekriegt.“

Ich schnaufe tief ein. „Kruzinesn!“

„Die Telefone stehen nicht still. Und der Übelacker ist auch schon da. Es ist besser, wenn ihr gleich herkommt“, warnt mich der Koller.

„Wir sind schon auf dem Weg“, sage ich, beende das Gespräch und schaue zum Bär hinüber. „Die Presse hat Lunte gerochen.“

„Zefix!“, ist sein Kommentar.

Genau!

Kapitel 5

In der PI herrscht dicke Luft. Das spüre ich schon, als ich die Eingangstür aufmache. Die Kollegen hängen alle an der Strippe, wiegeln genervt ab, erklären, dementieren und legen wieder auf. Dann klingelt es wieder … Sie müssen jeden Anruf entgegennehmen, könnte ja ein Notfall sein.

„Der Übelacker ist in eurem Büro", informiert mich der Schubert von seinem Schreibtisch aus mit dem Telefonhörer zwischen Kopf und Schultern eingeklemmt und verdreht die Augen.

Ich kann mir schon denken, was mich jetzt erwartet.

„Frau Spangler! Na endlich!", begrüßt mich der Paragraphenreiter geschniegelt und gestriegelt im feinen grauen Anzug. Aufgebracht rennt er hin und her. „I hob doch g'sagt, kein Wort an die Presse, Kruziment nomoi! Und jetz läuten die Telefone Sturm! Sie glaum ja gar niat, was des bedeit! Spätestens moang muh i a Pressekonferenz gem! Und, wos soll i de Reporter song? Mia hom ja nix! Und 's LKA Landshut is ma a scho auf'm Deckl g'stieng."

Sein runder Kopf mit den grauen, feinen Haaren und der hohen Denkerstirn ist puterrot angelaufen vor Aufregung. Er fuchtelt und gestikuliert wild mit seinen gepflegten Händen herum und schiebt seine eckige Brille nervös immer wieder zurück auf die schmale Nasenwurzel.

Der Bär schaut mich mit einem unterdrückten Schmunzeln an.

Immer, wenn sich der Herr Staatsanwalt aufregt, ist es vorbei mit gepflegtem Hochdeutsch. Dann geht der Oberpfälzer mit ihm durch.

Verstanden habe ich ihn natürlich, es ist eher seine Aufgeblasenheit, die mich direkt dazu herausfordert, ihn auflaufen zu lassen. „Es tut mir leid, Herr Dr. Übelacker, aber was meinen Sie?"

Es kostet mich jede Selbstbeherrschung, mir das Lachen zu verdrücken. Dem Bär geht es genauso.

Das bringt den Staatsanwalt zur Raison. Verlegen räuspert er sich und spricht in normalem Ton und wieder in reinstem Hochdeutsch weiter: „Es geht hier um einen Baby-Mord, meine Herrschaften! Ich weiß nicht, was Sie daran so witzig finden."

„Tschuldigung", sage ich kleinlaut.

„Also, woher weiß die Presse davon?"

Ich zucke die Schultern. „Essing ist ein Dorf. So was spricht sich halt schnell rum."

Irgendwie habe ich ein komisches Gefühl. Mein Verdacht fällt auf den Opa. Aber das sage ich dem Übelacker natürlich nicht.

Vielleicht sollte ich an dieser Stelle dazu erklären, dass wir die Öffentlichkeit natürlich über das Geschehen in den lokalen Zeitungen unter der Rubrik Polizeibericht unterrichten. In der Tageszeitung findet das aber meist nur in einer kleinen Spalte am Seitenrand statt. Dass das Interesse der Presse in diesem Fall diese Nebensächlichkeit übersteigt, ist mir schon klar, und das sollte es auch dem Staatsanwalt sein.

Er reibt sich das glatt rasierte Kinn und zwinkert mit seinen kleinen, grauen Augen hinter den Brillengläsern. „Sei's, wie es ist. Ich muss morgen eine Pressekonferenz anberaumen, damit die Öffentlichkeit informiert ist und die Presse ihre Infos kriegt. Haben wir neue Erkenntnisse?"

Fragend schaut er zwischen dem Bär und mir hin und her. Da war es wieder, dieses Wir. Das muss immer herhalten, um uns ein Gemeinschaftsgefühl mit dem Staatsanwalt zu geben, indem er sich auf die gleiche Ebene mit uns stellt. Das ist so seine Taktik, die aber nicht bei uns wirkt.

Ich reiche dem Staatsanwalt die Unterlagen von der Obduktion und der Spurensicherung. Er blättert kurz darin. Offenbar ist er bei den Fotos von der Leiche des Säuglings angekommen, denn seine Mimik erstarrt. Dann räuspert er sich und schlägt die Mappe wieder zu.

„Fassen Sie kurz zusammen!", befiehlt er und gibt sie mir zurück.

Ich tue, wie mir geheißen.

„Also nichts wirklich Brauchbares", erkennt der Übelacker nachdenklich und platzt dann einfach so heraus: „Das LKA schickt uns einen Mann zur Unterstützung. Informieren Sie ihn bitte bis ins kleinste Detail über alles. Er muss mit mir morgen vor der Presse Rede und Antwort stehen."

Seine Ankündigung macht mich grantig. „Ich brauche keine Unterstützung! Ich habe ein prima Team!"

Der Paragraphenreiter wirft zuerst mir einen abschätzigen Blick zu, dann bleibt dieser auf dem Bär liegen. „Meinen Sie wirklich?"

Ich sehe, wie der Bär in seinem Bürostuhl seine aufschäumende Wut unter Kontrolle hält. Um gegen einen Vorgesetzten aufzumucken, ist er dann doch ein zu großer Feigling.

„Ich erwarte, dass Sie mit dem Mann vom LKA uneingeschränkt zusammenarbeiten, Frau Spangler", fordert der Staatsanwalt energisch.

„Jawohl, Herr Dr. Übelacker!", nehme ich den Befehl übertrieben eifrig an.

Dafür bekomme ich einen Du-blöder-kleiner-Polizist-Blick aus seinen kleinen Augen zugeworfen, während er sich seine edle Aktentasche von dem Gästestuhl neben mir nimmt.

Der Bär nickt mir anerkennend zu und wir grinsen.

„Ihnen wird das Lachen schon noch vergehen!", droht der Rechtsverdreher.

„Nein, Herr Dr. Übelacker! Das ist uns schon lange vergangen", kommentiere ich noch, während er wutschnaubend davonrauscht.

Der Bär und ich brauchen gar nicht lang über diesen Auftritt reden. Wir wissen, was der andere darüber denkt. Also grinsen wir uns nur an und machen unsere Arbeit. Der Bär widmet sich seinem Computer und ich rufe daheim an. Es hebt aber niemand ab.

Dann schon wieder Bayernhymne. Dran ist Lorenz. Zögernd, ob dieser Anruf privater oder beruflicher Natur ist, gehe ich ran.

„Ick hab' ganz verjessen, dich zu fragen, was mit der Babyleiche passieren soll. Meine Untersuchungen sind abjeschlossen und ick muss sie freijeben“, erklärt er mir den Grund seines Anrufes.

„Keine Ahnung“, bin ich überfordert. „Was passiert denn normalerweise mit so einer Leich'?“

„So viel ick weiß, jibt es in Regensburg ein Projekt, bei dem alle drei Monate eine Sammelbeerdigung stattfindet, in der alle Früh- und Totgeburten jemeinsam beerdigt werden“, erinnert er sich.

„Naja …“, meine ich. In mir sträubt sich was dagegen.

„Beijesetzt muss es aber laut Gesetz werden, und wenn es in einem anonymen Grab sein muss.“

Anonym schon gleich gar nicht!

Ich überlege kurz und habe eine Eingebung. Gefunden wurde das arme Kind in Essing. Da muss sich doch was organisieren lassen! Ich denke da an den Pfarrer samt seinem großherzigen, katholischen und wohlhabenden Verein.

„Ich red' mal mit unsrem Pfarrer.“

„Jut! Dann behalte ick die Leiche in der Zwischenzeit hier. – Neue Erkenntnisse?“

„Nicht wirklich“, gebe ich zu. „Die Presse rückt an und wir kriegen Verstärkung vom LKA.“

„Das war zu erwarten … Ick meine das mit der Presse!“, redet er sich heraus. „Aber ihr seid vielleicht wirklich zu unerfahren …“

„Ja, genau!“, unterbreche ich ihn voller Ironie. „Der superkompetente LKAler wird uns primitiven Provinzpolizisten jetzt dann zeigen, wie man einen solchen Fall in Null-komma-nix löst. – Danke auch für deine Aufmunterung und dein Vertrauen in mich!“

„So war das nich jemeint“, ist ihm sein Schnitzer peinlich. „Du bist eine wunderbare Kommissarin …“

„Lass es einfach!“, unterbreche ich seinen Rettungsversuch barsch und wundere mich, wo seine edlen Manieren geblieben sind.

Er seufzt. „Mein Anjebot für ein wenig Ablenkung steht jedenfalls nach wie vor.“

„Danke und Pfürti."

Kaum, dass ich mein Handy weggelegt habe und darüber nachdenken könnte, sagt jemand aus Richtung der vom Übelacker offen gelassenen Bürotür: „Der superkompetente LKAler wär' jetzt quasi da!"

Der Bär und ich glotzen erschrocken dahin. Und ich erkenne den Mann, der da groß und breit in der Tür steht. Mein Herz hat einen Aussetzer.

„Toni? – Toni Weidinger?", bin ich baff.

Er grinst und kommt auf mich zu. Wir schütteln uns freundschaftlich die Hände. Irgendwie knistert es zwischen uns. Eine Hitzewelle durchfährt meinen ganzen Körper.

„Grüß dich Mary!", freut er sich offensichtlich auch, mich zu sehen. „Hab' schon gehört, dass du hier deinen Dienst ableistest." Er mustert mich von oben bis unten. „Gut hast du dich gehalten."

„Das gleiche zurück", behaupte ich wahrheitsgemäß und fühle mich seltsam geschmeichelt. Er schaut wirklich gut aus: so eine Art niederbayerischer George Clooney mit grau melierten Schläfen und einer gewissen sexy Reife in den kantigen Gesichtszügen. Er wirkt fit und durchtrainiert in seiner lässigen Jeans und dem enganliegenden blauen Hemd. Sport hat er damals bereits viel betrieben und seinen Körper gestählt, denn eitel war er schon immer. Und diese Eigenheit ist ihm wohl geblieben, was ihm eindeutig nicht geschadet hat.

An dieser Stelle sollte ich noch dazu erklären, dass ich Toni aus den ersten Dienstjahren in München kenne. Er war gutaussehend und heiß begehrt bei den Frauen und ein Weiberheld. Auch ich bin ihm zugegeben verfallen. Aber dann hat er sich plötzlich versetzen lassen und ich habe nie wieder etwas von ihm gehört. Damals war ich schon irgendwie sauer und vor allem verletzt, aber heute freue ich mich einfach nur, ihn wieder zu sehen, wenn auch mit einem komischen, flauen Gefühl in der Magengegend.

Ich stelle ihm den Bär vor, der etwas verlegen neben uns steht. „Der Toni ist ein Kollege aus früheren Jahren."

„Das merkt man“, sagt der Bär und ahnt wohl, dass ich mal was mit Toni hatte.

„Und du bist jetzt beim Landeskriminalamt?“, will ich von ihm wissen.

„Kriminalhauptkommissar“, sagt er stolz.

War ja klar! Ehrgeiz gehört auch in sein Repertoire. Im Gegensatz zu mir. Frauen haben es wie schon gesagt bei der Polizei aber auch nicht immer leicht.

„Wie geht's dir?“, fragt er mit einem sanften Lächeln.

Das macht mich nervös und verlegen. „Ganz gut so weit.“

Er setzt sich auf den Gästestuhl neben meinem Schreibtisch. „Wie ist es dir ergangen seit der Zeit?“

Ich nehme auch wieder auf meinem Bürostuhl Platz. Ist mir auch lieber, weil meine Knie weich wie Butter sind.

„Ich hab's bis zur Kommissarin geschafft, habe geheiratet, Haus gebaut, Kinder gekriegt und so weiter.“ Dass ich Witwe bin, lasse ich lieber aus. Tut ja auch nix zur Sache. „Und du?“

„Du wirst es nicht glauben, aber ich hab' auch geheiratet. Eine Tochter! Allerdings bin ich auch schon wieder geschieden. Ich bin nicht geschaffen für die Ehe“, gibt er offen zu und lacht über seinen eigenen Scherz. „Du kennst mich ja!“

Der Bär verdreht die Augen.

Ehrlich war er schon immer, der Toni. Er hat mich auch damals wissen lassen, dass ich nicht die einzige und auch nicht die letzte sein werde. Ich habe so getan, als wäre mir das egal. Es war verpönt zu klammern, vor allem unter uns Polizei-Grünschnäbeln, weil wir nicht wussten, wo uns unser Beruf hinführt. Und schließlich habe ich auch meinen Spaß mit ihm gehabt. Und was für einen, Kruzinesn! Heute denke ich über Sex und Beziehungen allerdings anders, aber wenn man jung ist, macht man halt so einen Schmarrn.

„Und du sollst uns bei dem Fall mit der Babyleich' unterstützen?“ Es ist mehr eine Feststellung denn eine Frage.

Er nickt eifrig und seine strahlend blauen Augen glänzen fast gierig. „Kann ich Einsicht in die Unterlagen haben: Spusi, Obduktion, Tatortbericht und so weiter."

Ich reiche ihm die Mappen. „Das ist ganz schön heftig."

Er blättert schon konzentriert in den Seiten und überhört meine Bemerkung.

Der Bär wirft mir genervte Blicke zu. Ich zucke nur mit den Schultern.

„Hat denn das Mädchen schon einen Namen?", fragt Toni dann, als er den Obduktionsbefund überflogen hat.

Ich bin erstaunt, wie er ausgerechnet darauf kommt. „Namen?"

Er legt die Unterlagen auf meinen Schreibtisch zurück. „Wir müssen eine Soko gründen. Und ein schöner Mädchenname würde sich dazu gut anbieten. Kommt auch bei der Bevölkerung und der Presse immer gut an."

„Für die Presse also", stelle ich schnippisch fest. „Nicht des Kindes wegen?"

Toni runzelt die Stirn und schaut mich forschend an. Das ist mir wirklich unangenehm.

„Wir müssen unseren Job machen und den Täter bzw. die Täterin erwischen. Du kannst dir keinen Moralischen erlauben, Mary!", meint er dann streng.

Das ist leider allzu wahr, aber ich kann halt auch nicht raus aus meiner Haut. Ich bin Polizistin mit Leib und Seele. Und ich behaupte auch, dass man diesen Beruf nur so wirklich gut machen kann.

„Sie haben das tote Baby ja auch nicht gesehen", wirft ihm der Bär vor. „So was geht unter die Haut."

Es ist das erste, was er mit Toni redet, fällt mir auf.

„Sag' einfach Toni zu mir, Markus. Okay?", ignoriert der gekonnt.

Der Bär schnauft tief durch und hält lieber seinen Mund. Ich merke genau, dass er Toni nicht leiden kann. Er kann überhaupt keinen von den Männern leiden, die ich mag, stelle ich insgeheim fest.

„Wie wär's mit Jaqueline?", schlage ich dann spontan vor.

Lukas würde mich umbringen, wenn er das hören könnte.

„Zu ausländisch“, wehrt Toni ab. „Wir brauchen was Süßes, Rührendes, Mädchenhaftes.“

Ich habe eine Idee und schaue auf meinen Kalender von der Mittelbayerischen Zeitung unter meiner Klarsichtschreibtischunterlage. Auf dem sind jeden Tag die Namenstage eingetragen. Mit dem Zeigefinger rutsche ich Tag für Tag den Monat August herunter. „Moment mal! Wir haben sie gestern gefunden. Das war der 21. August. – Die heilige Pia steht hier.“

„Pia ...“, spricht mir Toni nach. „Zwar nicht unbedingt süß, aber kurz und bündig.“

„Pia also“, sagt der Bär gerührt.

„Konzentration, Kollege!“, mahnt ihn der Hauptkommissar. „Hiermit heißt unsere Sonderkommission also Pia.“

Der Bär verkneift sich einen weiteren ironischen Kommentar, als ich ihm einen warnenden Blick zuwerfe.

„Wie viele Leute kannst du für die Soko bereit stellen?“, will Toni eifrig wissen.

Ich schaue ihn unsicher an. „Ich hatte bisher noch keinen Bedarf für eine Soko.“

Das Seufzen von Toni deutet mir nicht gerade, dass er zufrieden ist. „Wie viele deiner Kollegen können uns unterstützen? Welchen vertraust du kompromisslos?“

Ich zähle in Gedanken durch: Koller, Schubert, Strobl, Obeth, Jo und den Bär natürlich. „Mit mir eingeschlossen sind es sieben Mann.“

Damit ist Toni einverstanden. „Das müsste fürs Erste reichen.“

„Fürs Erste?“, hinterfragt der Bär argwöhnisch.

„Ich kann jederzeit aus Landshut Verstärkung anfordern“, erklärt unser neuer Soko-Chef. „Der Polizeipräsident höchstpersönlich hat mir das zugesagt.“

Offensichtlich ist der Hauptkommissar ganz schön auf Zack, wenn der Aschenbrenner als unser Vorgesetzter ihm solche Versprechungen macht. Aber das verunsichert mich noch mehr, als dass es mich beruhigt. Es zeigt mir eindeutig, wie inkompetent und unfähig ich eigentlich bin – und, dass unser Chef samt Übelacker das genauso sieht.

„Habt ihr hier einen Konferenzraum?“, forscht Toni und geht suchend auf den Flur hinaus.

Der Bär und ich folgen ihm. „Erster Stock, hinterste Tür links.“

Zielstrebig geht Toni, brav gefolgt von uns, die Treppen hinauf und betritt den Raum. Der dient uns allerdings eher als Lagerraum, als dass wir ihn als Konferenzzimmer benutzen. Die Tische, die sonst in U-Form angeordnet sind, und die dazugehörigen Stühle stehen wild durcheinander und es schaut ziemlich unordentlich darin aus.

Wieder seufzt er tief. „Da muss aufgeräumt werden! Morgen früh werden wir hier unser erstes Brain-Storming machen. Alle acht Soko-Mitglieder!“ Er schaut mich forschend an. „Kriegst du das hin?“

Ich nicke wie ein gestraftes Kind.

Selbstsicher steuert der Hauptkommissar wieder zurück in unser Büro.

Während wir hinterhertrotten, flüstert der Bär mir zu: „So ein Gschaftlhuber!“

Ich zucke mit den Schultern. „Der wird schon wissen, was er tut. Wir allein kriegen das nicht auf die Reihe. Ist dir das klar?“

Diesmal seufzt der Bär. „Wennst meinst …“

Als wir wieder im Büro unsere Plätze eingenommen haben, fordert Toni eine genaue Berichterstattung über die bisherigen Ermittlungen. Bereitwillig und so professionell, wie ich kann, leiste ich seinem Wunsch folge und er ist erst zufrieden, als er alles fein säuberlich in einem Notizblock aufgeschrieben hat.

„Gut, dass du gleich einen Profiler hinzugezogen hast. Das schränkt die Täterfindung natürlich erheblich ein. – Und wer hat die Presse informiert?“, will er zum Schluss wissen.

Der Bär und ich wechseln einen schnellen Blick. Wir haben somit ein Schweigeabkommen getroffen. Er kennt den Opa auch schon ewig und hat wohl den gleichen Verdacht wie ich.

Toni merkt es trotzdem. „Na, auch egal! Früher oder später müssen wir sowieso an die Öffentlichkeit gehen. Wir sind auf Hinweise aus der Bevölkerung angewiesen.“

„Ich glaub’ nicht, dass es eine Frau von hier war“, sage ich bedeutungsvoll.

Mit gerunzelter Stirn schaut mich der Hauptkommissar an, so dass mir eine Gänsehaut über den Rücken jagt. „Du willst nicht glauben, dass es eine von hier war“, berichtigt er mich.

„Nein, Toni!“, widerspreche ich ihm. „Ich hab’ da so ein Gefühl …“

„Du kennst doch nicht alle, sagen wir mal, geschätzt tausend Frauen im gebärfähigen Alter im Umkreis von fünfzig Kilometer. Und reinschauen kannst du in keine davon.“

„Wäre sie von hier, hätte sie das Kind anderweitig entsorgt. Und zwar so, dass man es ganz sicher nicht findet. Eine Einheimische kennt sich in der Gegend aus. Ich allein wüsst’ auf Anhieb schon zehn Plätze, wo niemand eine Leich’ je finden würd’“, bin ich überzeugt.

„Da geb’ ich dir Recht“, steht mir der Bär bei.

„Die Mutter hat nicht lange darüber nachdenken können, wie sie die Leiche entsorgt. Sie war von der Geburt noch in Panik, voller Angst, Stress und Hormonen und wollte es nur schnell loswerden“, ist Tonis logische Überlegung.

„Das glaub’ ich nicht!“, verteidige ich meine Meinung. „Sie hat seit mindestens sieben Monaten gewusst, dass sie ein Kind kriegt, und alles planen können.“

Doch der Hauptkommissar lässt sich nicht überzeugen. „Du hast doch selber Kinder zur Welt gebracht, Mary! Dann musst du doch auch wissen, dass man da total durch den Wind und fertig ist. Die hat nicht mehr klar denken können.“

Der Bär springt auf, weil ihn das ganze wohl an die Geburten seiner eigenen drei Kinder erinnert, bei denen er jedes Mal umgekippt ist. Äußerlich ist er ein riesen Mannsbild, aber innen drin halt ein sensibles Bürscherl. Kurz gesagt, ein Weichei. „So kommen wir doch nicht weiter, Leut’!“, schimpft er.

Das bringt Toni zum Einlenken. „Na jedenfalls werd' ich bei der Pressekonferenz einen Aufruf machen. Wer kennt eine Frau, die schwanger war und jetzt kein Kind vorweisen kann, wem sind verdächtige Personen aufgefallen und so weiter. Und ich werd' auch an die Mutter appellieren, dass sie sich melden soll. Natürlich werden wir die gefundene DNA-Spur erwähnen und, dass wir erwägen, einen Massengentest durchzuführen, falls sich keine weiteren Spuren ergeben."

„Ein Massengentest?", empöre ich mich. „Hier bei uns?"

„Hoffen wir, dass es nicht so weit kommt", pflichtet mir der erfahrene Hauptkommissar bei.

„Was des kost'!", bemerkt der Bär sinnig.

„Da könnt' ihr lang testen und das Geld rausschmeißen, wenn die Mutter nicht von hier ist ...", kann ich mir einen letzten Kommentar nicht verkneifen.

Der mahnende Blick, den mir Toni zuwirft, zeugt nicht gerade von angenehmer Kollegialität. Ich glaube, es ist gescheiter, ich halt meinen Mund, sonst ist es mit der guten Zusammenarbeit gleich vorbei.

Bayernhymne. Toni schmunzelt, als ich an mein Handy gehe.

Es meldet sich ein Reporter des Lokalfernsehens. Woher haben die denn meine Handynummer?

„Sie leiten doch die Ermittlungen in der Sach' mit dem toten Baby?"

„Nein, leit' ich nicht! Einen Moment, ich geb' Sie an den Kriminalhauptkommissar Weidinger weiter", sage ich geschäftig und reiche Toni mein Handy.

Verwundert nimmt er es und meldet sich. „Ja!"

Nach ein paar Sekunden verdreht er in meine Richtung die Augen. Wenn er sich hier schon wichtig macht, dann kann er sich auch um die nervige Presse kümmern.

Um eine angemessene Fassung bemüht, wimmelt er den Reporter ab und verweist auf die Pressekonferenz, die morgen gegen Mittag anberaumt sei. Dann wirft mir Toni mein Handy zu, nachdem er es mit einem abschätzigen Blick gewürdigt hat. „Was hast du denn da für einen alten Schinken?“

Zugegeben, mein Handy ist schon sechs Jahre alt. Keines zum Wischen und Streicheln, sondern eins mit einem kleinen Display und Tasten. Ich habe es irgendwann satt gehabt, mich alle zwei Jahre nach Vertragsende an ein neues Handy gewöhnen zu müssen, und habe das alte einfach behalten.

„Ich brauch’ keinen Schnickschnack“, verteidige ich mich.

Wieder schmunzelt Toni. „Technikverweigerin also!“ Dann schaut er sich um. „Gibt’s bei euch Kaffee?“

„Im Aufenthaltsraum“, weist ihn der Bär zur Tür hinaus. „Letzte Tür auf dem Gang ganz hinten.“

Toni geht.

„Der meint wohl, er hat’s mit dem Löffel gefressen“, beschwert sich der Bär noch einmal, als er glaubt, der LKAler ist weit genug entfernt, damit er es nicht hört.

„Aber offenbar macht er gute Arbeit“, bemerke ich so.

Der Bär schaut mich anklagend an. „Ich versteh’ schon. Du und deine Männergeschichten!“

Darauf sage ich nix, sondern strafe ihn mit einem kühlen Blick. Ich lasse mich nicht mehr provozieren.

Dann probiere ich noch einmal, daheim anzurufen. Wieder hebt niemand ab. Wahrscheinlich schläft der Opa draußen im Garten auf der Liege. Anschließend rufe ich beim Pfarrer an. Katzmeier Rita meldet sich. Sie ist sozusagen seine Haushälterin. Eine Pfarrersköchin in dem Sinne gibt es ja heute nicht mehr, aber man könnte Rita schon als seine rechte Hand bezeichnen. Deshalb ist sie aber keine verhärmte, alte Jungfer, sondern für ihr Alter – sie müsste inzwischen knapp siebzig sein – eine recht adrette, moderne, tief gläubige und aufgeschlossene Frau mit fast faltenlosen Gesichtszügen, immer interessierten und wachsamen, großen blauen Augen und einer ergrauten, aber schicken Pagenfrisur. Nebenbei bekleidet sie auch den Titel Ratschkathl und macht ihm regelmäßig und zuverlässig alle

Ehre, weil sie immer auf dem neuesten Stand der Gerüchteküche in Essing ist.

„Der Pfarrer Fischer ist nicht zufällig da?“, frage ich sie.

„Nein! Der ist heut' in der Schule. Lehrerkonferenz fürs neue Schuljahr“, klärt mich Rita auf. „Was brauchst du denn von ihm?“

Neugier ist eine ihrer auffallendsten Charaktereigenschaften. „Ich müsst' was mit ihm besprechen.“

„Wegen dem toten Baby?“, lässt sie nicht locker.

„Ja.“

„Habt ihr die Mutter schon gefunden?“

„Das darf ich dir nicht sagen, Rita“, versuche ich, sie abzuwimmeln. Inzwischen kenne ich sie gut genug, um zu wissen, dass es besser ist, ihr am besten gar nix zu sagen.

„Schad'. – Soll ich ihm was ausrichten?“

Ich überlege kurz, aber dafür bin ich eindeutig zu ungeduldig. „Danke, Rita. Ich fahr' einfach zur Schule und red' gleich persönlich mit ihm.“

„Wie du meinst. – Aber jetzt sag' doch mal ...“

Ich lege auf, bevor sie mich noch weiter löchern kann.

„Auf geht's!“, scheuche ich den Bär auf und erhebe mich selbst.

„Wohin denn jetzt schon wieder?“

„Schule! Zum Pfarrer wegen der Pia“, erkläre ich.

Seltsam traurig, wenn das ermordete Kind plötzlich einen Namen hat.

Der Bär nickt nur und wir machen uns auf den Weg.

Draußen auf dem Flur schreit uns Toni nach: „Wo wollt ihr denn hin?“

„Das ist privat!“, rufe ich nur zurück.

„Privat? – Aber wir haben noch einen Haufen Arbeit bis zur Konferenz!“

Ich schüttle den Kopf. „Das ist deine Konferenz!“

Fast tut er mir leid, als er mit sinkender Tasse so verloren auf dem Gang steht und uns verdattert nachschaut, aber die Organisation der

Beerdigung der Pia betrifft ihn ja nicht direkt. Ich sehe es mehr als meine persönliche Angelegenheit.

Wir finden den Pfarrer im Lehrerzimmer der in den Sommerferien verwaisten Ihrlersteiner Grund- und Mittelschule. Der Markt Essing und der Markt Ihrlerstein haben als Nachbarorte eine Verwaltungsgemeinschaft und so gehen auch die Essinger Kinder hier zur Schule.

Ich kenne den Pfarrer Siegfried Fischer schon seit er in unsere Gemeinde versetzt worden ist, also mehr als zwanzig Jahre. Er hat mich und Martin getraut und meine beiden Söhne waren Ministranten bei ihm. Er ist streng, aber nett und den irdischen Dingen nicht ganz verwehrt geblieben, sprich, er weiß, wie es in der Welt so zugeht. Sein Ruhestand müsste kurz bevorstehen, aber seine Gottesdienste sind nicht schlecht und nicht ganz so langweilig wie bei manchen seiner Kollegen.

An dieser Stelle muss ich dazu sagen, dass ich zwar schon eine gläubige Katholikin bin, aber deswegen auch nicht regelmäßig die allsonntäglichen Gottesdienste besuche. Eher sporadisch bis manchmal wochenlang gar nicht. Ich schlafe halt am Sonntag auch gern mal aus.

Der Pfarrer kommt zu uns auf den Gang heraus, nachdem ihn die Sekretärin für uns geholt hat. Er ist sichtlich irritiert, weil gleich zwei Polizeibeamte nach ihm verlangen. Dabei legt er seinen eiförmigen Kopf, der mit grauen, gestiftelten Haaren bewachsen ist, schief. So macht er das in seinen Predigten auch immer. Noch dazu ist er ziemlich klein, hat eine spitze, kleine Nase und runde Augen, so dass er der Bilderbuchfigur des Mekki, einem vermenschlichten Igel aus meinen alten Kinderbüchern, ziemlich ähnlich schaut.

„Grüß Sie Gott", begrüßt er uns würdevoll und reicht uns einem jeden die Hand.

Wir schütteln sie, nicht ohne ein bisserl Hochachtung vor ihm zu haben.

„Was führt Sie zu mir?"

Der Bär lässt mir mit einem bedeutsamen Blick den Vortritt.

Ich räuspere mich. Ich habe mir keine Methode bereitgelegt, wie ich es angehen will, darum sage ich einfach: „Sie haben doch sicher schon von der Babyleich' gehört, die wir gestern in der Pschlacht drüben gefunden haben?"

Der Geistliche nickt erschüttert. „Ja, das arme Kind. Gott hab' es selig." Ehrfürchtig bekreuzigt er sich, faltet die Hände und blickt gen Himmel.

„Genau deshalb kommen wir zu Ihnen: Das Mädchen bräucht' eine anständige Beerdigung und ein Grab."

Fischer nickt zustimmend. „Das ist schön, dass Sie das in die Wege leiten, Frau Spangler."

„Wären Sie einverstanden? – Ich mein' mit einer Beerdigung auf unserm Friedhof in Altessing und der Übernahme der Kosten", forsche ich vorsichtig.

Die katholische Kirche hat so viel Geld. Die werden doch ein armes, ermordetes Menschlein unter die Erde bringen!

Wieder nickt er. „Natürlich muss ich darüber erst mit dem Bischof reden, aber ich denke, dass sich das schon machen lässt."

„Auf eine gewisse Art und Weise ist die kleine Pia halt auch ein Essinger Kind", übe ich noch ein bisserl moralischen Druck auf ihn aus.

„Ich versteh' Sie schon, Frau Spangler", stimmt der Pfarrer mir zu und legt mir seine Hand auf den Arm. „Sie fühlen sich ein bisschen verantwortlich für – wie sagten Sie noch gleich, heißt das Mädchen?"

„Wir haben sie Pia genannt, nach der heiligen Pia, weil wir sie an ihrem Namenstag, den 21. August, gefunden haben", will ich Eindruck schinden.

Und es klappt.

Seine kleinen Äuglein fangen an zu leuchten. „Da haben Sie aber eine sehr gute Wahl getroffen", lobt er mich. „Ich werde mich sofort mit dem Bischof in Verbindung setzen."

„Und vielleicht könnten Sie die Frau Katzmeier noch ins Gebet nehmen, damit sie die Grabpflege dem Frauenbund oder einem anderen Essinger Verein nahe bringt“, bestimme ich eifrig, denn sie hat beinahe in jedem Essinger Verein einen Posten inne. Wenn man eine kinderlose Witwe mit einem derartigen Wissensdrang über das dörfliche Gesellschaftsleben ist, dann hat man viel Zeit für so was.

„Ich werde sehen, was sich da machen lässt“, verspricht er mir. „Sie hören von mir.“

Ich gebe ihm eine meiner verbogenen Visitenkarten aus meiner Jackentasche und wir verabschieden uns.

„Das hast du taktisch sehr gut gemacht, würd’ ich sagen“, meint der Bär mit einem Schmunzeln.

Ich grinse zurück.

Zum Abendessen koche ich nur schnell Schinkennudeln mit viel Käse, weil das Lukas so gern mag. Zugegeben habe ich meine Söhne schon sehr verwöhnt. Aber ich habe immer darauf geachtet, ihnen zu vermitteln, dass das Geld nicht einfach so auf das Konto kommt. Trotz der Lebensversicherung, der Witwenrente und meinem Verdienst ist das Geld manchmal knapp, vor allem bei zwei zwar erwachsenen, aber erwerbslosen Söhnen, die ich mitfinanzieren muss.

Bis Lukas’ Studium im Oktober beginnt, hat er einen Ferienjob in einem Getränkemarkt in Kelheim, um sich etwas dazuzuverdienen. Am Abend ist er deshalb immer total kaputt, weil er den ganzen Tag Getränkekisten schleppen muss. Aber das schadet ihm gar nicht! Außerdem hat er noch Schulden von seinem neu gekauften Auto bei mir, zu dem ich fünftausend Euro beigesteuert habe. Allerdings weiß ich natürlich, dass ich von dem Geld wahrscheinlich nicht einmal die Hälfte wiedersehen werde.

Als wir dann zu dritt auf der Terrasse beim Essen sitzen, fängt der Opa auch schon an, mich auszufragen. Zuerst redet er um den heißen Brei herum und versucht, mir durch völlig belanglose Bemerkungen etwas zu entlocken. Ich kenne diese seine Ausfragetechnik inzwischen recht gut.

„Wie war’s heut in der Arbeit?“, fängt er an.

„Wir haben Unterstützung aus Landshut gekriegt: Hauptkommissar Toni Weidinger", berichte ich, denn das darf ich erzählen.

„Unterstützung?", motzt der Opa. „Die Mörderin findet ihr doch auch ohne den, oder?"

„Ich glaub', der hat echt was drauf", verkünde ich. „Ich kenn' ihn von früher."

„Und? Hat er schon was ermittelt, der Hauptkommissar?"

Lukas schmunzelt spöttisch. „Geh Opa! So schnell geht's auch wieder nicht."

„Er hat eine Soko gegründet", berichte ich. Das ist auch kein Geheimnis und wird morgen bei der Pressekonferenz sowieso bekannt gegeben. „Sonderkommission Pia."

„Pia?", hakt der Opa neugierig nach.

Ich beschreibe, wie es zu der Namensfindung gekommen ist.

Der Opa klopft mir gerührt auf die Schulter. „Hast du gut gemacht! – Schöner Name: Pia."

Jetzt bin ich dran mit Ausfragen: „Was hast denn du heut' den ganzen Tag getrieben?"

Der Opa mampft. „Mei, ich war daheim ... im Garten halt."

„Du bist nicht zufällig auf unserem Hausbankl gehockt und hast gewartet, bis die Katzmeierin oder die Achhammerin vorbeigekommen sind?"

Unsere Einfahrt liegt ziemlich zentral in Altessing kurz vor der Kirche und dem dazugehörigen Friedhof an der Hauptstraße, die durch das ganze lang gezogene Dorf führt. An ihr reiht sich wie an einer Perlenschnur links und rechts davon ein Haus an das andere. Die meisten Essinger, die zur Kirche oder auf den Friedhof wollen, kommen also bei uns vorbei, ob mit dem Rad oder zu Fuß. Und deshalb liegt bzw. sitzt der Opa, wenn er gerade kein Natzerl im Garten macht, auf der Hausbank neben unserer Haustür auf der Lauer und wartet wie eine Spinne auf ihre Opfer. Diese Opfer sind fast immer die gleichen: die Katzmeier Rita und die Achhammer Katharina, die einen unbedeutenden Bürojob in Altersteilzeit in der Verwaltung der

Mittelbayerischen Zeitung hat. Allerdings glaubt sie wohl, dass sie die wichtigste Journalistin dort ist. Mir ist sie ziemlich lästig, denn Kathi wendet sich natürlich immer an den Opa, wenn sich die Kriminalität in unserer Gegend regt, um an Informationen zu kommen, die sie dann brühwarm an einen ihrer Schreiberkollegen weitergeben kann. Schließlich bin ich seine Schwiegertochter und bei der hiesigen Polizei. So läuft das schon seit Jahren, darum kann ich mir auch sehr gut vorstellen, dass das neugierige Weib heute hier war und gleich nach dem Ratsch mit dem Opa Kontakt zu einem der Journalisten ihrer Zeitung aufgenommen hat. So nimmt das ganze seinen Lauf.

Der Opa druckst rum. „Darf ich mich jetzt mit niemandem mehr unterhalten?“

Das reicht mir als Bestätigung. Lukas grinst und schiebt sich eine Gabel voll Nudeln in den Mund.

„Mensch Opa!“, schimpfe ich. „Ich hab’ einen Riesenärger mit dem Übelacker gehabt, weil die Presse hellhörig geworden ist.“

„Was tät’ ich denn sonst den ganzen Tag? Bin ja immer allein“, verteidigt sich der Opa energisch.

Jetzt drückt er wieder auf die Tränendrüse. Das ist typisch für ihn, wenn er sich sonst nicht mehr herauszureden weiß.

„Gib’s auf Mama!“, sagt Lukas und schmunzelt. „Außerdem ist so ein sensationeller Leichenfund eh nicht lang geheim zu halten.“

„Du redest dich leicht“, erwidere ich zornig. „Du wirst ja auch nicht blöd angeschaut von den Kollegen, weil sie genau wissen, dass ich eine oide Ratschkathl daheim hab’.“

„Wie redest du denn von mir!“, empört sich der Opa theatralisch und fuchtelt mit seiner Gabel vor meiner Nase herum.

Ich reiße sie ihm geschickt aus der Hand. „Kennst du das Sprichwort: Beiß nicht die Hand, die dich füttert?“

Der Opa schaut mich zuerst grantig an, aber dann, als er langsam begreift, zerfließen seine strengen Gesichtsfalten und formen sich zu einem besänftigenden Lächeln. „Ach geh’, Maria! So schlimm ist es auch wieder nicht", verteidigt er sich kleinlaut. „Gibst du mir jetzt meine Gabel wieder?"

Ich benutze sie wie einen Taktstock und fuchtle nun meinerseits vor seinem Gesicht herum. „Du hältst dich in Zukunft zurück! Verstanden!"

Der Opa nickt untertänigst und übereifrig, so dass es schon fast wieder komisch ist. Ich gebe ihm sein Esswerkzeug wieder.

Eine Zeit lang herrscht Schweigen. Der Opa lädt sich ein zweites Mal den Teller voll. Wo er nur immer den Appetit her hat, wenn er doch den ganzen Tag nur untätig herumhockt und ratscht? Nach dem Essen schläft er dann gewöhnlich auf seinem Stuhl ein, gleich nachdem er seine Gabel weggelegt hat.

Während Lukas und ich den Tisch abräumen, fallen seine Augen zu, sein Kopf sinkt auf die Brust und seine Hände in den Schoß.

„Ihr habt also heut' nix rausgefunden?", will Lukas recht scheinheilig wissen und stapelt die benutzten Teller neben der Spüle in der Küche.

Da ist was im Busch, das höre ich sofort an seiner Stimmlage.

„Und wenn's so wär', würd ich auch dir das nicht sagen", erkläre ich bestimmt und hake dann nach: „Warum?"

„Naja, ich hab' mit der Jacky drüber gesprochen. Über das tote Baby und so. Und sie hat mir dazu was erzählt. Ich weiß aber nicht, ob an der Geschichte was dran ist", gibt Lukas zu.

Ich bin interessiert. Sehr sogar. Außerdem muss ich nach jedem Strohhalm greifen, der mir gereicht wird. Ich mache den Geschirrspüler auf, um das schmutzige Geschirr einzuräumen. „Was hat sie dir denn für eine Geschichte erzählt?"

„Mit der Jacky ist ein Mädchen in die Klasse gegangen, das auf einmal nicht mehr in den Unterricht gekommen ist. Viele Gerüchte sind kursiert, unter anderem auch, dass sie schwanger sein soll. Gestern haben wir sie an der Eisdiele in der Kelheimer Innenstadt getroffen. Der Jacky hat sie erzählt, dass sie ziemlich krank gewesen sei. Aber, was sie nun genau gehabt hat, hat sie nicht gesagt."

„Wie heißt denn das Mädchen?“, habe ich Blut geleckt.

„Sammüller Bianca.“

„Sammüller?“, frage ich nach. „Nicht etwa das große Autohaus Sammüller in Kelheim?“

„Genau das.“

Ich kenne die Sammüllers vom Sehen. Sie gehören zur Kelheimer Prominenz und haben ein ziemlich großes und gutgehendes Autohaus im Industrieviertel. Er ist Stadtrat und sie engagiert sich bei allen möglichen Kultur- und Kunstprojekten. Somit stehen sie häufig im Focus der Öffentlichkeit.

„Ich könnt' mir vorstellen, dass so eine sechzehnjährige schwangere Tochter nicht grad ins erwünschte öffentliche Erscheinungsbild von den Sammüllers passt. – Falls die Eltern etwas von der Schwangerschaft mitgekriegt haben natürlich …“, überlege ich laut.

„Müssen sie“, ist Lukas überzeugt. „Welches Kind kann sonst ein halbes Jahr von der Schule wegbleiben, ohne dass die Eltern Bescheid wissen?“

Ich nicke zustimmend. „Da werden der Bär und ich doch gleich morgen früh bei dem Autohaus vorbeischauen und den angesehenen Sammüllers ein paar Fragen zu ihrer Tochter stellen.“

„Aber von mir und der Jacky weißt du nix!“, droht der Lukas. „Sonst werd' ich nie wieder ein Wort mit dir reden!“

Kapitel 6

Unser erster Weg am nächsten Tag führt den Bär und mich also gleich ins Autohaus Sammüller, noch bevor Toni aus Landshut eingetrudelt ist. Der arme Hauptkommissar hat schon einen weiten Arbeitsweg bis zu uns nach Kelheim. Es dürften so ungefähr 45 Kilometer sein.

Bei den Sammüllers gibt es Audis, VWs und Skodas, so weit das Auge reicht. Die verglaste Verkaufshalle ist nobel und riesig. Ein auf Hochglanz polierter Bolide reiht sich an den anderen. Sofort werden wir von einem überaus freundlichen, adretten Verkäufer angesprochen. Ich bin wie immer in Zivil, der Bär in Uniform.

„Wie kann ich Ihnen helfen?“

Ich zeige meinen Dienstausweis vor. „Kommissarin Spangler von der Polizeiinspektion, mein Kollege Bärnreuther“, stelle ich uns vor.

Der junge Mann ist etwas irritiert. „Was ist denn passiert?“

„Können wir Ihre Chefs sprechen?“

Der Verkäufer nickt etwas verunsichert. „Herr Sammüller ist in seinem Büro. – Ich werde Sie anmelden. Einen Moment bitte!“

Wenn die Polizei an die Tür klopft, werden auf einmal alle argwöhnisch vorsichtig. Daran habe ich mich schon gewöhnt.

Wir folgen ihm zu ein paar computerbestückten Schreibtischen in einer Ecke des großen Verkaufsraumes und er verschwindet in einer Tür dahinter. Kurz darauf kommt er zurück und bittet uns hinein. Das Büro ist groß, modern eingerichtet und versprüht eindeutig den Eindruck, dass hier das Geld daheim ist, wie man bei uns so schön sagt.

Konrad Sammüller ist ein attraktiver Mann in Anzug und Krawatte Ende vierzig. Seine nach hinten gegelten, dunklen Haare verleihen ihm zusammen mit seinem aalglatten Gesicht und den dunklen Augen etwas Strenges und Überkorrektes. Auf Anhieb ist er mir unsympathisch.

Er kommt hinter seinem gläsernen Schreibtisch hervor und reicht uns mit einem freundlichen Grinsen die Hand zum Gruß. Ich stelle uns nochmals vor.

„Gibt es neue Erkenntnisse wegen des Einbruchs?", fragt er und deutet uns mit einer Handbewegung an, auf den beiden Schwingstühlen aus Chromstahl und Leder vor seinem Schreibtisch Platz zu nehmen. Diese Stühle scheinen momentan voll modern zu sein, fällt mir so ganz nebenbei auf, setze mich und lasse das beruhigende Wippen auf meinen Körper wirken. Bequem sind sie ja schon! Der Bär bleibt stehen. Bei dem Besuch von Leiki hat er mit seinem Gewicht zweifelhafte Erfahrung mit dieser Art von Sitzgelegenheit gemacht.

Der Autohausbesitzer setzt sich ebenfalls wieder uns gegenüber hinter sein gläsernes Monstrum. Ich habe von Kollegen mitgekriegt, dass hier vor ein paar Wochen eingebrochen worden ist, jedoch ohne dass die Diebe große Beute gemacht hatten. Allerdings war der Schaden ziemlich hoch: zerbrochene Schaufensterscheiben und einige zerkratzte Limousinen, die die Einbrecher vermutlich aus Wut über ihren beutelosen Einbruch zerstört haben.

„Nein, Herr Sammüller, wir sind wegen etwas anderem hier", erkläre ich direkt. „Es gehen Gerüchte um, dass Ihre Tochter schwanger gewesen sein soll."

Auf einmal geht die Tür auf und eine überaus geschminkte und aufgebrezelte Frau in einem dunkelblauen, knappen Kostüm und blonden Haaren kommt hereinstolziert. Ich kenne Carola Sammüller nur aus der Presse und empfinde sie eher als aufgetakelte Rampensau denn als Wohltäterin und Kunstmätresse, als die sie sich gerne gibt. Kurz gesagt, ich mag sie nicht.

„Hallo, mein Schatz!", begrüßt sie ihr Mann übertrieben erfreut, springt dabei auf und stellt uns gegenseitig vor.

Dann gibt sie ihm einen Kuss auf die Wange und platziert sich an seiner Seite in seinen Arm eingehakt. „Ich hab' schon gehört, dass die Polizei hier ist. Haben Sie die Einbrecher endlich geschnappt?"

Er schüttelt den Kopf und lenkt ab: „Bitte, möchtest du uns vielleicht einen Kaffee bringen, mein Schatz?"

Täusche ich mich oder will er sie loswerden?

„Gern", meint sie gezwungen freundlich und wirft ihm einen scheuen Blick zu.

„Also für mich bitte keinen!", protestiere ich sofort. „Sparen Sie sich die Mühe."

Ich will nicht, dass sie geht. Ich will sie bei diesem Gespräch dabei haben.

Der Bär versteht. „Für mich auch nicht. – Danke."

Noch eine Spur nervöser als vorhin setzt sich der Autohausbesitzer wieder uns gegenüber und sie sich neben ihn auf die schmale Armlehne. Das geht, weil er einen Chefsessel in dieser Luxusausführung hat und sie den Hintern einer Kaulquappe, nämlich gar keinen.

Er räuspert sich. „Wo waren wir stehen geblieben?"

Ich hatte eigentlich den Eindruck, dass er meine Bemerkung bezüglich seiner Tochter vorhin ganz sicher verstanden gehabt hatte, weil ihm nämlich sein aufgesetzt freundlicher Gesichtsausdruck erstarrt war wie schockgefrostet.

„Ich sagte, dass es Gerüchte über Ihre Tochter gibt", wiederhole ich. „Dass sie nicht mehr in die Schule gegangen ist, weil sie angeblich schwanger war."

Empört schaut mich Frau Sammüller an und fährt hoch. „Wer sagt so was? – Wer will ich wissen?", faucht sie nervös und aufgebracht. „Den zeige ich an wegen Verleumdung oder übler Nachrede!"

Ihr Nervenkostüm ist wohl genauso knapp bemessen wie das, das sie trägt.

Der Bär und ich wechseln vielsagende Blicke. Wenn sich jemand so aufregt, dann steckt meist ein Quäntchen Wahrheit dahinter.

„Jetzt beruhig' dich doch wieder, Schatz!", fordert ihr Gatte sie auf und nimmt ihre Hand.

„Ich darf meine Informanten nicht nennen, Frau Sammüller", sage ich betont ehrlich und ruhig. „Was ist also dran an dem Gerücht?"

„Weshalb wollen Sie das wissen?“, fragt mich Herr Sammüller. „So weit ich weiß, ist es in Deutschland nicht strafbar, mit 16 schwanger zu werden.“

„Wegen dem toten Baby, das sie gefunden haben! Nicht wahr?“, unterbricht die Frau schrill und gibt mir keine Möglichkeit, mich zu erklären. „Ich habe es heute in der Zeitung gelesen …“

Nun steht auch Herr Sammüller auf. Auch er ist aufgebracht, versucht sich aber in eiserner Selbstbeherrschung und legt den Arm beruhigend um seine bebende Frau.

„Ihre Annahme ist richtig. Es ist wegen dem toten Baby. Wir müssen jedem Hinweis nachgehen, tut mir leid“, versuche ich wieder Ruhe reinzubringen.

Da vernehme ich die Bayernhymne. Ausgerechnet jetzt, Kruzinesn!

Ich entschuldige mich und nehme das Gespräch an, aber ohne aus dem Raum zu gehen. Ich will das Ehepaar Sammüller nicht aus den Augen lassen.

Der Pfarrer ist dran. Er erzählt mir, dass er schon mit dem Bischof gesprochen hätte und der einverstanden wäre, die kleine Pia auf unserem Friedhof zu beerdigen. Fischer sagt auch, dass er mit Rita Katzmeier vereinbart habe, dass sie und der Frauenbund den Blumenschmuck und die Grabpflege übernehmen.

„Ich wäre Ihnen sehr dankbar, wenn Sie sich um ein Bestattungsinstitut und die Formalitäten kümmern würden, Frau Spangler.“

„Das kann ich gern machen“, versichere ich ihm.

„Gut. Ich habe die Beerdigung für Freitag 14 Uhr vorgesehen.“

Ich bin einverstanden, bedanke mich und wir verabschieden uns. Die Sammüllers haben sich während meines Telefonats vielsagende Blicke zugeworfen, aber nichts gesprochen. Auch der Bär hat sie gut im Auge behalten.

„Also, was ist jetzt mit Ihrer Tochter?“, hake ich ein bisserl genervt nach.

„Ich kann Ihnen versichern, dass unsere Bianca …“, will mich Carola Sammüller abwimmeln.

„Ich kann Ihre Tochter auch von zwei Kollegen aufs Revier bringen lassen, und sie selbst dazu befragen, wenn Ihnen das lieber wär'“, unterbreche ich sie ungeduldig. „Aber ich dachte, es wär' in Ihrem Sinne, wenn wir nicht so viel Aufsehen veranstalten und Ihre Tochter verschonen.“

Das wirkt!

„Schon gut! Schon gut!“, gibt Herr Sammüller auf und tätschelt die Hand seiner Frau. „Wir haben nichts Unrechtes getan, Schatz.“ Dann wendet er sich wieder uns zu. „Bianca war schwanger, ja! Sie hat sich auf einen jungen Kerl eingelassen und der hat sie natürlich sitzen lassen, wie es so schön heißt. Wir haben gemeinsam mit ihr beschlossen, das Kind nach der Geburt zur Adoption freizugeben und haben sie, sobald die Schwangerschaft sichtbar wurde, von der Schule genommen.“

„Sie war bei meiner Schwester in Regensburg und hat dort im Josefs-Krankenhaus das Baby zur Welt gebracht“, fährt sie dann zitternd und mit niedergeschlagenem Blick fort. „Es war eine harte Zeit voller widersprüchlicher Gefühle und wir wollten nicht, dass das an die Öffentlichkeit kommt. Wir wollen für unser Kind nur das Beste.“

Wer will das nicht?

„Wann war das?“, fragt der Bär.

„Am 13. kam das kleine Mädchen auf die Welt“, berichtet Carola Sammüller uns weiter und erste Tränen kullern über ihre Wangen. „Es war eine schwierige Geburt.“

„Und jetzt ist Ihre Tochter wieder hier daheim in Kelheim?“, schlussfolgere ich, weil Lukas und seine Jacky sie ja bereits getroffen haben.

„Sie wollte es selbst so“, meint sie eifrig. „Sie möchte wieder Normalität nach alldem.“

„Im Josefs-Krankenhaus am 13., sagten Sie?“, hakt der Bär nach und zückt seinen zerfledderten Notizblock aus der Brusttasche seines Polizeihemdes, das über seinen Bauch spannt. Er kritzelt immer gern ein paar Stichpunkte in dieses Heftchen, sei es zur späteren Kontrolle oder aus Wichtigtuerei. Professionell schaut es aber allemal aus.

„Ja", bestätigt Herr Sammüller. „Sie können gern beim Jugendamt nachfragen. Die haben die Kleine gleich nach der Geburt weitervermittelt."

„Das werden wir!", kündigt der Bär präzise an. Es macht ihm sichtlich Spaß, den mustergültigen Bullen raushängen zu lassen.

Sie schluchzt auf und schnäuzt sich theatralisch in ein Tempo. Ihr Mann streichelt ihr über die schmale Schulter, drückt sie an sich und schaut uns auffordernd an. „Ich würde Sie bitten das Ganze … sagen wir … diskret zu behandeln."

Ich gebe dem Paar mit einem einfachen Nicken meine Zusicherung. Dann erhebe ich mich und der Bär und ich verlassen grüßend das Büro. Diese Geschichte lässt mich zugegeben nicht ganz kalt und wir wollen die beiden nicht länger strapazieren. Was für Schicksale!

Auf dem Weg zum Auto schon wieder die Bayernhymne.

Hauptkommissar Weidinger ist dran und stinksauer. „Sag' mal, wo seid ihr denn? Ich hatte doch das erste Brain-Storming der Soko Pia für heut früh angesetzt und ihr kommt einfach nicht. Und die letzten Details müssen auch noch für die Pressekonferenz vorbereitet werden."

„Der Besprechungsraum müsste jetzt ganz deinen Wünschen entsprechen, weil ich den gestern Nachmittag aufgeräumt hab'. Du kannst also dein Brain-Storming mit den Kollegen abhalten. – Und die Konferenz geht mich nix an. Das ist deine und dem Übelacker seine", antworte ich schnippisch.

„Der Übelacker will dich dabeihaben, verdammt."

„Ich hab' aber keine Zeit für so was. Ich bin mit dem Bär am Ermitteln", verteidige ich mich nicht ohne eine Spur Ironie in der Stimme.

„Ihr ermittelt?", forscht Toni nun etwas freundlicher.

„Leider Fehlanzeige", gestehe ich.

„Ich dachte, wir sind ein Team? Warum weiß ich also nix davon?"

„Du warst noch nicht da heut' früh, als wir los sind."

„In Zukunft möcht' ich, dass ich in alles einbezogen werd'." Wieder klingt er grantig. „Dein Sturschädel und deine Alleingänge sind grad nicht erwünscht. Vor allem nicht bei einem solch wichtigen Fall", schimpft er mich zusammen. Offenbar kennt er meinen Ruf.

„Gut, dann kannst du gleich im Jugendamt anrufen und dir eine Adoption bestätigen lassen. Die leibliche Mutter heißt Bianca Sammüller. Das Kind, ein Mädchen, wurde am 13. August geboren und weitervermittelt."

„Ich bin doch nicht dein Laufbursch'!", beschwert sich der Hauptkommissar lautstark.

„Und ich auch nicht der deine!" Zack und lege auf.

Was bildet der sich eigentlich ein? Bloß weil er Kriminalhauptkommissar ist, will er mir sagen, wie ich meine Arbeit zu machen habe. Der spinnt doch!

Der Bär und ich sind während des Gespräches in unser altes Dienstauto eingestiegen.

„Der LKAler, was?", fragt er hämisch und lässt den Motor an.

Ich nicke zornig.

„Ich sag' doch, dass der ein Gschaftlhuber ist."

„Früher war der nicht so", überlege ich laut.

„Du meinst, als du mit ihm noch …"

Mein scharfer Blick durchbohrt den Bär.

Ergeben schmunzelnd hebt er die Hände. „Ich sag' ja schon nix mehr! – Wohin jetzt?"

„Bestattungsinstitut Eichenseer."

„Was wollen wir denn da?"

„Beerdigung für die Pia organisieren", erkläre ich kurz.

Eine beklemmende Stimmung legt sich über uns. Wer geht schon gern in ein Bestattungsinstitut?

Gedanklich lasse ich das Gespräch im Autohaus Revue passieren.

„So geht es also auch", unterbricht mich der Bär während der Fahrt. Offenbar hängt er auch seinen Gedanken nach.

„Was?"

„Na ein unerwünschtes Kind loszuwerden."

Das hört sich hart an, entspricht aber wohl in beiden vorliegenden Fällen mit der Babyleiche und dem Adoptivkind der grausam makabren Wahrheit. Zweitere Version ist mir jedenfalls tausendmal lieber.

„Die Sammüllerin ist ein heißer Feger, wenn auch ein bisserl hysterisch für meinen Geschmack", lenkt der Bär nach einer Pause auf ein anderes Thema ab.

Ich stöhne und verdrehe die Augen. „Was anderes fällt dir jetzt nicht dazu ein?"

Aber er ignoriert meine Frage und mustert mich von der Seite, während er an einer roten Ampel anhält. „Du könntest dich auch immer so zurechtmachen. Ihr zwei müsstet doch ungefähr im gleichen Alter sein, oder?"

Ich bin empört. „Willst du damit sagen, dass sie bei weitem besser ausschaut als ich, nur weil sie sich so aufbrezelt?"

Er zuckt unschuldig mit den Schultern.

„Für die Arbeit und dich wird mein Styling schon taugen", schimpfe ich.

An dieser Stelle sollte ich vielleicht dazu erklären, dass ich mich gern schick anziehe und schminke, wenn es einen Anlass dazu gibt. Jeans, ein T-Shirt, Sneakers, meine geliebte Jeansjacke und ein Pferdeschwanz schienen mir bisher als Berufsoutfit einer Kommissarin immer angemessen zu sein. Ich bin mit meinen dünnen, langen und blonden Haaren, dem leichten Übergewicht und einem ovalen Allerwelts-Gesicht, das blaue Augen mit Schlupfliedern, schmale Lippen und runde Wangen kennzeichnen, alles andere als ein heißer Feger, wie der Bär das nennt. Aber wenigstens bin ich groß gewachsen und habe eine schöne ebenmäßige Nase! Für mich war mein äußeres Erscheinungsbild nie besonders wichtig. Ich bin nicht eitel, war es nie. Als ich noch jung war vielleicht ein wenig, aber damals bin ich auch noch schlanker gewesen und habe weniger Falten gehabt. Mein Aussehen war allerdings auch nie ein Handicap bei meinen Chancen beim männlichen Geschlecht. Toni hat mich damals jedenfalls ganz süß gefunden, soweit ich mich erinnere. Und der Martin sowieso. Aber als ich dann mit ihm verheiratet war, Kinder gekriegt habe und Witwe geworden bin, war mir mein Aussehen noch unwichtiger als davor. Es gab dann einfach andere Prioritäten. Genauso wie jetzt.

Wir kommen beim Bestattungsinstitut Eichenseer, das in der Innenstadt Kelheims liegt, an. Der Bär parkt in zweiter Reihe, weil die Parkplatzsituation hier ziemlich schlecht ist. Mit einem Polizeiauto darf man das, auch, wenn es ein alter Audi A 4 ist.

Das letzte Mal war ich hier, als ich den Sarg für Martin ausgesucht habe. Sofort steigt in mir ein Gefühl der Beklommenheit auf. Ich zögere kurz an der Eingangstür.

„Soll ich das für dich machen?“, fragt der Bär mitleidig.

Ich schüttle den Kopf und gehe rein. Drin spielt Panflötenmusik wie damals. Es riecht modrig und eine bedrückende Atmosphäre macht es mir nicht leichter in dem sargbestückten, großen Raum. Frau Eichenseer, grauhaarig, bleich und knochig wie die Braut des Todes höchstpersönlich, kommt mir entgegen und gibt mir die Hand. Sie kennt mich noch.

Der Bär hält sich im Hintergrund. Ich spüre, dass er sich genauso unwohl fühlt.

„Wie geht es Ihnen, Frau Spangler?“, fragt mich die Bestatterin freundlich.

„Ganz gut so weit“, gebe ich ehrlich zu.

„Das freut mich zu hören. Was kann ich für Sie tun?“ Sie führt uns in ihr Büro, weg von der Sargausstellung.

„Es geht um das tote Mädchen, dass wir gefunden haben. Sie soll bei uns in Altessing auf dem Friedhof beerdigt werden“, erkläre ich. „Und der Pfarrer möcht’, das Sie sich darum kümmern.“

„Das können wir gern übernehmen“, bestätigt sie mir und fügt gerührt hinzu: „Das arme Kind. Ich krieg’ eine Gänsehaut, wenn ich nur dran denk’.“

„So geht’s uns allen“, behaupte ich.

Der Bär nickt zustimmend.

„Weiß man denn schon was Genaueres?“, will Frau Eichenseer wissen. Sie wirkt zwar diskret und vertrauenserweckend, aber die Neugier ist halt dann doch übermächtig.

„Tut mir leid. Über laufende Ermittlungen dürfen wir keine Auskünfte geben“, bedauere ich sachlich und fahre mit dem Geschäftlichen fort: „Sie heißt Pia und wir nehmen einfach das Auffinde-Datum als Geburts- und Sterbedatum: 21. August.“

Die Eichenseerin notiert alles auf einem Block, der vor ihr auf dem Schreibtisch liegt. „Wir schreiben das wie üblich auf ein Holzkreuz. – Wo können wir den Leichnam abholen?“

„Rechtsmedizin Regensburg. Ich sag' dem Dr. Kollwitz dort Bescheid.“

Wieder notiert die Frau. „Was für einen Sarg möchten Sie haben?“

Dazu bin ich überfordert. Genau wie damals, als ich den für Martin aussuchen sollte. Aus Eiche klar lackiert, schlicht und einfach war er dann. Genau wie mein Mann gewesen war. Unkompliziert, gerade heraus und stark wie eine Eiche im mentalen wie im körperlichen Sinne.

Die Bestatterin bemerkt meine Unsicherheit. „Für Kinder empfehle ich üblicherweise einen weißen, kleinen Sarg.“

„Gut. Den nehmen wir!“, sagt der Bär schnell. „Sonst noch was?“

Er will auch schnell wieder raus hier – so wie ich.

„Blumenschmuck?“

„Die Katzmeier Rita wollt' sich darum kümmern“, gebe ich weiter. „Sie ist die rechte Hand des Pfarrers …“

„Ich kenn' sie und werd' mich mit ihr in Verbindung setzen“, unterbricht mich die Bestatterin und notiert. „Wann ist die Beerdigung?“

„Am Freitag, 14 Uhr.“ Ich stehe auf, weil mir der Schweiß ausbricht. „Falls Sie sonst noch was wissen wollen, rufen Sie doch den Pfarrer Fischer an.“

Frau Eichenseer nickt. „Wir werden alles in die Wege leiten.“

Wir verabschieden uns eilig.

Als wir wieder in unserem alten Dienstaudi sitzen, sind wir erleichtert. Ich schaue auf das Display meines Handys, das ich im Auto gelassen hatte. Mehrere Anrufe von Toni sind drauf. Ich ignoriere sie, aber dann erklingt schon wieder die Bayernhymne. Auf dem Display der Name meiner Schwester: Ulli! Die hat mir jetzt gerade noch gefehlt!

An dieser Stelle muss ich dazu sagen, dass unser Verhältnis nicht gerade das ist, wie es zwischen Schwestern sein sollte. Der Grund dafür ist wohl, dass sie fast zehn Jahre jünger ist als ich und wir zwei komplett unterschiedliche Leben führen. Ich mit Haus, Garten, Kindern, häuslich, bürgerlich und konservativ auf dem Land. Sie dagegen ist Single und als Mitarbeiterin eines Modelabels ständig irgendwo in der Welt unterwegs, um herauszufinden, was gerade in ist. Eigentlich hat sie eine kleine Wohnung in München, aber sie tingelt seit Jahren von einer Modemetropole zur nächsten und wohnt jeden dritten Tag in einem anderen Hotel. Andauernd hat sie irgendwelche Lover, wie sie diese Männer selbst bezeichnet, oder sogar mehrere gleichzeitig in jeweils einer anderen Stadt. Schon von Berufs wegen schaut sie gut aus. Sie ist das, was der Bär eindeutig als heißen Feger betiteln würde. Neben ihr komme ich mir immer vor wie ein hässliches Entlein.

„Hallo Schwesterherz!“, singt sie mir ins Ohr, als ich abhebe.

„Servus Ulli“, sage ich betont bairisch, weil sie das anscheinend auf ihren Reisen verlernt hat.

„Ich wollt’ nur Bescheid sagen, dass ich morgen gegen Abend bei euch ankommen werd’. Ich bin gerade noch in Mailand, aber ich reise morgen früh ab.“

Oh Gott! Das habe ich ja total vergessen! Jedes Jahr macht sie eine Woche Heimaturlaub und verbringt die dann bei uns. Meine Jungs freuen sich stets, wenn ihre Tante kommt, weil sie jedem von ihnen Klamotten von namhaften Designern mitbringt. Mir natürlich auch, aber meistens passe ich mit meiner Kleidergröße 40/42 nicht rein. Ihr geheucheltes, ironisches Mitleid dabei hängt mir zum Hals heraus und ich beachte die schmalen Blusen, Röcke oder Hosen gar nicht mehr. Diese Klamotten sind doch alle nur für irgendwelche Hungerhaken wie meine Schwester geschneidert.

„Alles klar“, meine ich nur knapp und bin jetzt schon genervt von ihr.

„Ein knuspriger, original bayerischer Schweinsbraten wär’ lecker. – Falls du wissen willst, was ich essen will“, flötet sie mir her.

„Ich bin doch nicht deine Köchin!“, schimpfe ich. „Ich geh’ auch in die Arbeit, schon vergessen?“

„Na egal“, sagt sie gleichgültig. „Dann machen wir ihn halt ein anderes Mal.“

Als würde sie kochen können! Mehr als Nudeln mit Tomatensoße bringt die doch nicht fertig. Vielleicht ist das das Rezept für ihre Schönheit.

Wieder trällert sie ins Handy: „Bis morgen dann, Schwesterchen!“

Ich lege einfach auf und atme tief durch.

„Die Ulli“, erkläre ich seufzend. „Sie besucht uns wieder einmal.“

Er grinst, denn er kennt sie auch. Zwar nur mehr sehr flüchtig, weil sie sich ja kaum in ihrer alten Heimat sehen lässt, aber dafür aus Kinder- und Jugendtagen, bevor sie zu der eitlen Schnepfe geworden ist. „Sag’ ihr einen schönen Gruß von mir.“

Ich frage mich, warum sie überhaupt kommt, denn die meiste Zeit streiten wir nur. Wo es nur geht, führt sie mir auf ihre schnippische und hochnäsige Art und Weise vor, wie minder, öde und einfach sie mein Leben findet. Wobei ich dazu sagen muss, dass ihre Sticheleien seit dem Tod von Martin wesentlich weniger geworden sind. Aber eigentlich will ich ihr Mitleid gar nicht. Ich bin mit mir und meinem Leben zufrieden, bis auf das, dass ich es nicht mehr mit meinem Ehemann teilen kann. Aber ich habe immerhin noch meine Kinder, den Opa, mein Haus, meinen Garten und meinen Job!

„Dann machen wir jetzt Mittagspause!“, kündigt der Bär freudig an und lenkt unser Dienstauto in Richtung Metzgerei.

Als wir aufs Revier zurückkommen, herrscht dort reges Treiben. Die mittägliche Pressekonferenz im Landratsamt ist wohl gerade vorbei. Schon wieder läuten die Telefone Sturm. Alle Kollegen, die heute Extradienst schieben müssen, hängen an der Strippe. Der neue Hauptkommissar hat offensichtlich alles gut im Griff hier.

Jener hat auch meinen Schreibtisch in Beschlag genommen. Toni telefoniert gerade, als wir ins Büro kommen und legt sofort auf. Ich erkenne, dass er geladen ist.

„Sag' mal, was von keine Alleingänge und kein Sturschädel hast du heut' morgen nicht verstanden, als wir telefoniert haben? Der Übelacker ist stinksauer, weil ihr nicht bei der Konferenz wart – und ich auch! Du kannst es dir in so einem Fall nicht leisten, Anrufe zu ignorieren!"

„Ich bin mir sicher, dass ihr zwei das ganz prima allein hingekriegt habt", sage ich schnippisch. „Und außerdem haben wir gearbeitet."

„Dann klärt mich endlich auf, was ihr rausgefunden habt!", fordert er mich aufgebracht auf.

„Also, mir ist das zu blöd", sagt der Bär brummig und geht.

Er mag keine lautstarken Auseinandersetzungen, das weiß ich. Aber ich werde auch allein mit dem Wichtigtuer fertig! Zugegeben habe ich doch ein bisserl ein schlechtes Gewissen. Darum reiße ich mich zusammen, setze mich ihm gegenüber auf den Bär seinem abgewetzten Bürostuhl und berichte Toni über unseren Besuch bei den Sammüllers.

Dabei beruhigt er sich ein wenig und sagt dann: „Das Jugendamt hat mir das ganze bestätigt. Also wieder nix!"

Er ist der Sache also tatsächlich nachgegangen und hat die Adoption überprüft. Das stimmt mich milde. „Hat die Konferenz schon was gebracht?"

Toni schüttelt den Kopf und reibt über seinen grau melierten Drei-Tage-Bart, der ihm etwas Verwegenes verleiht. „Wenn das so weitergeht, stehen wir nicht nur vor der Presse ganz schön blöd da."

„Wir sind doch erst am Anfang", versuche ich, ihn zu beschwichtigen.

Er lacht nur kurz auf und runzelt seine breite Stirn.

Ich spüre, dass er mächtig unter Druck steht. Die Erwartungshaltung an einen herbeigeholten Hauptkommissar, der es richten soll, ist wohl doch ganz schön hoch. Irgendwie tut er mir schon fast wieder leid.

Am Abend bin ich allein daheim. Der Opa hat mir einen Zettel hingelegt, dass er beim Lindenwirt isst und später heimkommt. Und Lukas hat mir eine Nachricht aufs Handy geschrieben, dass er mit seinen Freunden zum Baden an den St. Agatha-See nach Riedenburg gefahren ist.

Nachdem ich meine Blumen und meine Salatbeete gegossen habe, setze ich mich mit einem Wurstbrot und zwei Tomaten vor den Fernseher. Weil ich mich ja heute der Pressekonferenz extra fern gehalten habe, bin ich doch ein bisserl neugierig und will sie mir in den Nachrichten des Lokalsenders anschauen. Hier wird nur ein kurzer Ausschnitt gezeigt, in der der Übelacker den Stand der Ermittlungen preisgibt und Toni einen Aufruf an die Öffentlichkeit macht. Im Fernsehen schaut er sogar noch besser aus als in der Realität. Und er wirkt überhaupt nicht nervös oder unsicher. Ich kann mir nicht helfen, aber irgendwie kommen die alten Gefühle wieder hoch in mir. – Aber trotzdem bleibt er ein Gschaftlhuber!

Nach dem Wetterbericht, laut dem es weiterhin so heiß bleiben soll, kündigt die attraktive, blonde Moderatorin im blauweißen Dirndl eine Sondersendung an. Es gibt schließlich nicht oft eine Babyleiche im Umkreis! Das macht mich neugierig und ich bleibe natürlich dabei. Noch einmal wird die Pressekonferenz gezeigt. Diesmal ausführlicher und mein Herz klopft schneller, als Toni ganz souverän seinen Bericht abliefert und einige Fragen der Presse beantwortet.

Nach Toni bittet auch der Staatsanwalt um Mithilfe: „Wer hat in der Umgebung der Pschlacht etwas gesehen oder eine auffällige

Situation beobachtet? Wer kennt eine Frau, die schwanger gewesen ist und jetzt kein Kind vorweisen kann? Wir bitten um sachdienliche Hinweise. Gerne behandeln wir Ihre Aussagen auch anonym."

Wie gebannt hocke ich vor dem Fernseher und höre aufmerksam zu, als die Moderatorin wieder erscheint und ankündigt: „Natürlich ist der schreckliche Fund des toten Babys auch für den kleinen Markt Essing ein erschütterndes Ereignis. Darum sind wir dorthin gefahren und haben uns vor Ort bei den Einwohnern ein wenig umgehört."

Dann erscheint ein Luftbild des Marktes Essing mit dem typisch historischen Ortskern direkt unter den malerischen Felsen. Via Kamera begleiten wir die Moderatorin jetzt leger gekleidet in Jeans und Bluse auf unseren Marktplatz. „Richtig idyllisch liegt das beschauliche Örtchen Essing nur ein paar Kilometer von Kelheim und der Donau entfernt im Altmühltal. Hier kennt jeder noch jeden und niemand würde etwas so Schreckliches vermuten wie diesen Mord an einem kleinen Neugeborenen."

Während sie das sagt, betritt sie den Kramerladen, der direkt am Marktplatz liegt. Die Verkäuferin, hinter der Ladentheke – es ist die Besitzerin, Zitzelsberger Elfi – schaut auf und erschrickt merklich. Dann bekommt sie das dicke Mikrofon der Moderatorin unter die Nase gehalten. „Was sagen Sie zu dem Fund des toten Babys?"

Sofort schießen Elfi Tränen in die Augen und sie jammert los: „So was Furchtbares! Wer bringt denn so ein kleines Geschöpf um … Was ist das nur für eine Welt, in der wir leben …"

Weiter kommt Elfi mit ihrem zusammenhanglosen Gejammere nicht, denn dann folgt ein Schnitt. Wieder begleiten wir Zuschauer die Moderatorin in das nächste Geschäft. Es ist die Essinger Tankstelle von Wimmer Heinz. Im dreckigen Blaumann steht er in seinem Kassenraum und ist total überrumpelt, wie auch er das Mikrofon mit der Bitte um einen Kommentar zum toten Baby vorgehalten bekommt. Er stottert ebenfalls etwas Betroffenes, Erschütterndes in seinem niederbayerischen Dialekt hinein. Darauf folgt wieder ein Schnitt und wir befinden uns auf einmal drüben in der Pschlacht.

Die Moderatorin deutet hinter sich. „Hier in dieser Idylle wurde also gestern der tote Säugling im Wasser gefunden. Ein Fischer hat die schwere Tüte mit dem schrecklichen Inhalt aus dem Wasser geholt. Eigentlich ist das hier ein unberührtes, stilles Fleckchen Natur und niemand würde ahnen, dass hier ein Mord passiert ist."

Während sie das sagt, geht sie auf einen alten Mann zu, der auf dem Feldweg steht. Mir stockt der Atem und mein Herz setzt für einen Schlag aus: das ist doch der Opa! Ganz stolz und aufrecht steht er vor dem Fundort der Leiche an der Blaubruck.

„Grüße Sie, Herr Spangler! Sie als Einheimischer können die Leute doch gut einschätzen. Ist es für Sie vorstellbar, dass eine Frau aus dieser Gegend das Baby zur Welt gebracht, getötet und hier entsorgt hat?", fragt ihn die Moderatorin und hält ihm ihr Mikro hin.

„Wissen Sie ...", sagt der Opa ruhig und bemüht professionell. „Ich leb' schon mein ganzes Leben in Altessing. Ich kenn' die Leute hier, da haben Sie schon Recht, und darum kann ich mir nicht vorstellen, dass eine Frau aus Essing das getan haben soll. Andererseits kann man auch in keinen reinschaun."

Ich glaub's ja nicht! Völlig fassungslos starre ich auf den Bildschirm mit dem Opa darauf.

„Sie sagten, dass Ihre Schwiegertochter Kommissarin ist und den Fall bearbeitet", fragt die Moderatorin weiter.

Und wie aufs Stichwort legt der Opa los: „Ja, die Maria ist eine ganz gescheite Kommissarin. Die hat den Fall in Null-komma-nix gelöst!"

Meine Gefühlswallungen schwanken zwischen Scham, weil ich am liebsten im Erdboden versinken will, und Wut, weil ich dem oiden Deppen auf der Stelle die Gurgel umdrehen möchte, wenn ich mir vorstelle, dass das halb Bayern sieht, wie auch der Übelacker und Toni.

Aber der Opa ist noch nicht fertig. „Wissen Sie, so was ist hier bei uns im schönen Altmühltal noch nie passiert. Ich weiß schon, dass wir Menschen auf dem Land für hinterwäldlerisch und rückständig gehalten werden, aber die Maria und der neue Kommissar werden alles tun, damit die Mutter von der Pia gefunden wird."

„Wer hat denn der Kleinen diesen schönen Namen gegeben?"

„Na, die Maria halt! Nach der heiligen Pia, die am 21. August ihren Namenstag gehabt hat, als sie das Baby gefunden haben", gibt der Opa stolz preis und erzählt eifrig weiter: „Und sie hat auch erreicht, dass die kleine Pia hier bei uns auf dem Friedhof ihre letzte Ruhe findet."

Woher weiß er denn das schon wieder, Kruzinesn! Aber die Antwort darauf kommt mir prompt: Katzmeier Rita, denn sie ist ja vom Pfarrer instruiert.

Die Moderatorin sagt noch, wann die Beerdigung stattfindet und dass der örtliche Pfarrer darum bittet, dass die Beerdigung im kleinen Kreis und in aller Ruhe stattfinden soll. Welche Ironie!

Dann ist der Beitrag zu Ende. Ich schalte aus, weil mir so was von schlecht ist. Das ist also der Grund, warum der Opa heute außer Haus isst, erkenne ich. Er weiß genau, dass er diesmal zu weit gegangen ist, und hat sich aus dem Staub gemacht! Ich überlege, ob ich gleich rübergehe zum Wirt und ihn mir schnappe, aber dann ist meine Scham doch zu groß. Irgendwann muss er ja schließlich heimkommen. Und dann werde ich da sein!

Kapitel 7

Mooslechner Anni und ihr Rudi sitzen am Stammtisch ihres Wirtshauses auf dem Campingplatz und machen Brotzeit. Genau wie die Kommissarin schauen sie die Lokalnachrichten im Fernsehen, schon allein deshalb, weil sie alles über die Pressekonferenz zu der Babyleiche wissen wollen. So was passiert schließlich nicht alle Tage in diesem beschaulichen Ort.

„... und wir bitten die gesamte Bevölkerung eindringlich, falls sie etwas Verdächtiges gehört oder gesehen haben, uns das mitzuteilen. Wir sind dankbar für jeden Hinweis und werden auch jedem nachgehen, damit wir dieses Verbrechen aufklären", sagt der attraktive Hauptkommissar mit eindringlicher Stimme.

Mit einem abfälligen Grunzen und einem Knopfdruck auf die Fernbedienung schaltet Rudi den Fernseher aus. „Die finden die Mutter niemals!"

Anni fühlt sich von dem Kommissar angesprochen. Die Nacht, in der sie das Baby draußen schreien gehört hat, geht ihr nicht aus dem Kopf. Erst recht nicht, seit sie über das tote Baby in der Pschlacht in der Zeitung gelesen hat. Und jetzt diese Pressekonferenz im Fernsehen!

„Ich glaub', ich ruf' doch die Mary an und erzähl' ihr von dem Babygeschrei bei uns in der Nacht damals."

Entgeistert schaut Rudi sie an. „Spinnst du! Willst du dich lächerlich machen? Das hast du dir doch bloß eingebildet in deinem Wahn."

„Da hat ein Baby geweint! Ich bin doch nicht narrisch!", widerspricht seine Frau eifrig.

„Und wenn, na und!", versucht Rudi ihr das weiter auszureden. „Haben halt ein paar Camper ein Kind dabeigehabt."

„Da war kein Baby an dem Tag bei uns auf dem Platz. Ich weiß doch, wen ich reingelassen hab'."

Ihr Mann ist genervt. „Und woher soll dann das Geschrei gekommen sein?"

„Das ist ja das Komische ...", gibt Anni nachdenklich zu. „Und genau das sollten wir der Mary sagen. Ich kenn' sie doch. Sie ist eine gute Polizistin und sie wird das vertraulich behandeln, wenn ich sie darum bitt'."

„Kommt ja gar nicht in Frage! Wir haben mit der Polizei noch nie was zu tun gehabt, und das wird sich auch nicht ändern!", regt sich Rudi auf.

„Aber ..."

„Du untersteh' dich!", unterbricht sie ihr Mann mit drohendem Blick und erhobenem Brotzeitmesser.

Eingeschüchtert gibt Anni nach. „Na gut ..."

„Und ich will darüber kein Sterbenswort mehr hören, verstanden!"

Beleidigt schweigt Anni. Immer muss sie tun, was er sagt.

Stumm essen sie weiter.

Kapitel 8

Ich bin vor dem Fernseher eingeschlafen. Die tickende Wanduhr zeigt fast halb zwölf. Mühsam erhebe ich mich und schaue nach, ob der Opa schon in seinem Bett liegt. Fehlanzeige! Normalerweise geht er spätestens um zehn ins Bett. Anscheinend hat er wirklich Angst, mir über den Weg zu laufen. In der Ferne höre ich Sirenen. Ich stecke das Telefon wieder an und schalte mein Handy ein, das ich, um unbequemen Anrufen bezüglich des Fernsehauftrittes vom Opa zu entgehen, ausgeschaltet habe. Zwei Anrufe vom Toni, einer vom Bürgermeister, einer vom Übelacker und zwei von meiner Freundin Bärbel sind darauf. Kein Anruf von der Dienststelle, also auch kein Einsatz für mich. Aber die Sirenen kommen näher und ich höre, wie sie dann direkt in der Nachbarschaft stillstehen.

Plötzlich läutet es an der Haustür. Um die Zeit! Ich hab kein gutes Gefühl. Aber vielleicht hat der Opa seinen Haustürschlüssel vergessen. Na warte, Bürscherl! Doch draußen steht Bärbel und nicht wie erwartet der Opa. Sie ist die Wirtin vom Lindenwirt schräg gegenüber und auch meine beste Freundin.

„Endlich erwisch' ich dich!", sagt sie atemlos, weil sie offensichtlich herübergerannt ist.

„Was ist denn passiert?" Ich bin in Alarmbereitschaft.

„Der Opa … der Opa ist einfach zusammengebrochen! Ich glaub', es ist sein Herz", erklärt sie mir schnaufend.

Das meine krampft sich augenblicklich zusammen. Ich schlüpfe in meine Plastiklatschen und renne mit ihr über die Hauptstraße zur Wirtschaft schräg gegenüber, wo der Sanka gerade eingetroffen ist.

„Ich hab' probiert, dich anzurufen, aber dein Handy und dein Telefon waren tot", erklärt mir Bärbel und wir folgen den Sanitätern in die Wirtsstube.

Da liegt er, der Opa: kreidebleich und benommen auf einer Eckbank. Meine Brust zieht sich vor Sorge noch mehr zusammen. Während die Ersthelfer ihre Koffer auspacken und den störenden Tisch wegschieben, gehe ich zu ihm hin und nehme seine Hand. Sie ist ganz kalt. Er stöhnt leise meinen Namen.

„Ich bin schon da, Opa“, mache ich ihm klar, dass ich ihm beistehe.

Er blinzelt mich an. „Bist gscheit sauer auf mich?“

Ich schüttle den Kopf. „Jetzt nicht mehr.“

Fast zufrieden döst er wieder weg.

„Sind Sie eine Angehörige?“, will der junge Sanitäter wissen, der grad seine Vitalwerte überprüft.

Ich nicke. „Schwiegertochter.“

„Können Sie mir über seine medizinische Vorgeschichte Auskunft geben?“

„Er hat vor zwei Jahren einen kleinen Herzinfarkt gehabt.“

„Nimmt er Medikamente ein?“

Ich zähle ihm die Tabletten auf, die ich alle auswendig kenne, weil ich sie ihm jede Woche in seinen Pillenspender einsortiere.

Sein Blutdruck ist extrem hoch. Der andere Sanitäter hört sein Herz ab. Dann legen sie ihm einen Venenzugang am linken Arm und spritzen ihm was hinein.

Ich blicke die Bärbel fragend an, die mit ihrem Mann, dem Sepp, und dem Langreiner Otti dastehen und zuschauen.

„Er hat nur drei Radler getrunken und ein Rehragout gegessen“, schwört sie unschuldig. Sie weiß, dass der Opa ein schwaches Herz hat. Ich hab ihr immer wieder gesagt, sie darf ihm nicht mehr als eine halbe Bier geben.

„Vielleicht war ihm die Aufregung heut’ einfach zu viel“, sagt Sepp, der Wirt. „Der war ja ganz aus dem Häusl, weil er im Fernsehen gewesen ist.“

Und weil er Angst vor mir gehabt hat, denke ich noch so bei mir. Mein schlechtes Gewissen plagt mich gescheit, obwohl ich ihn noch gar nicht geschimpft habe.

Dann trifft auch der Notarzt ein und wird von den Sanis eingewiesen. Ich muss seinen Medikamentenplan und seine Versichertenkarte daheim holen und fahre mit dem Opa im Sanka in die Goldbergklinik nach Kelheim. Dort untersuchen sie ihn und ich warte nervös draußen auf dem Gang. Ein ziemlich junger Arzt informiert mich, dass sie den Opa mit dem Hubschrauber nach Regensburg in die Uniklinik bringen müssen, weil sie dort die besseren Geräte zur Untersuchung haben.

„Wie steht es um ihn?“, will ich wissen, als sich der Arzt schon wieder eilig abwenden will.

„Nun, ihr Vater hatte einen Herzinfarkt.“

„Schlimm?“

Der Arzt schnauft durch. „Ihr Vater ist offenbar sehr zäh.“

„Schwiegervater“, berichtige ich, obwohl das eigentlich egal ist.

„Am besten, Sie fahren erst einmal heim und schlafen eine Runde. Der Transport und die Untersuchungen werden die ganze Nacht dauern“, versucht der Arzt, mich abzuwimmeln.

Der redet sich leicht! An Schlaf ist bei mir jetzt nicht zu denken.

Eine halbe Stunde später sitze ich dann doch im schwarzen Golf vom herbeigerufenen Lukas und bin mit den Nerven am Ende.

„Der Herzinfarkt vom Opa hat nicht zufällig was mit seinem Fernsehauftritt zu tun, oder?“, fragt mich Lukas ebenfalls in großer Sorge. Er hat es also auch gesehen.

Ich zucke mit den Schultern. „Beim Frühstück heut’ früh war er noch quietschfidel.“

„Du hast ihn dir deswegen also noch nicht zur Brust genommen?“

„Nein, hab’ ich nicht!“, verteidige ich mich. „Obwohl ich wirklich sauer auf ihn war, und das völlig zu Recht! Das ist unglaublich, was er sich da wieder geleistet hat, der oide Depp! Ich will gar nicht dran denken, was ich morgen in der Arbeit für Schwierigkeiten krieg’.“

„So weit denkt der Opa halt manchmal nicht“, versucht Lukas mich zu beschwichtigen. „Und im Grunde hat er ja nix Schlimmes gesagt. Eher im Gegenteil.“

Ich lache hämisch auf. „Wer weiß, wie viel die ihm für das Interview geboten haben. Wenn der einen Profit riecht, dann verkauft er sogar seine Schwiegertochter!“

So tickt unser Opa wirklich. Und das hat auch seinen guten Grund: Als junger Bursch hat er im Zweiten Weltkrieg viel Hunger leiden müssen. Nach dem Krieg war er ganz allein, weil seine Eltern während dessen gestorben waren. Er hat sich als Knecht mühsam seinen Lebensunterhalt verdienen müssen und dann, als er ein bisserl was gespart gehabt hatte, seine Magda geheiratet. Die Zeiten waren schlecht und sie haben sehr bescheiden gelebt. Und so ist er zu einem geizigen Sparfuchs geworden. Er hält sein Geld zusammen, ist immer noch sehr sparsam und gönnt sich auch sonst nix außer ab und zu einem üppigen Essen beim Wirt. Und das schon sein ganzes Leben lang, obwohl sich seitdem sein Lebensstandard durch seiner fleißigen Hände Arbeit sehr verbessert hat. Manchmal frage ich mich, was er eigentlich davon gehabt hat. Freude am Leben war es jedenfalls nicht!

„Jetzt schimpf' halt nicht so auf ihn!", verteidigt Lukas seinen Großvater. „Vielleicht überlebt er die Nacht nicht."

Besorgt schweigen wir.

„Du hast nicht vergessen, dass heut' die Tante Ulli kommt, oder?", will mein Sohn nach ein paar Kilometern von mir wissen.

„Sie mag's nicht, wenn du sie Tante nennst", sage ich ironisch.

„Sie hat mir nämlich eine Whatsapp-Nachricht geschickt, dass sie mir ein paar geile Designer-Outfits mitbringt", freut sich Lukas.

Ich bin genervt. „Ich glaub', dass wir grad andere Sorgen haben als Markenklamotten."

„Nicht Markenklamotten, Mama! Sondern echte Stücke von richtigen Designern! Nix von der Stange!", berichtigt mich mein Sohn eifrig.

„Der Lagerfeld oder der Gucci werden uns kaum helfen, die Mutter von der toten Pia zu finden, noch, dass der Opa wieder gesund wird", meine ich schnippisch.

Lukas stöhnt und biegt in unsere Einfahrt ein. „Ich sag's dir, Mama: Wenn du und die Ulli euch nicht vertragt, dann zieh' ich aus!"

Ich steige aus. Bisher war nie die Rede davon, dass er auszieht, auch nicht als feststand, dass er ab diesen Herbst in Regensburg studieren wird. Er würde mich nie allein mit dem Opa lassen, vielleicht auch, weil er sich für mich verantwortlich fühlt als der einzig richtige Mann im Haus. Und darum gebe ich auch nix auf seine Drohung.

„Wir müssen dem Quirin noch Bescheid sagen", fällt mir ein, als Lukas die Haustür aufsperrt.

„Jetzt nicht mehr! Es ist fast drei Uhr früh."

Er hat Recht. Ich bin saumüde, aber ich rufe trotzdem noch in der Uniklinik an, werde aber nach einigen Verbindungen damit vertröstet, dass der Opa noch untersucht wird. Ich hinterlasse meine Telefonnummer mit der Bitte, dass sie mich sofort benachrichtigen sollen, wenn ich zu ihm kann. Was die da so lange untersuchen müssen, Kruzinesn?

Um sieben in der Früh ist dann schon wieder Bayernhymne. Sofort bin ich hellwach, denn der Anruf könnte ja aus dem Krankenhaus kommen. Dran ist aber der Übelacker und fängt sofort an, wütend über meinen Schwiegervater zu schimpfen, und zwar in seinem Heimatdialekt. Was sich der Alte erlaube, im Fernsehen aufzutreten und damit die Arbeit der Polizei zu untergraben. Ob ich den Opa nicht besser im Griff habe und ich meine Schweigepflicht nicht ernst nähme und so weiter.

Das macht mich wütend. Ich setze mich im Bett auf.

„Moment mal, Herr Dr. Übelacker! Der Opa hat, soweit ich erkennen hab' können, weder über die polizeilichen Ermittlungen etwas preisgegeben oder über die Polizei geschimpft. Er hat lediglich seine Meinung dazu gesagt und das ist, falls der Kommunismus über Nacht nicht über uns hereingebrochen ist, in Deutschland nicht verboten", verteidige ich den Opa wie eine Löwin.

„Aber er hat Sie extra genannt. Im Fernsehen! Mit dieser Präsenz können Sie doch unmöglich einverstanden sein …", interveniert der Übelacker eifrig, jetzt wieder in Hochdeutsch.

„Er glaubt wenigstens an mich und meine Arbeit“, meine ich ironisch.

Er lacht hämisch. „Einer Kommissarin, die noch nie einen Mord aufgeklärt hat.“

„Was kann ich dafür, dass hier nicht mehr gemordet wird!“, spotte ich zurück.

An diesen Satz werde ich mich in Zukunft noch öfter zurückerinnern, denn offenbar wird er von einer höheren Macht gehört oder besser gesagt erhört und so eine Art Arbeitsbeschaffungsmaßnahme für mich eingeleitet.

„Ich merk', dass wir auf keinen grünen Zweig kommen, Frau Spangler“, klingt der Staatsanwalt bitter. „Jedenfalls hat der Aschenbrenner gestern Abend noch bei mir angerufen. Er erwartet, dass die Ermittlungen endlich weiterkommen, statt im Fernsehen breitgetreten zu werden.“

Das ist mal wieder typisch: immer auf die Kleinen. „Ich war es jedenfalls nicht, der unbedingt eine Pressekonferenz abhalten hat müssen.“

Der Übelacker überhört meine Bemerkung und befiehlt mir: „Sie werden Ihren Schwiegervater zur Raison bringen und ihm ein für alle Mal klarmachen, dass er in Zukunft seinen Mund hält.“

Darauf kann ich mir einen schneidenden Unterton nicht verkneifen. „Das werd' ich ganz sicher nicht, weil er gestern einen Herzinfarkt gehabt hat und um sein Leben ringt, Herr Dr. Übelacker. Und jetzt entschuldigen Sie mich bitte! Ich muss zu ihm ins Krankenhaus.“

Dann lege ich einfach auf und rufe sofort im Krankenhaus an. Es dauert eine Zeit, bis ich wieder an die richtige Stelle verbunden bin, schließlich meldet sich ein Doktor Fuchs. Er stellt sich als der Arzt vor, der den Opa notoperiert und ihm zwei Stants in die verengten Herzkranzgefäße eingesetzt hat. Der Opa habe die OP so weit gut überstanden, müsse allerdings noch auf der Intensivstation bleiben. Ich dürfe ihn aber besuchen, er sei bei Bewusstsein.

Also sage ich kurz dem Bär per SMS Bescheid, dass ich später komme, frühstücke schnell mit Lukas, der ebenfalls merklich erleichtert über die guten Nachrichten ist, und fahre in die Uniklinik.

Ich schaue in der Sterilkleidung aus wie ein grünes Marsmännchen, als ich endlich in das Intensivzimmer vom Opa darf. Er liegt da in seinem Krankenhausbett an hundert Schläuche, Kabel und piepsende Geräte angeschlossen, aber er ist wach und atmet, zwar schwer, aber selbstständig. Sein Gesicht ist bleich und aufgedunsen. Als er mich sieht, versucht er sich in einem Lächeln.

Ich nehme vorsichtig seine große, verhornte Hand und drücke sie. „Du hast uns aber einen gscheiten Schreck eingejagt."

„In zweierlei Hinsicht ... Ned wahr?", sagt er schuldbewusst und mit kratziger Stimme.

„Wie viel hat dir denn das Interview eingebracht?"

„Fünfhundert!" Er grinst verschmitzt, was ihm mit seinem verquollenen Gesicht sichtlich schwerfällt. Seine Mimik und Gestik geschehen wie in Zeitlupe. „Die wollten mich doch glatt mit nur zweihundert abspeisen."

Nun muss auch ich schmunzeln. „Genau, wie ich's mir gedacht hab'."

„Hast schon Ärger, was?"

„Ach, ich werd' schon fertig mit denen", sage ich gleichgültig.

Die Schwester draußen hat gemeint, dass ich ihn nicht aufregen soll. In Anbetracht seiner Situation könnte ich das heute sowieso nicht, weil er mir dermaßen leid tut in seinem erbärmlichen Zustand.

„Genauso kenn' ich dich", meint er stolz und drückt meine Hand kaum merklich. „Sonst hätt' ich das mit diesen Fernsehleuten ja gar nicht gemacht."

„Wie geht's dir denn?", lenke ich auf ein anderes Thema ab.

„Meine Pumpe spinnt halt, sagt der Doktor."

„Schmerzen hast keine?"

„Ich spür' nix."

„Wär' auch kein Wunder, an was für Zeug du alles angeschlossen bist", stelle ich fest und schaue auf die vielen Schläuche.

„Eigentlich rentiert sich das gar nicht mehr. Die OP-Kosten hätten sie sich sparen können. Mei Maschie is halt hie und mei Lebensuhr läuft langsam ab", drückt der Opa auf die Tränendrüse und seine zugeschwollenen Augen füllen sich mit Wasser.

Typisch! So melancholisch ist er immer drauf, wenn er krank ist. Dann ist er kurz vorm Sterben. Nur dieses Mal hat er gar nicht so Unrecht.

„Ein paar Jahre werden wir dich schon noch ertragen", stelle ich aufmunternd lächelnd fest und tätschle seine Hand. Ich weiß nicht, wen ich damit besänftigen will: ihn oder mich?

Jedenfalls schmunzelt auch er zaghaft. „Du bist mir also nicht mehr bös'?"

Ich schüttle den Kopf. „Hauptsache ist doch jetzt, dass du wieder gesund wirst."

Leise flüstert er mir zu: „Ich hab' die fünfhundert Euro unter meine Matratze gelegt. Die darfst du dir nehmen für den Haushalt. Ich geb' dir eh immer zu wenig, für das, was ich wegfress'."

„Ist schon gut, Opa." Ich streichle ihm die Hand und bin überrascht über so viel Großzügigkeit von dem alten Geizkragen. Natürlich werde ich das Geld nicht anrühren. Das hat er sich ja schließlich hart verdienen müssen.

Auf dem Display von meinem Handy, das ich vor der Intensivstation ausschalten habe müssen, sehe ich, dass gleich drei Anrufe eingegangen sind: vom Toni, Bär und Quirin. Auf dem Weg zum Auto rufe ich Quirin an, der ganz in Sorge ist, weil ihm Lukas eine verwirrende Nachricht wegen dem Opa geschrieben hat. Er beschwert sich, dass ich ihm nicht eher Bescheid gesagt habe, und ist beruhigt, als ich ihm erzähle, dass es dem Opa jetzt besser geht.

Ich fahre zur PI nach Kelheim. Irgendwann muss ich in die Höhle des Löwen und mich stellen. Drinnen herrscht wie auch gestern schon Ausnahmezustand. Eifrige Geschäftigkeit und Hektik empfangen mich in der großen Amtsstube. Alle Kollegen, und ich meine wirklich alle, hängen an der Strippe oder sind emsig am Tun. Toni hat offenbar die freien Tage und Urlaube gestrichen und die Kollegen neu eingeteilt. Irgendwie komme ich mir als Chefin ziemlich inkompetent und überflüssig vor.

Der Bär sieht mich, nachdem er mit dem Koller etwas geklärt hat, und kommt auf mich zu. „Der LKAler ist stinksauer, sag' ich dir."

„Hast du ihm Bescheid gesagt, dass ich im Krankenhaus bin?"

Er nickt und fragt bedauernd: „Wie geht's dem Opa denn?"

„So weit ganz gut."

Zu einer weiteren Frage kommt der Bär nicht mehr, weil Toni mich erspäht hat und mich zu sich auf den Flur ruft: „ Ach, die Frau Kommissarin erscheint auch endlich zum Dienst!"

„Der Opa war mir im Moment wichtiger", gestehe ich entschuldigend und ziemlich kleinlaut. „Außerdem hab' ich nicht geahnt, was hier los ist."

„Nach dem tollen Fernsehauftritt von deinem großspurigen Schwiegervater? Was hast du denn erwartet?", pflaumt er mich an, während wir ins Büro gehen, das er jetzt besetzt hat.

Nebenbei bemerke ich, dass er wohl auch nicht viel geschlafen hat und sein Drei-Tage-Bart immer noch in seinem gestressten Gesicht steht.

„Und eure Pressekonferenz gestern hat keine Aufmerksamkeit geweckt, oder wie?", frage ich ironisch.

Er wirft die Papiere, die er in der Hand gehalten hat, verächtlich auf meinen Schreibtisch.

„Es ist unsere Pflicht, die Öffentlichkeit zu informieren und nicht, dass irgendein Angehöriger der Polizei inkompetent in die Kamera heuchelt, welch tolle Kommissarin hier ermittelt!"

Daher weht also der Wind! Toni passt nicht, wie der Opa mich gepriesen hat. Ich weiß selbst, dass das nicht gut war, darum versuche ich, den angespannten Hauptkommissar zu besänftigen: „In seinem Alter hat er halt eine … eingeschränkte Sicht auf die Dinge. Und was kann er dafür, wenn ein Fernsehteam Interesse an ihm zeigt. So viel Aufmerksamkeit und den Rummel ist er nicht gewohnt. Es passiert ja auch sonst nix hier bei uns. – Und vor lauter Aufregung hat er letzte Nacht einen Herzinfarkt gehabt."

„Das hat er davon …", kommentiert Toni gleichgültig, während er auf meinem mit Papieren voll beladenen Schreibtisch herumgruscht.

Jetzt reicht es mir aber. „Spiel' dich du hier nicht so auf, Kruzinesn! Nur, weil du Hauptkommissar beim LKA bist, muss ich mir von dir nicht alles gefallen lassen. Ich hab's satt, dass du so tust, als wären wir hier lauter Deppen! Sonst kümmert sich auch keine Sau von euch in Landshut um uns und wir sind bisher ganz gut ohne euch zu Recht gekommen!"

So, jetzt ist es raus! Auf einmal herrscht Stille im ganzen Revier. Ich bin wohl doch ein bisserl zu laut geworden und die Bürotür steht wie immer offen.

Tonis Gesicht ist knallrot angelaufen und zornverzerrt. Und er ist im Zugzwang. Also schreit er mich an: „Ich hab' schon gehört, dass du ein stures Weibsbild bist, aber in echt übertrifft's das noch bei weitem! Schau bloß, dass dich dein Mann mal wieder gescheit rannimmt, damit du wieder runterkommst!"

Das ist zu viel für mich. Meine Brust zieht sich zusammen und ich kann nicht mehr, als ihn mit einem erschrockenen Blick anzustarren. Ich mache auf dem Absatz kehrt und stürme auf den Flur, vorbei am Bär und am Übelacker, die gerade ins Büro reinwollten. Alle Kollegen in der Amtsstube schauen mir neugierig hinterher, als ich gen Ausgang renne. Ich muss raus hier! Während ich draußen in mein Auto steige, kommen die ersten Tränen.

Im Büro sagt der Bär vorwurfsvoll zum Toni: „Ihr Mann ist vor fünf Jahren gestorben."

Toni schnauft tief durch, reibt sich die Nasenwurzel und senkt beschämt den Blick. „Verdammter Mist!"

Kapitel 9

Daheim ist mein erster Weg zum Portrait meines verstorbenen Mannes, das auf dem Sideboard im Esszimmer zwischen all den anderen Familienfotos steht. Ich nehme es in die Hände wie schon so oft und streichle leise weinend über sein rundes Gesicht, auf dem sein typisch verschmitztes Lächeln prangt. Er fehlt mir so! Grade jetzt könnte ich seinen Rat und seine Unterstützung so gut gebrauchen. Ein Heulkrampf beutelt mich und ich lasse mich auf einen Stuhl am Esszimmertisch sinken. Es ist gerade Mittag und ich weiß, dass ich allein daheim bin. Darum lasse ich meinen Gefühlen freien Lauf, wie ich es schon lange nicht mehr getan habe.

Plötzlich steht jemand neben mir. Durch meinen Tränenschleier schaut die Person aus wie ein Engel: groß, schlank mit weißem Kleid und blonden, langen Haaren. Fange ich jetzt auch noch an zu halluzinieren?

Aber dann höre ich die besorgte Stimme von Ulli. „Hey, Schwesterherz! Was ist denn passiert?"

Ich erschrecke und schäme mich furchtbar. Darum schnäuze ich mich verlegen in ein Papiertaschentuch und wische mir mit den Fingern mein Gesicht trocken.

„Was machst denn du schon hier?"

„Ich hab's früher geschafft. – Aber jetzt sag', was los ist!"

Sie setzt sich neben mich und schaut mich mit ihren großen, dezent geschminkten blauen Augen bedauernd an. Dann streichelt sie mir mit ihren dünnen Fingern, die mit künstlichen, rot lackierten Nägeln verziert sind, über das verheulte Gesicht. Ihr Blick ist offen und ehrlich. So hat sie mich schon lang nicht mehr angeschaut. Oder gar noch nie?

„Ist es wegen dem Opa?", fragt sie vorsichtig. „Der Lukas hat mich schon informiert."

„Ja, auch …", bringe ich noch raus und dann fange ich wieder an zu weinen. Sie zieht mich an sich und ich heule mich an ihrer Schulter aus. Und das habe ich auch schon lang nicht mehr gemacht. Wenn überhaupt jemals.

Sanft streicht sie mir über meinen Kopf und das zusammengebundene Haar und flüstert leise tröstende Worte. Unsere Eltern, die kurz nacheinander an einem Schlaganfall und einem Gehirntumor gestorben sind, würden Freudensprünge machen, wenn sie ihre beiden, schon immer zankenden Töchter so sehen könnten. Irgendwann versiegen meine Tränen und ich fange mich langsam wieder.

„Geht's wieder?", will sie wissen und reicht mir von irgendwoher ein Papiertaschentuch.

Ich nicke und schnäuze mich.

„Ist alles ein bisserl viel momentan", gestehe ich. „Das tote Baby, die Erinnerung an meine eigenen Kinder, als sie zur Welt gekommen sind und der Martin und ich so glücklich waren, dann der Herzinfarkt vom Opa und der Druck von oben."

Sage ich das gerade wirklich alles meiner Schwester, zu der ich nie ein vertrautes Verhältnis gehabt habe und der ich immer die souveräne, alles beherrschende Maria vorgespielt habe?

Sie ahnt, dass das noch nicht alles war. „Und? Was hat das Fass zum Überlaufen gebracht?"

„Die schicken mir so einen Wichtigtuer vom LKA, der mir sagt, ich soll mal wieder gescheit mit meinem Mann vögeln, damit ich wieder normal werd'." Ich grinse sarkastisch.

„So ein Arsch!", findet Ulli ganz ordinär. „Aber du lässt dich doch sonst nicht so von einem Deppen unterkriegen. – Außer …"

„Außer was?", bin ich irritiert.

„… da steckt mehr dahinter!"

„Mehr dahinter?"

„Magst du ihn? – Ich mein', rein menschlich?", forscht Ulli neugierig.

„Spinnst du! Er ist ein Gschaftlhuber!", wehre ich mich energisch und spüre die Röte in meinem Gesicht.

„Also, du magst ihn", stellt sie resümierend fest und schaut mich durchdringend an.

Dann gestehe ich: „Ich kenn' ihn von früher."

„Aha! Jetzt kommen wir der Sache schon näher", ist sie zufrieden. Ein Schmunzeln huscht über ihre schön geschwungenen, roten Lippen und ihre Augen blitzen. Ich kann gut verstehen, warum ihr die Männer reihenweise verfallen.

„Vor über zwanzig Jahren hatten wir mal was miteinander, aber dann hat er sich versetzen lassen und ist verschwunden", erzähle ich bereitwillig.

„Und du bist natürlich nicht mehr nachtragend deswegen", kommentiert sie mit einem Hauch Ironie.

„Er war damals ein Weiberheld und ich hab' gewusst, auf was ich mich mit ihm einlass'. Es war eine schöne Zeit, wir waren beide jung. Es hat halt nicht sollen sein …"

„Aber der Sex mit ihm war geil, oder?", ist sie ganz direkt.

Ich lache höhnisch und erröte wieder. „Das geht dich wirklich nix an."

Sie grinst zufrieden. „Ich hab' also Recht!"

„Hör' endlich auf mit deinen ewigen Mutmaßungen!", schimpfe ich. „Du hörst dich schon an wie mein Seelenschrauber."

„Ich will dir doch bloß helfen! Und was ist so falsch dran, wenn du endlich mal wieder Gefühle für einen Mann hast?"

„Ich hab keine Gefühle für den Toni!", behaupte ich empört und stehe auf. „Warum will mich jeder andauernd verkuppeln? Ich brauch' keinen Mann!"

Meine Schwester stellt sich vor mich hin. „Jeder braucht einen Partner, sei's zum Reden, Zusammenleben, Streiten oder verdammt noch mal einfach zum Sex."

„Und warum bist du dann nicht verheiratet?"

Ulli stöhnt und runzelt ihre sonst faltenfreie, hohe Stirn. „Muss man denn immer gleich heiraten? Wir leben im 21. Jahrhundert, Mary! Da kann man Männer haben, so viel man will, ohne irgendwelche Verpflichtungen. Und du hast eindeutig schon viel zu lang keinen mehr gehabt."

„Ich bin nicht wie du!", halte ich ihr vor.

„Das weiß ich." Sie legt ihre Hände auf meine Schultern. „Aber schau: Der Martin ist doch schon so lang tot. Er hätt' bestimmt nicht gewollt, dass du dein restliches Leben ganz allein verbringst. Dafür bist du noch viel zu jung."

Irgendwie hat sie schon Recht. „Es ist halt so schwer, sich wieder auf einen Mann einzulassen. Ich hab so Angst, dass ich enttäuscht werd', und ich weiß nicht, ob ich es noch mal verkraften würd', wieder verlassen zu werden, auf welche Art und Weise auch immer", gestehe ich ihr.

Schon wieder kullern die Tränen.

Sie streichelt meine Tränen weg und meint aufmunternd: „Du musst dich halt einfach trauen." Tröstend nimmt sie mich in den Arm.

Das Gespräch mit Ulli tut mir wirklich gut und es ist fast so, als würde ich mich dabei an ihr auftanken. Wir sind halt doch vom gleichen Blut, egal, wie unterschiedlich wir beide auch sind. Noch nie hab ich mich mit ihr so verbunden gefühlt wie in diesem Augenblick. Und ihr geht es wohl genauso.

Bayernhymne.

„Toller Klingelton!", kommentiert meine Schwester, als ich sie loslasse und mein Handy aus der Jeansjacke fische, die ich noch gar nicht ausgezogen habe.

Der Bär ist dran. „Die DNA-Analyse von der Pia und dem Haar auf dem Badetuch sind da. Sie stimmen nicht überein, haben aber einige Allele gemeinsam. Es könnt' also ein Haar von der Mutter oder dem Vater sein."

„Oder der Schwester, der Oma, dem Opa, der Tante oder sonst wem aus der Verwandtschaft", bemerke ich. „Das hilft uns gar nix."

„Ich wollt' dir nur Bescheid sagen", bedauert der Bär. „Hast du dich wieder gefangen?"

„Die Ulli hat mich abgelenkt."

„Der LKAler war ziemlich geschockt, als ich ihm gesagt hab', dass du Witwe bist. Ich glaub', es tut ihm furchtbar leid, dass er so forsch war", erzählt er mir. „Trotzdem ist er ein Gschaftlhuber."

„Der kann mir gestohlen bleiben", sage ich entschieden. „Sonst noch was Neues?"

„Wir haben einen Haufen Hinweise reingekriegt. Die Telefone stehen nicht still."

„Was Interessantes dabei?"

„Keine Ahnung. Ich kenn' wahrscheinlich nicht einmal ein Viertel davon. Einige Kollegen sind schon unterwegs, um ein paar zu überprüfen. – Der Übelacker macht sich wieder wichtig, aber da er euren Streit mit angehört hat, ist er ziemlich handzahm."

„Mit mir könnt ihr heut' jedenfalls nicht mehr rechnen, bloß damit du es weißt. Außerdem ist meine Schwester da und wir kochen miteinander", schmolle ich, verabschiede mich und lege auf.

Ulli schaut mich erstaunt an. „Wir kochen miteinander?"

„Ja! – Ich zeig' dir jetzt mal, wie ein echter, bayerischer Schweinsbraten geht", erkläre ich ihr enthusiastisch. „Komm', wir fahren schnell einkaufen!"

Irgendwie spüre ich eine neue Verbundenheit mit Ulli. Warum sollten wir uns nicht einfach mal vertragen können?

Lukas trifft fast der Schlag, wie er uns selig vereint in der Küche beim Kochen sieht, als er von seinem Job heimkommt. „Was ist denn heut' los?"

„Friede, Freude, Eierkuchen", sagt Ulli.

„Ich glaub's ja nicht?" Er kommt zu mir an den Herd, wo ich gerade die Reiberknödel in das kochende Wasser lege und sie die Soße abschmeckt.

Er schnüffelt. „Also riechen tut's schon mal gut."

„Mein erster Schweinsbraten", ist sie ganz stolz.

„Oh, Gott! Du kochst?", übertreibt Lukas und würgt theatralisch. „Dann ess' ich lieber eine Brotzeit."

Er geht zum Kühlschrank, doch sie haut ihm die Tür wieder vor der Nase zu und meint streng: „Es wird das gegessen, was auf den Tisch kommt, mein kleiner Neffe!"

Dann kichern sie beide und umarmen sich.

„Willkommen Tante Ulli!", freut sich Lukas.

Für diese Betitelung bekommt er von ihr einen liebevollen Rempler in die Rippen. „Die versprochenen Klamotten hab' ich dir schon aufs Bett gelegt."

Lukas grinst. „Prima! Probier' ich gleich an …"

„Du bleibst schön hier und deckst den Tisch, Lukas!", befehle ich streng. „Das Essen ist in einer Viertelstunde fertig."

Mein Sohn zögert kurz. „Na, wenn heute heile Welt ist, dann könnt' doch die Jacky mitessen, oder?"

Ich bin erstaunt und schaue ihn an. „Bitte gern."

„Ich hol' sie schnell ab!", ist er eifrig und kramt unter dem Hinausstürmen sein Handy aus der Hosentasche.

„Oh, Jacky heißt also seine neue Flamme?", stellt Ulli ironisch fest.

Ich nicke. „Scheint ihm ernst zu sein."

„Tja, dein Kleiner wird erwachsen", meint sie und holt die Teller aus dem Hängeschrank.

Die feengleiche Jacky in ihrem einfachen rosa Shirtkleid ist etwas verlegen und sitzt zuerst ein bisserl verloren und beklemmt bei uns mit am Tisch draußen auf der überdachten Terrasse. Sie isst auch kaum etwas, obwohl Lukas sie umsorgt und ihr den Teller volllädt. Ich bemerke, wie liebevoll und bewundernd er seine Freundin immer wieder anschaut. Ihn hat's ja wohl mächtig erwischt!

Seine Angebetete taut erst langsam nach dem wirklich gelungenen Schweinsbraten mit der reschen Kruste, den Kartoffelknödeln und dem Gurkensalat auf, als Ulli von ihren Reisen und ihren Erlebnissen auf den Modenschauen dieser Welt erzählt. Früher hat mich das total genervt und war für mich nur Angeberei von ihr. Seltsamerweise macht mir das jetzt gar nix mehr aus.

Dann verziehen sich die zwei Turteltauben auf Lukas' Zimmer, um die neuen Klamotten zu begutachten und Ulli und ich machen den Abwasch.

„Süß, die Kleine", bemerkt Ulli und trocknet das von mir gespülte Geschirr ab.

„Ja, wenn nur der Name nicht wär': Jaqueline!"

„Dafür kann sie ja nix."

Natürlich haben wir Jacky auch ein bisserl ausgefragt und erfahren, dass sie aus gutem Hause kommt: Vater Anwalt, Mutter seine Sekretärin. Jacky scheint einen gesunden Menschenverstand zu haben, dafür aber weniger Lust auf Lernen und Schule. Irgendwie erinnert sie mich an mich selbst, als ich so alt war: ziemlich dünn, blondierte Strähnchen in den langen Haaren, praktisch fast brustlos und nur Jungs und Partys im Kopf. Heute habe ich mindestens zwanzig Kilo mehr verteilt auf Hüften und Oberweite, langweilige, straßenköterblonde Haare und an Männern und dem Nachtleben nicht das geringste Interesse. Wie sich das Leben doch ändert!

Es läutet an der Haustür.

Ulli macht auf, weil ich noch am Spülen bin. Mit einem süffisanten Grinsen kommt sie zurück in die Küche. „Da ist ein Bruder vom George Clooney draußen, der mit dir sprechen will."

Laut ihrer Beschreibung kann es sich nur um den gschaftigen Hauptkommissar handeln. Aber der weiß eigentlich gar nicht, wo ich wohne. Oder doch? Zumindest ist es für ihn nicht schwer, es herauszufinden.

Argwöhnisch schaue ich Ulli an und trockne mir meine Hände an einem Geschirrtuch ab.

„Jetzt geh' endlich an die Tür!", drängelt sie mich.

Ich traue meinen Augen nicht, als ich tatsächlich Toni vor der Haustür stehen sehe. Mein Herz rutscht in die Hose, weil ich mir noch keine Gedanken darüber gemacht habe, wie ich mich nach seiner blöden Anmache ihm gegenüber verhalten soll. Aber er soll nur merken, dass er mich damit tief gekränkt hat.

„Toni?“, begrüße ich ihn kühl.

„Grüß dich, Mary.“

Er kommt mir jetzt anders vor, nicht nur, weil er sportliche Shorts, ein hellblaues Poloshirt und Sneakers trägt. Er wirkt verlegen, fast schüchtern und sein Drei-Tage-Bart ist auch weg. Ganz offensichtlich will er mir wegen meines Fehlens heute Nachmittag keine Vorwürfe machen, wie ich es befürchtet habe.

„Ist in der PI was passiert?“, frage ich darum verwirrt und streiche mir ein paar Haarsträhnen aus dem Gesicht hinters Ohr.

Er schüttelt den Kopf und weicht meinem Blick verlegen aus. „Ich bin sozusagen privat hier.“

Ich schaue ihn irritiert an, was ihn dazu bringt, sich zu erklären: „Wenn ich heut’ früh ausfallend geworden bin, dann tut mir das leid. Ich hab’ nicht gewusst, dass du deinen Mann verloren hast.“

„Ich mach’s mir halt dann selber“, spiele ich auf seinen blöden Vorschlag von heute Vormittag an, nicht ohne eine Spur Ironie und Häme. Innerlich jubiliert mein Ego. Dass er sich zu einer Entschuldigung durchgerungen hat, deutet mir, dass ihm etwas an mir liegt. Oder?

Er grinst süffisant. „Ich kann dir gern zur Hand gehen!“

Darauf muss auch ich schmunzeln und werde rot. Schlagfertig ist er jedenfalls.

Dann räuspert und fasst er sich wieder. „Ich wollt’ mir hier vor Ort den Tatort anschauen und dich bitten mitzukommen.“

„Meine Schwester ist zu Besuch da“, will ich absagen, doch auf Ulli ist wie immer Verlass.

„Ich komm’ schon allein zu Recht!“, ruft sie aus der Küche.

Ich glaub’s ja nicht! Sie hat gelauscht!

Toni schmunzelt siegessicher.

Ich stöhne und verdrehe die Augen.

„Also?“, drängt er.

„Na gut!“, gebe ich nach. „Zu Fuß?“

„Ich hab’ nix gegen einen Abendspaziergang“, meint er und geht voraus zur Einfahrt, wo er seinen dunkelblauen Audi geparkt hat.

Ich werfe Ulli einen scharfen Blick zu, als sie aus der Küche grinst und ziehe mir meine Trekkingsandalen an.

„Wir haben seit der Pressekonferenz gestern jede Menge damit zu tun, die Hinweise zu überprüfen. Ich steh' auch unter Druck, Mary! Und ich brauch' dich in meinem Team!“, beschwört mich Toni eindringlich, als wir losgehen. „Ich hoff', dass unsere Differenzen jetzt beseitigt sind.“

„Passt schon“, stimme ich lapidar zu.

An dieser Stelle muss ich dazu erklären, dass das bairische ‚Passt schon' in dem selbigen Sprachgebrauch ein schwammiger, mehrdeutiger Ausdruck ist, nämlich a), dass man im Augenblick nicht mehr weiter über das Thema reden möchte, b), dass man auch in Zukunft nie wieder etwas davon hören will und c), dass man trotz Punkt a) und b) schon einigermaßen mit dem Gesagten zufrieden ist, wenn auch nicht kompromisslos.

Ich weiß immer noch nicht so recht, wie ich mich ihm gegenüber verhalten soll, darum halte ich vorerst meinen Mund. Ihm geht es wohl ähnlich, denn er sagt auch nix. Schweigend gehen wir also nebeneinander her. Ich lotse ihn raus aus dem Dorf auf den Radlweg, der auf dem Damm entlang des Rhein-Main-Donau-Kanals führt. Hier entgehen wir den neugierigen Bewohnern an der Hauptstraße und der herumschwirrenden Presse. Zwischen dem Sport- und Tennisplatz führen Treppen hinauf auf die Brücke, auf der wir dann den Kanal überqueren können.

„Warum bist du damals von heut' auf morgen einfach abgehauen?“, höre ich mich dann fragen. Eigentlich wollte ich das nicht ansprechen. Ist ja auch schon so lang her.

Verwundert schaut er mich an, weiß aber sofort, was ich meine, weil er antwortet: „Ich hab' ein verlockendes Stellenangebot aus Regensburg gehabt. Das lag näher an meiner damaligen Heimat. Ich hab' nicht länger drüber nachgedacht und es angenommen.“

„Es ist also nicht dran gelegen, dass dir unser Verhältnis zu fest geworden ist?“, überhöre ich seine Ausrede.

Unsicher weicht er meinem Blick aus und gesteht: „Du hast mir damals schon … was bedeutet, aber meine Karriere war mir zu dem Zeitpunkt einfach wichtiger."

„Aha!" Es ist ein unzufriedenes, anklagendes Aha von mir.

Er bleibt stehen. „Mary, du bist doch nicht wegen damals immer noch sauer auf mich?"

Mit einem weiteren „Nein! Das passt schon", weiche ich seiner Frage aus.

Als hätte der liebe Gott diese Ablenkung herbeigeführt, kommt Katzmeier Rita in ihrem Garten, der an den Damm grenzt, winkend und rufend auf uns zu. Die hatte ich auf unserem Weg nicht einkalkuliert, Kruzinesn!

Ihren kleinen, wachsamen Augen entgeht nichts. Wie eine Spinne im Hinterhalt lauert sie auf ihre Opfer, die sich ahnungslos nähern. Ich frage mich, wie sie ihren eigenen Haushalt und den des Pfarrers erledigen kann, wenn sie nebenbei immer aufpassen muss, dass sie niemanden verpasst, der an ihrem Garten vorbeigeht. Heute trägt sie jedenfalls eine Kochschürze.

„Grüß' dich, Rita", sage ich und stelle sie und Toni einander vor. Sie würde eh keine Ruhe geben, bis sie nicht genau gewusst hätte, wer er ist.

„So, so, ein Hauptkommissar! – Ihr besprecht euch wohl grad?", stellt Rita interessiert fest und mustert ihn huldvoll, als wäre er Sherlock Holmes persönlich.

Wie man nur so unverhohlen neugierig sein kann?

„Wir besichtigen den Tatort", gesteht Toni.

„Ich glaub' nicht, dass ihr dort noch brauchbare Spuren findet, weil nämlich die ganzen Reporter schon rumgetrampelt sind", stellt sie geschäftig fest. „Ihr hättet alles absperren müssen!"

Toni nimmt gelassen ihren Übereifer hin, doch noch bevor einer von uns zwei was sagen kann, redet das schwatzhafte Weib weiter: „Wisst ihr denn schon mehr? Ich mein', habt ihr Hinweise aus der Bevölkerung gekriegt? Habt ihr schon eine heiße Spur? Ist die DNA schon entschlüsselt?“

Sie schaut eindeutig zu viel CSI und Tatort im Fernsehen. Ich weiß, dass sie solche Krimis liebt, genau wie der Opa. Nur leider sind sie meilenweit von der Realität entfernt.

„Wir dürfen dir darüber nix sagen. Das machen deine Fernsehpolizisten doch auch immer so“, mahne ich sie genervt.

„Das ist halt einfach alles so spannend, dass bei uns auch mal so was passiert! – Die Betti hast du ja schon vernommen, gell?“, ereifert sich das neugierige Weib weiter.

Ich atme tief durch. „Ja, hab' ich. Aber sie hat nix damit zu tun.“

Toni schaut mich fragend an und Rita scheint enttäuscht.

„Die Betti wohnt hier im Dorf und ist asozial, wie man so schön sagt“, erkläre ich ihm. „Alkohol, Zigaretten, viele Kinder von vielen Männern, keine Arbeit. Aber sie ist keine Kindsmörderin.“

„Na ja! Du musst es ja wissen!“, kommentiert die Ratschkathl, bevor Toni reagieren kann. „Wie geht's dem Opa?“

„Er hat die OP gut überstanden.“

Sie überhört meine Antwort einfach und redet weiter drauf los. „Mei! So eine Aufregung war halt für sein altes Herz doch zu viel. Ich hab' ihm noch geraten, er soll die fünfhundert Euro sausen lassen, weil er sonst Schwierigkeiten kriegt.“

„Fünfhundert Euro?“, fragt Toni verwirrt.

„Ja! Die hat er für das Interview mit der Reporterin von dem Lokalsender gekriegt“, berichtet sie weiter und fällt dabei fast über den hölzernen Gartenzaun vor lauter Sensationslust. „Obwohl die ihm erst nur zweihundert geben wollten. Aber der Opa ist schon ein Fuchs!“

Ich möchte am liebsten im Erdboden versinken, weil ich mich so für meinen Schwiegervater schäme.

„Aha“, sagt Toni und schaut mich anklagend an.

Aus ihrer Schurztasche ist das Klingeln einer Eieruhr zu vernehmen.

„Oh, mein Kuchen ist fertig!“, trällert sie und rennt eilig und grußlos in Richtung Haus.

„Danke übrigens, dass du dich um den Blumenschmuck für die Beerdigung kümmerst!“, rufe ich ihr noch hinterher.

Sie winkt noch kurz und verschwindet in der Terrassentür.

„Welche Beerdigung?“, will Toni noch mehr irritiert wissen.

Ich seufze tief und wir gehen weiter.

„Ich glaub’, es wird Zeit, dass du mich endlich in alles einweihst. – Und zwar in wirklich alles!“, stellt er dann entschieden fest.

Ich seufze wieder und tue, wie mir geheißen. Ich erzähle ihm von der geplanten Beerdigung unseres toten Babys bei uns auf dem Friedhof, wie die Leute in meinem Dorf so ticken, von meinem ersten Verdacht auf Betti und ihrer Vorgeschichte, von der Tatsache, dass mein Schwiegervater eine Ratschkathl ist und ein Geizhals und ich es manchmal mit ihm nicht leicht habe.

„Obwohl ich ihm immer wieder mit Einzelhaft droh’, kann er seinen Mund einfach nicht halten“, beschwere ich mich. „Und dann macht er auch noch das blöde Interview mit dem Fernsehen.“

Toni grinst nur schadenfroh.

„Ja, lach’ du nur!“, klage ich. „Aber in der Provinz hat man es echt nicht leicht.“

Er schaut sich begeistert um, als wir über die Treppen auf die Brücke kommen, über die die Kreisstraße KEH 5 verläuft und den Kanal überquert. Vor uns auf der linken Seite nach dem Kanal ist der grüne Dschungel der Pschlacht und des steilen dicht bewaldeten Talhangs. Hinter uns auf der rechten Seite glänzen die senkrecht aufsteigenden, ausgewaschenen Felsen des Jurameeres orange in der untergehenden Sonne. Obenauf die Ruinen der Burg Randeck, die mit ihrem Wehrturm über dem Markt Neuessing thront, der sich mit seinen Häusern dicht darunter an die Felswand schmiegt. Eine malerische Szenerie.

„Schön ist es hier bei euch“, stellt Toni bewundernd fest.

„Das schon“, stimme ich zu. Ich kenne diesen Anblick ja schon lange. „Aber das hilft uns jetzt auch nicht weiter.“

Wir überqueren die Brücke auf dem Gehweg und steigen die Treppen auf der anderen Seite wieder hinunter zum Parkplatz vor der

Pschlacht. Sportlich hüpft er die Stufen vor mir hinunter. In seinen Freizeitklamotten kommt er ganz leger daher, obwohl seine zivile Dienstkleidung auch nur aus Jeans und Hemd besteht. Überhaupt scheint er gerade viel entspannter und lockerer zu sein als in der PI. Trotzdem bleibe ich auf der Hut. Ich weiß nicht, ob er immer noch der gleiche Casanova von damals ist. Eigentlich weiß ich gar nichts über ihn und sein jetziges Leben, doch gleichzeitig glaube ich, ihn gut zu kennen. In seinem Verhalten, seiner Gestik und Mimik und seiner Art zu reden, hat er sich jedenfalls nicht groß verändert. Er ist nur älter geworden, genau wie ich. Ich bin innerlich ziemlich aufgewühlt und verunsichert und habe viele Fragen.

„Was ist mit deiner Exfrau?", fange ich an und könnte mich auf die Lippen beißen, weil ich das wirklich gefragt habe.

„Was soll mit ihr sein?", stutzt er und versteckt seine Hände verlegen in den Taschen seiner Shorts, während wir das Ende der Treppe erreichen.

Ich zucke so gleichgültig wie möglich die Schultern und weiche seinem neugierigen Blick aus.

„Sie lebt in dem Haus, das ich gekauft und abbezahlt hab', mit unserer Tochter, die ich finanzier' und unserem Hund, den ich nach seinem Polizeidienst bei uns aufgenommen hatte", sagt er dann spöttisch. „War's das, was du wissen wolltest?"

Ich runzle die Stirn. „Naja, warum seid ihr geschieden?"

„Wegen meines Berufes halt."

„Ist er das wert?", stelle ich mit einer Spur Ironie in der Stimme fest.

Er nickt eifrig. „Ich bin gern Polizist und steh' selbstverständlich und mit allen Konsequenzen ein für Recht und Ordnung in unserm Land. Darum mach' ich das ja!"

„Ich schon auch", stimme ich ihm zu, weiß aber, dass ich lang nicht so dienstbeflissen bin wie er.

„Und, wie schaut's dann mit deinem Privatleben aus?", will er ebenso ironisch wissen.

Ja, was habe ich denn für eines? Wenn man meine Jungs und den Opa mal nicht mitzählt, dann bleibt da auch nicht mehr viel, außer mein geliebter Garten, erkenne ich resigniert.

Er bemerkt meinen nachdenklichen Gesichtsausdruck und schmunzelt wissend.

Als wir dem Altwasser näher kommen, umschwirren uns sofort diese kleinen, lästigen und stechenden Blutsauger wieder. Toni fängt an, um sich zu schlagen. Offenbar mögen ihn die Staunzn lieber als mich, denn mich lassen sie weitgehend in Ruhe.

Ganz offensichtlich sind hier viele Füße herumgetrampelt, denn es steht kein Grashalm am Ufer und Wegesrand mehr senkrecht.

„Hier also!“, stellt Toni fest, als ich kurz vor der Blaubruck, an einer Stelle des Ufers stehen bleibe.

Ich nicke bedrückt und starre auf die Stelle, wo der Leichensack mit dem toten Säugling gelegen war. Irgendjemand hat dort eine Grabkerze und eine kleine, schlafende Engelsfigur hingestellt. Ich bin gerührt.

Er schaut zur Blaubruck'. „Was ist mit der Brücke?“

„Gesperrt.“

Trotzdem geht er durch das niedergetrampelte Gras zu ihr. Ich folge ihm. An einer morschen Holzlattentür, die die Brücke absperrt, bleibt er stehen und rüttelt daran. Das Vorhängeschloss ist noch intakt, aber die Scharniere sind ausgehebelt. Man braucht die Lattentür nur hochheben und schon ist der Weg frei.

„Prima Absperrung!“, spottet er. „Hier werden wohl schon einige Leut' durch sein.“

Er betritt die etwa einen Meter zwanzig breite Brücke, deren verwitterte, lose auf dem Metallgerüst aufliegenden Betonplatten nicht besonders vertrauenserweckend und stabil wirken, ohne zu zögern. Ich folge ihm vorsichtig und die Platten unter meinen Füßen wackeln. Aber, wenn sie Tonis Gewicht tragen, dann auch das meine!

Ungefähr in der Mitte der etwa fünfzehn Meter langen Brücke bleibt er stehen. Den größten Teil des Altwassers kann man von hier aus überblicken. Am Ufer stehen Stümpfe von abgestorbenen Bäumen.

Abgebrochene Äste treiben mit Seerosen an der Wasseroberfläche. Weiden lassen traurig ihre Stränge hängen. Ich komme mir auf einmal vor wie in einer anderen Welt.

„Es würd' mich nicht wundern, wenn da hinten gleich ein T-Rex aus dem Gebüsch stampft", meint Toni schmunzelnd.

Er hat wohl die gleichen Gedanken wie ich. Wir gehen ganz hinüber und stehen vor einem undurchdringlichen Gestrüpp aus wild wuchernden Brennnesseln, Holundersträuchern und Dornenhecken.

„Hier ist sicher seit Jahren keiner mehr durch", stelle ich entschieden fest.

„Scheint so", erkennt auch Toni. „Die Kindsmutter hat sich hier offenbar nicht versteckt, als sie das Kind zur Welt gebracht hat."

Ein langes Frachtschiff fährt auf dem Kanal vorbei und schiebt eine Bugwelle durch die etwa zwanzig Meter breite Verbindungsstelle, an der das Altwasser mit dem Kanal verbunden ist, in den zuvor still daliegenden See. Im Wasser treibende Äste und Pflanzen fangen an, sich durch den Druck zu bewegen.

Wir haben eindeutig was übersehen, erkenne ich plötzlich!

Mit der flachen Hand haue ich mir auf meine Stirn. „Ich hab' den Schiffsverkehr und die Strömung nicht bedacht."

Er schaut mich an. „Was ist damit?"

„Hast du die Welle von dem Schiff grad nicht gesehen? Die Äste, die zuerst da vorne waren, hat es um einige Meter weiter in das Altwasser hereingedrückt."

Ich deute auf einen ganz besonders großen, modrigen Ast, der im Wasser treibt und durch die Welle immer noch schaukelt.

Dann erkennt es auch Toni. „Du meinst, die Leiche könnt' auch draußen in den Kanal geworfen, und dann von der Strömung und dem Schiffsverkehr im Wasser treibend hierher befördert worden sein. Der Fundort ist also nicht unbedingt der Ort, an dem die Leiche ins Wasser geworfen worden ist."

Nickend stimme ich zu. „Das ist nicht grad ein toller Fortschritt."

Toni seufzt und wedelt wieder ein paar der Blutsauger weg. „Nein! Wirklich nicht, aber wir sollten jemanden von der Wasserwacht oder dem Rhein-Main-Donau-Kanal zum Strömungsverhalten hier befragen. Vielleicht lässt sich durch die Liegezeit der Leiche im Wasser und der Strömung ein ungefährer Ort berechnen, wo sie ins Wasser geworfen worden sein könnte." Sein Gesichtsausdruck erhellt sich immer mehr, je länger er analysiert. „Wenn wir den Platz finden, würde uns das bestimmt weiterbringen ..."

Heimlich bewundere ich ihn wegen seiner Umsicht.

„Gut möglich", lobe ich ihn. „Der Übelacker wird beeindruckt sein."

Toni schmunzelt verlegen. „Du nicht?"

Wir stehen uns mitten auf der Blaubruck' gegenüber, die Insekten umschwirren uns und die Sonne geht gerade hinter uns unter. Schon ziemlich romantisch. Und jetzt kommt er mir auch noch immer näher! Das ist mir so was von unangenehm. Die feinen Härchen in meinem Nacken stellen sich auf und innerlich bebe ich vor Anspannung.

„Doch schon ...", gebe ich betreten zu. „Gut gemacht!"

Er schaut mich mit seinen tiefblauen Augen melancholisch und eindringlich an. Ganz deutlich kann ich in ihnen ein erregtes Flackern erkennen. So wie damals! Ich mochte das und es erweckt die alten Gefühle nur noch mehr in mir. Er kommt immer näher und will mich auch noch küssen! Schnell drehe ich mich weg und tue so, als hätte mich eine Mücke in den Nacken gestochen.

„Aber drauf gebracht hab' ich dich!", weiche ich aus und gehe zurück ans Festland.

Ich höre ihn hinter mir seufzen. „Dass du immer das letzte Wort haben musst?"

Kapitel 10

Am nächsten Tag, als ich das Haus verlasse, schläft Ulli noch, und als ich ins Büro komme, ist Toni natürlich schon da und winkt mir mit einem Zettel. Er hat schon bei der Rhein-Main-Donau-AG in Regensburg angerufen, aber die hätten ihn an das Wasser- und Schifffahrtsamt nach Nürnberg verwiesen. Die würden sich besser mit dem Strömungsverhalten des Kanals auskennen.

„Ich hab' auf dich gewartet, damit du das Telefonat mitkriegst", meint er kollegial.

Erwartungsvoll lasse ich mich ihm gegenüber auf dem Bär seinen alten Bürosessel nieder, während er die Nummer wählt und das Telefon auf Lautsprecher stellt. Nun ist Toni wieder ganz Hauptkommissar, stelle ich fest. Und diese Tatsache beruhigt mich, denn das schafft Distanz.

Ein paar Weiterverbindungen später haben wir einen Ingenieur dran, der sich auskennen soll. Ein gewisser Ignaz Scherübel. Schon wieder ein Übel! Und genauso hölzern und hochnäsig klingt seine Stimme auch.

Toni stellt sich korrekt vor, erklärt den Grund seines Anrufs und die Entdeckung, die wir gestern in der Pschlacht gemacht haben zum wiederholten Male.

„Können Sie mir also sagen, wie stark die Strömung des Kanals in Essing und Altessing ist?"

„Ich kann Ihnen mitteilen, dass der Kanal auf seinen über 170 Kilometern immer wieder starke Strömungen hat, besonders vor und nach den 16 Schleusen und vor oder nach einem Wehr. Dort ist das Baden auch verboten. Aber auch die Frachtschiffe erzeugen Strömungen. Um genauere Daten weiterzugeben, müsst' ich schon in den Aufzeichnungen nachschauen. Ob es überhaupt Messungen diesbezüglich gibt, hab' ich natürlich auch nicht im Kopf."

Der hat eindeutig keine Lust, uns zu helfen.

Toni verdreht die Augen. „Wären Sie so nett und würden Sie diese Daten in Erfahrung bringen und sie mir dann bitte mailen oder faxen. Das wäre sehr wichtig für die Aufklärung unseres Falles."

„Es geht um dieses tote Baby, das Sie da gefunden haben?", hakt Scherübel nach.

„Ja. Wir wollen herausfinden, wo die Leiche ungefähr in den Kanal gelangt ist."

Der Schifffahrtsbeamte grunzt höhnisch. „Ich glaub' ja nicht, dass unsere Daten Sie dabei weiterbringen werden. Dafür gibt es zu viele Variablen."

„Die da wären?", lässt Toni nicht locker und runzelt genervt die Stirn.

Scherübel stöhnt. „Zuallererst einmal der Schiffsverkehr. Sie müssten herausbringen, wie viele Schiffe in dem gefragten Zeitraum gefahren sind, und welche Typen, welche Lasten und welchen Tiefgang sie hatten, um ihre Wasserverdrängung ungefähr herauszubekommen. Dann wäre da noch der Wasserstand, die Niederschlagsmenge, wie häufig die Schleusen in Gronsdorf und Haidhof passiert wurden und so weiter."

Na prima! Das hatten wir gar nicht einkalkuliert. Unser neu gewonnener Optimismus verfliegt prompt.

„Bitte schicken Sie mir die Daten trotzdem", bleibt Toni hartnäckig.

Scherübel ist nun ganz offen genervt von unserem Anliegen. „Das kann aber dauern! Ich arbeit' hier ja nicht zum Spaß!"

Toni gibt ihm noch seine E-Mail-Adresse durch und verabschiedet sich höflich.

„So ein Schnösel!", schimpfe ich, als ich wieder was sagen darf.

„Du meinst hoffentlich nicht mich", macht sich der Bär bemerkbar, als er zur Tür reinkommt.

Ich berichte ihm von unseren neuen Erkenntnissen.

„Tja, scheint wohl wieder ein Vorstoß ins Nichts gewesen zu sein", erkennt mein Kollege fast genugtuend, als würde er Toni und mir einen Erfolg missgönnen. „Also ich hab' bei einem Berliner Rentnerehepaar angerufen, um ihre Zeugenaussage zu überprüfen. Inzwischen sind sie sich nicht mehr ganz sicher, ob das Liebespaar, auf das sie uns hingewiesen und das sie bei der Pschlacht während ihres Urlaubes hier in Essing beobachtet haben wollen, nicht einfach nur ihrem Liebesspiel dort nachgegangen ist. Beschreiben konnten sie sie jedenfalls nicht, weil es gedämmert hat."

Der Kollege Koller kommt ebenfalls rein. „Der Weinzierl hat schon ein paar Mal angerufen. Du sollst ihn dringend zurückrufen, Mary, weil er dich auf dem Handy nicht erreichen kann."

„Der ist mir grad noch abgegangen!", stöhne ich.

Ich kann mir schon denken, was der Herr Bürgermeister von mir will. Sein schöner, idyllischer Marktflecken soll keinen Schaden bei dieser Affäre nehmen. Weder in der Öffentlichkeit, bei den Einwohnern, in der Presse und schon gar nicht bei den Urlaubern, die derzeit diesen sonst so friedlichen Luftkurort besuchen. Nicht, dass es so ausschaut, als würden in Essing lauter Babymörder herumlaufen!

„Was ist mit deinem Handy?", will Toni wissen.

„Ich hab es ausgeschaltet, weil ich es satt hab', von Anrufen bombardiert zu werden", erkläre ich kurz.

„Und wie sollen wir dich dann erreichen?"

„Polizeifunk!", sage ich schnippisch.

Der Koller will den Anflug einer erneuten Auseinandersetzung zwischen Toni und mir unterbinden und erklärt: „Also, ich hab' die Neuburger Elke aus Painten überprüft, deren Nachbarin bei uns angerufen hat. Die Frau Neuburger ist niemals schwanger gewesen und hat folglich auch kein Kind zur Welt bringen und töten können. Das hab' ich mir grad auch noch mal von ihrer Frauenärztin bestätigen lassen. So ähnliche Hinweise habe ich noch einige abzuarbeiten. – Leider!"

Ich stöhne. „Lauter Denunzianten!"

„Man glaubt gar nicht, wie niederträchtig Menschen sein können, um einem anderen was anzuhängen", meint der Bär zustimmend.

„Sonst noch was Koller?"

Der Kollege scheint gestresst und seufzt. „Wir kriegen immer noch viele Anrufe und dazwischen gehen wir den Hinweisen nach. Vier Kollegen sind schon unterwegs deswegen. Sisyphusarbeit halt."

„Was dabei, was dir wichtig erscheint?", will Toni wissen.

Der Koller schüttelt resigniert den Kopf.

Als unser Soko-Chef schaut mir Toni eindeutig zu ratlos drein. Er beraumt auch kein Brain-Storming im Konferenzraum mehr an, stelle ich fest. Sein anfänglicher Enthusiasmus und sein Eifer scheinen dahin.

„Dann machen wir halt so weiter. Hilft ja nix", meint er fast ein wenig genervt. „Wichtig erscheinendes sofort an mich weitergeben, bitte!"

Der Koller nickt und verschwindet wieder.

„Also ich besuch' dann kurz den Opa", beschließe ich und stehe auf, weil mir das hier zu blöd wird.

„Musst du private Angelegenheiten immer während deiner Arbeitszeit erledigen?", mahnt mich Toni. „Ich brauch' dich für das Abarbeiten der Hinweise."

Ich werfe ihm einen bohrenden Blick zu. Er weiß, was ich damit sagen will: Keine Einmischung in meine Arbeitsmethoden! „Der Bär ist ja auch noch da."

„Gut, dann tu' dich mit ihm zusammen und macht es wie eure Kollegen: Hinweise abarbeiten, wenn ihr schon unterwegs seid!"

Demonstrativ verdrehe ich die Augen und schnaufe tief durch.

„Also gut!", gebe ich mich dann doch geschlagen. Schließlich soll es nicht heißen, dass ich mich drücke.

Der Bär und ich suchen uns ein paar Hinweisgeber heraus, die auf unserer Strecke nach Regensburg liegen. Drei an der Zahl, die uns wenig hilfreich oder erfolgsversprechend vorkommen. Dann fahren wir los. Ich wie üblich als Beifahrerin und er als mein Chauffeur in unserem alten Dienst-Audi. Unsere erste Station ist die Goldberg-Klinik in Kelheim. Angeblich sollen die dort laut einem anonymen Anrufer totgeborene Kinder im Kanal entsorgen. Völlig absurd, was sich da manche Leute zusammenreimen! Aber wir müssen es halt überprüfen. Leider!

Auf der gynäkologischen Station erwischen wir eine junge Stationsärztin, die uns darüber Auskunft gibt, dass eben jene Babys meistens von den Eltern beerdigt werden, so wie es sich gehört. Die anderen, und das käme nur sehr selten vor, würden in Regensburg bei einer Sammelbeerdigung von totgeborenen oder frühgeborenen Kindern beigesetzt. Keines käme in den Müll oder schon gar nicht in den Kanal. Und überhaupt gäbe es nur sehr selten Totgeburten in dieser Klinik, klärt uns die Ärztin auch noch auf. Das erleichtert mich.

Nächste Station: Viehhausen. Zwei Nordic-Walkerinnen, die zur fraglichen Zeit in Essing unterwegs gewesen waren, wollen eine Frau beobachtet haben, die das Ufer ausgekundschaftet haben soll.

Wir fahren zu der ersten angegebenen Adresse. Frau Richter, eine ziemlich großbusige, ansonsten schlanke Rentnerin Mitte sechzig bittet uns in ihr Haus, nachdem wir uns korrekt vorgestellt haben. Sie erzählt uns in ihrem rustikalen Esszimmer noch einmal, was sie gesehen haben will: „Also die junge Frau war sehr dick. Die Fanni und ich haben gedacht, die ist halt so dick, wie so viele Mädchen heut', aber als wir dann das mit dem toten Baby gehört und die Pressekonferenz im Fernsehen gesehen haben, hab' ich mir gedacht, wir müssen euch das sagen. Vielleicht war sie ja schwanger."

Typisch! Viel Interpretation und Drumherumgerede, aber keine echten Tatsachen.

„Und was haben Sie denn jetzt genau beobachtet?", forscht der Bär nach.

Unruhig rutscht die Frau auf ihrem Stuhl hin und her. Ihre pausbäckigen Wangen sind gerötet und ihre grünen Augen funkeln. Es ist sicherlich aufregend für die Rentnerin, Zeugin zu spielen. Und genauso wichtig kommt sie sich wohl gerade auch vor.

„Also, die Fanni und ich gehen da so mit unseren Stöcken auf dem Damm am Essinger Kanal entlang. – Das machen wir öfters im Sommer, weil's so schön da ist. Nachher kehren wir immer in das Café am Marktplatz ein. Die haben so gute selbstgemachte Torten …"

„Uns interessieren nur die Fakten!", unterbricht sie der Bär in ihrem Redefluss.

Frau Richter nickt pflichtschuldig. „Als wir am Campingplatz vorbeigekommen sind, haben wir die junge Dicke dirket vor uns am Ufer gesehen, die sich so komisch verhalten hat. Wir sind stehen geblieben und haben sie eine Zeit lang beobachtet."

„Und, was haben Sie beobachtet?", will ich endlich zum Punkt kommen.

„Zuerst dachten wir, sie sucht einen Platz zum Pinkeln, weil sie so nervös war und am Ufer suchend zwischen den Sträuchern hin und her gelaufen ist. Sie hat ziemlich verzweifelt dreingeschaut, geweint, und uns nicht bemerkt. Aber dann, wie sie uns gesehen hat, ist sie einfach zwischen den Wohnwägen verschwunden."

„Wann war das?", hake ich nach.

Frau Richter überlegt kurz. „Die Fanni ist grad vom Urlaub heimgekommen … Ja, genau, zwei Tage nach dem Feiertag muss das gewesen sein."

„Also am 17. August", erörtere ich.

„Danke für Ihre Informationen!", meint der Bär lakonisch, der dem ganzen wohl auch keine große Bedeutung beimisst.

„Wollen Sie denn gar keine genaue Beschreibung von dem Mädchen von mir?", will die Zeugin überrascht wissen.

Der Bär und ich wechseln Blicke. Wieder so eine, die zu viele Krimis anschaut und übereifrig ist.

„Wie hat sie denn ausgeschaut?", erkundigt sich der Bär dann doch, damit sie zufrieden ist, und zückt seinen kleinen, zerfledderten Notizblock. Und das tut er wie gesagt eher selten. Aber in diesem Fall stellt es unsere Zeugin zufrieden und wir spielen mit.

Sie konzentriert sich und beschreibt: „Ziemlich klein und dick eben. Lange, blonde Haare hat sie gehabt und auf uns recht ungepflegt gewirkt. Labbriges T-Shirt und Jogginghose und ausgelatschte Turnschuhe. Und sie hat lange, weiße Fingernägel gehabt."

Der Bär schreibt. Allerdings ist das eher unleserliches Geschmier und keine Schrift.

„Wie alt schätzen Sie die Person?", frage ich ganz professionell.

„So zwischen sechzehn und zwanzig. Heut' kann man das bei den jungen Leuten immer schlecht sagen, weil sie schon so frühreif sind."

Wieder notiert der Bär.

„Gibt es sonst noch etwas Wichtiges, was Ihnen aufgefallen ist?", will ich wissen.

Wieder grübelt Frau Richter und versucht, sich zu erinnern. Der Bär verstaut seinen Block wieder in seiner Brusttasche und wir gehen schon in Richtung Haustür.

Dann fällt ihr doch noch etwas ein: „Ihr Gang war ziemlich komisch. So breitbeinig …"

„Vielleicht war sie betrunken", kommentiert der Bär.

Frau Richter runzelt die Stirn. „Aber sie ist nicht gewankt."

Dann macht sie es uns vor und wir müssen uns das Lachen verdrücken, weil es ziemlich komisch ausschaut. Wie ein Schimpanse auf zwei Beinen hampelt die eifrige Zeugin vor uns auf dem Flur herum.

Wir verabschieden uns eilig, nachdem wir uns bedankt haben.

„So ein Schmarrn!", stöhnt der Bär und steigt in den Audi, dass der sich beträchtlich neigt.

Ich gleiche das Gewicht auf der Beifahrerseite wieder ein bisserl aus. „Die Dicke wird halt eine betrunkene Jugendliche von irgendeinem Zeltlager gewesen sein, wie es sie in den Sommerferien auf jedem Campingplatz gibt. Vielleicht hat sie sich zwischen den Sträuchern ausgekotzt oder hat nach einem romantischen tête à tête am Ufer was gesucht."

„Kann alles möglich sein, aber das bringt uns nicht wirklich voran", stimmt er mir zu.

Ich seufze tief.

Dann fahren wir weiter zu der Apotheke in Sinzing, deren Besitzer uns angerufen hat. Der grauhaarige, schlaksige Apotheker, der äußerlich seiner Berufsbezeichnung Giftmischer mit seiner dicken Brille, den wirren grauen Haaren und dem faltigen Gesicht alle Ehre macht, bittet uns etwas abseits der Ladentheke zwischen zwei Regale voller Schlankheitsmittelchen und Hustenbonbons. Wir erfahren dann, dass letzte Woche, genauer am Dienstag, ein junger Mann zu ihm gekommen ist. An sich keine außergewöhnliche Sache.

„Er hat verlangt, dass ich ihm alles zusammensuche, was man für eine Hausgeburt bräuchte", erzählt der Giftmischer weiter. „Aber darum würde sich doch normalerweise die Hebamme kümmern, habe ich seinem Wunsch widersprochen. Dann redete er sich heraus, dass ihn die Hebamme schicke. Das kam mir seltsam vor."

„Inwiefern?"

„Hebammen versorgen sich doch nicht in den Apotheken! Jedenfalls hat bei mir noch nie eine eingekauft, bevor sie zu einer Geburt hat müssen." Er schmunzelt ironisch. „Die arbeiten doch alle mit Kranken- oder Geburtshäusern zusammen."

„Und dann?", will der Bär neugierig geworden wissen.

„Dann wollte ich ihm auf den Zahn fühlen und von ihm erfahren, ob er denn eine Liste von den notwendigen Dingen von der Hebamme bekommen hätte, denn ich wüsste auch nicht genau, was man für eine Geburt alles bräuchte. Aber er hatte keine, wurde ungeduldig und drohte mir fast. So gut ich mir es ins Gedächtnis rufen konnte, suchte ich einiges zusammen."

„Was da wäre?", frage ich nach.

„Skalpell für einen eventuellen Dammschnitt, Schere und Klemmen zum Abnabeln, Mullbinden und Wattepads für den Nabel des Babys, Desinfektionsmittel, saugstarke Unterlagen und Einweghandschuhe."

Der Bär wird ganz blass im Gesicht, weil er sich dadurch wohl an die Geburten seiner eigenen Kinder erinnert fühlt.

„Hat er bar oder mit Karte bezahlt?“, forsche ich nach. Mein siebter Sinn meldet sich mit großer Macht und meine grauen Zellen erwachen aus ihrem Schlaf.

Es wäre ein Kinderspiel, den unbekannten Mann ausfindig zu machen, falls er mit Kreditkarte bezahlt und somit seine Kontodaten hinterlassen hat.

Aber leider hat der Typ bar bezahlt, wie der Apotheker gerade sagt und resümiert: „Hausgeburten sind stark im Kommen, aber dass sich der werdende Vater um das Handwerkszeug für die Hebamme kümmert, ist dann doch außergewöhnlich. Und nach dem Aufruf in der Pressekonferenz im TV habe ich gleich daran denken müssen.“

Das scheint mir allerdings auch beachtenswert, wenn nicht sogar eine heiße Spur zu sein.

„Möglich, dass niemand von der Schwangerschaft gewusst hat und die werdenden Eltern das Kind heimlich zur Welt gebracht haben“, überlegt der Giftmischer laut und seufzt dann nachdenklich. „Schade, wo es doch heute so viele Möglichkeiten gibt …“

„Können Sie den Mann beschreiben?“, unterbreche ich seinen letzten Satz, weil ich nicht will, dass unser erster vielversprechender Zeuge gefühlsduselig wird.

„Ja, schon! Grad, weil er so komisch war.“

In meinen Fingerspitzen kribbelt es. „Würden Sie sich bereit dazu erklären, mit einem unserer Zeichner ein Phantombild anzufertigen?“

„Natürlich“, stimmt der Apotheker zu. „Wenn es der Täterfindung dient.“

Ich bitte ihn, sich zur Verfügung zu halten, und wir verlassen sein Geschäft.

Im Hinausgehen ziehe ich mein Handy heraus und schalte es ein. Dreizehn eingegangene Anrufe und einige Nachrichten sind darauf. Ich ignoriere sie und rufe Toni an.

„Kannst du einen Zeichner vom LKA für ein Phantombild herbeischaffen?“, frage ich ihn nicht ohne ein bisserl Triumph in der Stimme.

„Für was?“

Ich berichte ihm von der Zeugenaussage des Giftmischers.

„Wow! – Die erste heiße Spur“, freut sich Toni. „Ich tu’, was ich kann.“

„Wann soll ich den Zeugen in die PI bestellen?“

„Morgen früh.“

„Geht das nicht eher?“, bin ich ungeduldig.

„Also gut, ich probier den Zeichner schneller zu kriegen“, besänftigt er mich, weil er wohl merkt, dass ich Blut geleckt habe.

Als ich zum Opa aufs Zimmer auf der Normalstation komme, liegt er mit hochgestelltem Kopfteil in seinem Bett und sieht fern. Er hat wieder Farbe im Gesicht und schaut recht gut aus, dafür, dass er gestern erst operiert worden ist.

Ich gebe ihm ein Bussi auf die faltige, breite Stirn. „Wie geht’s dir denn heut’?“

„Schon viel besser!“, sagt er und ich nehme es ihm ohne Zweifel ab. Richtig fit schaut er wieder aus mit seinen rosigen Wangen und einem gewissen Leuchten in den Augen.

„Wie kommt’s?“, will ich wissen. So eine schnelle Genesung bei ihm ist dann doch eher ungewöhnlich, da er sich aus reiner Aufmerksamkeits- und Mitleidsheischerei gern in seinem Leid suhlt.

An dieser Stelle muss ich dazu erklären, dass mein Schwiegervater ein extrem wehleidiger Mann ist, wie alle Männer eben. Aber er ist eindeutig der König von den Jammerlappen.

„Ja, mei …“, gesteht er lapidar. „Die Pflege hier ist schon wunderbar.“

Ich ahne da was.

„Aha!“, kommentiere ich. „Das hat nicht zufällig mit den Krankenschwestern was zu tun, oder?“

Der Opa ist nicht nur ein Jammerlappen, sondern auch ein Geiferer, der jedem einigermaßen gutaussehenden Rockzipfel hinterhergafft. Und das in seinem Alter!

Und, als hätten die Schwestern das gehört, geht auch schon die Tür auf und zwei von der Sorte kommen herein und bezirzen den Opa von hinten bis vorne.

„Na, Herr Spangler, wie geht's Ihnen denn? Haben Sie schon Stuhlgang gehabt?", fragt die Braunhaarige und ignoriert mich.

Der Opa schüttelt den Kopf und grinst.

„Aber morgen müssen wir das spätestens mal erledigen, gell, Herr Spangler!", trällert die andere etwas mollige Blondhaarige und übersieht mich ebenfalls.

„Ich hab' euch doch gesagt, dass ich der Vinzent bin!", bemerkt der Opa mit säuselnder Stimme.

Mir wird schlecht.

Die beiden schütteln seine Kissen auf und betrachten das Tablett vom Mittagessen.

„Sie haben ja alles brav aufgegessen, Vinzent", stellt die eine erfreut fest und lächelt ihn an.

„Wenn ihr zwei mir mein Essen bringt, dann schmeckt's halt gleich noch mal so gut", singt der Opa und seine Augen hängen an den Hinterteilen der Schwestern, die ich nicht unbedingt besonders attraktiv finde.

„Ich hol' mir schnell einen Kaffee!", entschuldige ich mich und gehe, weil ich das nicht mehr mitanschauen kann.

In der Cafeteria in der Eingangshalle suche ich nach dem Bär, der sich hier ebenfalls eine Tasse Kaffee gönnen wollte, finde ihn aber nicht und treffe stattdessen auf meinen Ältesten, den Quirin. Er ist auf dem Weg zum Opa und ich warne ihn, dass das gerade schlecht ist. Daraus ergibt sich eine gute Gelegenheit, mich auch mal wieder mit meinem Sohn zu unterhalten. Ich gebe ihm einen Kaffee aus und wir setzen uns in die Cafeteria.

„Dann geht's dem Opa offenbar prächtig, wenn der schon wieder Geschmack am weiblichen Geschlecht findet", kommentiert mein Ältester und grinst. „Der oide Schwerenöter!"

„Allerdings! – Manchmal ist es direkt peinlich mit ihm."

Quirin lacht. „Lass ihm halt noch ein bisserl seinen Spaß und entspann' dich."

Ich seufze tief. „Du redest dich leicht! Du musst ihn und seine Eskapaden ja nicht andauernd ertragen."

Mein Sohn runzelt die Stirn. „Du bist selbst schuld! Du hast ihn aufgenommen."

„Ja, wo hätt' er denn hin sollen nach dem Tod von der Oma? Ins Altersheim vielleicht?", rege ich mich auf.

Nein, dort will wirklich niemand gern seine Angehörigen sehen.

Auch Quirin seinen Opa nicht und so trinkt er verlegen von seinem Kaffee und lenkt dann auf ein anderes Thema ab: „Wie läuft's mit der Ulli?"

„Gut bis jetzt", gestehe ich.

Verwundert schaut mich mein Ältester an und erinnert mich so stark an seinen Vater. „Normalerweise fängst du nach dieser Frage an, ausgelassen über deine Schwester herzuziehen."

„Irgendwann müssen wir uns halt zusammenraufen", bemerke ich lapidar.

„Aha! – Mit was hat sie dich denn besänftigt? Mit Klamotten in Größe XL?" Er grinst über seinen schlechten Scherz.

„Mit zuhören", bin ich ehrlich.

„Zuhören? Worüber?"

„Ich hab' mit einem Kollegen Probleme, dann hat der Opa den Herzinfarkt gehabt und beruflich steh' ich auch ganz schön unter Druck." Ich trinke von meinem Latte Macchiato, habe einen Milchbart, den ich mir wegschlecke, und gebe zu: „Alles ein bisserl viel momentan."

„Warum rufst du mich nicht an, wenn du Stress hast?", hat Quirin ein schlechtes Gewissen.

Ich winke lapidar ab. „Du hast doch genug mit dir selbst zu tun."

An dieser Stelle muss ich dazu sagen, dass Quirin und ich immer ein prima Verhältnis gehabt haben, besonders, nachdem Martin gestorben war. Mein Ältester war damals mitten in der Pubertät und wir haben stundenlang zusammengesessen und geweint, alte Fotos angeschaut und darüber beratschlagt, wie es weitergehen soll. Gewissermaßen hätte ich ihm das mit seinen fünfzehn Jahren gar nicht zumuten dürfen, weil ich ihn dadurch in die Rolle des Familienoberhauptes gedrängt habe. Sein Auszug mit 19 war für mich ein weiterer großer Verlust, aber für ihn so etwas wie ein Befreiungsschlag. Das weiß ich heute und nach vielen Gesprächen mit dem Leiki. Darum will ich Quirin nicht wieder mit meinen Problemen belästigen.

Er schaut mich treu an. „Bloß, weil ich ausgezogen bin, heißt das nicht, dass ich nicht mehr für dich da bin, Mama."

Ich nicke und es tut mir gut, dass er das sagt.

„Apropos: sag' mal, stimmt was mit deinem Handy nicht?", fragt er mich dann. „Andauernd ruf' ich dich an, schreib' dir Nachrichten und krieg' keine Antwort von dir."

„Hab's aus."

„Wie aus?", wundert er sich empört. „Sein Handy macht man nicht aus, denn dann braucht man gleich gar keins! – Schlimm genug, dass man dir noch SMSen schicken muss im Zeitalter von Whatsapp und Facebook!"

An dieser Stelle sollte ich vielleicht noch dazu erklären, dass ich es mit der modernen Kommunikationstechnik nicht so habe. Es ist mir ein Gräuel, mir die immer näher aufeinanderfolgenden Neuerungen anzueignen. Klar habe ich in der Schule Informatik gehabt. Ich kann einigermaßen mit dem Computer und meinem Handy umgehen, aber ich muss auch nicht immer gleich auf jeder neuen Kommunikationswelle mitschwimmen, oder?

Dann steht auf einmal Lorenz Kollwitz leger in Jeans und Hemd bei uns am Tisch.

„Hallo, meine Holde!“, begrüßt er mich in seinem Berliner Slang, beugt sich zu mir herunter und gibt mir ein Bussi links und rechts auf die Wange, was mir vor dem Quirin schon ein bisserl peinlich ist.

„Was machst denn du hier, Lorenz? – Das ist doch gar nicht dein Arbeitsbereich“, grinse ich.

„Ein Studienfreund hat mich um Rat jefragt. – Und, was treibt dich hierher?“

„Mein Schwiegervater hat einen Herzinfarkt gehabt.“

„Ah, der Vinzent Spangler aus dem Fernsehen?“, stellt Lorenz schmunzelnd fest und setzt sich zu uns.

„Ja, genau der!“, sage ich genervt. „Du darfst ihn sezieren, falls die Ärzte hier gepfuscht haben!“

Lorenz lacht und schaut Quirin an, der uns schweigend und interessiert beobachtet.

„Das ist mein ältester Sohn Quirin“, stelle ich sie einander vor. „Lorenz Kollwitz, Pathologe an der Rechtsmedizin.“

Quirin schüttelt die Hand, die der Leichendoc ihm reicht, zuerst zaghaft und dann eilig.

„Weil du grad da bist, Lorenz!“, fällt mir ein. „Bezüglich der Pia: Es kann nicht möglich sein, dass bei der Geburt etwas schief gegangen ist? – Ich mein’, falls es sich um eine Hausgeburt gehandelt hat.“

Lorenz überlegt kurz und schüttelt dann den Kopf. „Nein. Zwar war die Nabelschnur recht stümperhaft durchtrennt, aber sie hat jeatmet und es jab keine Verletzungen diesbezüglich. – Warum?“

„Ich überprüfe nur alle Eventualitäten“, tue ich ab.

„Noch keine heiße Spur?“

Ich zucke mit den Schultern. „Vielleicht.“

Lorenz beugt sich zu mir herüber und schaut mich mit forschenden Augen an. „Geheime Ermittlungsarbeit, hm?“

Sein elegantes Parfüm hüllt mich ein und seine Annäherung ist mir vor Quirin peinlich. Ausweichend lehne ich mich in meinen Stuhl zurück. Das entgeht wohl auch Lorenz nicht und er räuspert sich. Eine Sekunde herrscht betretenes Schweigen.

„Ick würd' den oder die Täterin schon jern vor Gericht sehen", gesteht er dann.

„Ich auch! – Dass ich's nicht vergess': Das Beerdigungsinstitut Eichenseer holt die kleine Pia bei dir ab. Sie wird am Freitag bei uns in Essing auf dem Friedhof beerdigt."

Er nickt zustimmend. „Das freut mich."

Dann schaut er auf seine überdimensionale Armbanduhr auf seinem stark behaarten Unterarm und erhebt sich eilig. „Ick muss los! – Mein Anjebot für ein Essen steht noch, Maria!"

Auf mein ablehnendes Kopfschütteln folgt ein enttäuschter Blick von ihm. „Versteh' schon! Arbeit geht vor …"

Er verabschiedet sich ziemlich kühl und verschwindet.

„Was war das denn?", staunt Quirin mit großen braunen Augen. „Ein Verehrer?"

Mir ist das ganze ziemlich unangenehm und ich zucke nur mit den Schultern.

„Wow, Mama! Ich bin beeindruckt! – Warum erteilst du ihm eine Abfuhr?"

„Ich muss mich auf meine Arbeit konzentrieren", weiche ich aus.

„So eine blöde Ausrede!", motzt mein Ältester.

Eilig trinke ich meinen Kaffee aus, stehe auf und gehe in Richtung Aufzug, weil ich noch einmal kurz zum Opa hinauf will. Quirin folgt mir mit einem breiten Grinsen.

„Der Kollwitz ist aber ein ganz ein Hübscher", singt er mir her.

„Dann geh' du mit ihm essen, wenn er dir so gefällt!"

Der Aufzug kommt, die Tür geht auf und wir gehen rein, als die zwei Mitfahrer ausgestiegen sind.

„Ich bin schon vergeben", ist seine lakonische Antwort.

Ich schaue ihn überrascht an.

Er zuckt die Schultern. „Ich bin wieder mit der Vroni beinand."

Ich runzle die Stirn. „Aha."

Vroni ist seine große Liebe, er hat es nur noch nicht geschnallt. Immer wieder sind sie zusammen, dann auseinander. Er kann nicht ohne sie, aber auch nicht mit ihr. Ich mag sie. Sie ist ein anständiges Mädel, wenn ich sie auch nur von kurzen Treffen her kenne. Sie studiert auch und wohnt ebenfalls in Regensburg.

Als wir zum Opa aufs Zimmer kommen, sind die Schwestern weg. Er freut sich, seinen Enkel zu sehen. Gleich nachdem der Opa aber seinen aktuellen Gesundheitszustand mit ihm ausgetauscht hat, laut dem es ihm wieder bestens gehe, wendet er sich allerdings auch schon wieder mir zu.

„Es wundert mich schon, dass du noch gar keine heiße Spur hast, Maria“, ist er ungeduldig. „Du hast doch sonst auch immer so einen guten Riecher.“

Ich seufze und verdrehe die Augen. „Sonst hab’ ich aber auch keinen Babymord aufzuklären!“

Um auf ein anderes Thema abzulenken, erzählt Quirin seinem Großvater von meinem Verehrer. Der Opa fällt in den gleichen Singsang ein wie mein Ältester und gibt mir damit indirekt seinen Segen. Das erstaunt und irritiert mich gleichermaßen, denn schließlich war ich ja mit seinem Sohn verheiratet. Aber in seiner momentanen Lage würde mir der Opa wahrscheinlich alles zugestehen.

Jedenfalls wird mir das zu blöd und ich gehe. Draußen auf dem Gang treffe ich auf einen Arzt, den ich mir gleich schnappe und über den wirklichen Zustand meines Schwiegervaters ausfrage. Alles so weit in Ordnung. Er erholt sich schneller als erwartet und er ist zufrieden mit der Genesung vom Opa, wenn er seine Tabletten einnimmt und sich schont.

Unser Opa ist schon ein zäher Hund!

Der Zeichner vom LKA kommt am späten Nachmittag und ich bestelle den Apotheker in die PI. Ich bin dabei, als die zwei an dem Phantombild arbeiten. Heraus kommt das Gesicht eines jungen Mannes mit einem schmalen, langen Gesicht, einer ebensolchen Nase, zwei nah beieinanderliegenden, hellen Augen und zerzausten, blonden Haaren im Alter zwischen achtzehn und fünfundzwanzig Jahren. Ich kenne ihn nicht und bin irgendwie erleichtert. Laut unseres Zeugen soll er ziemlich lang und dünn gewesen sein und in ostdeutschem Akzent gesprochen haben. Mit welchem Fahrzeug der junge Verdächtige unterwegs gewesen ist, hat der Apotheker allerdings nicht gesehen.

Toni informiert den Übelacker telefonisch von unserem Fortschritt. Der ist natürlich hocherfreut, dass wir einen Verdächtigen haben. Aber rein mit einer Pressemitteilung, in der das Phantombild veröffentlicht werden soll, so wie es Toni ihm vorschlägt, gibt sich unser Herr Staatsanwalt nicht zufrieden. Er veranschlagt schon wieder eine Pressekonferenz, der Gschaftlhuber!

„Er will dich dieses Mal unbedingt dabeihaben, weil du den Verdächtigen ausfindig gemacht hast", warnt mich Toni vor, als er aufgelegt hat.

Mein Kopfschütteln ist entschieden. „Auf gar keinen Fall!"

„So schlimm ist das auch wieder nicht. Du schreibst dir die wichtigsten Punkte zusammen und liest sie ab, wenn du dran bist. Fertig."

Während er das sagt, kommt er zu mir herum um den Schreibtisch und tätschelt meine Schulter.

Mich elektrisiert es bei dieser Berührung. Und auch dabei, wie er mir in die Augen schaut.

Kapitel 11

Es ist immer gut, wenn man sich unters Volk mischt, denn so erfährt man meist was Neues. Und diese Hoffnung habe ich heute Abend auch, denn ich gehe mit Ulli zum Lindenwirt. Jeden Mittwoch trifft sich dort der Weiber-Stammtisch um 19 Uhr. Also eigentlich ist Yoga-Stunde im Festsaal des Wirtshauses. Bärbel hat das irgendwann eingeführt, weil sie diese Art der Entspannung selbst schon ewig praktiziert. Sie sagt, das ist ihr Ausgleich zu ihrem harten Job als Wirtin. Und diesen Ausgleich wolle sie auch anderen Frauen angedeihen lassen. Daraus ergibt sich der lukrative Nebeneffekt, dass die meisten Teilnehmerinnen hinterher in ihrer Wirtschaft sitzen bleiben, etwas trinken oder einen Eisbecher schlemmen.

Mit der Zeit hat sich dabei ein ziemlich geselliger Weiber-Stammtisch aus immer denselben Frauen gebildet: Mooslechner Anni vom Campingplatz, Achhammer Kathi, Zitzelsberger Elfi vom Lebensmittel-Laden, Katzmeier Rita, die Bürgermeisters-Gattin Weinzierl Maria höchst selbst und noch ein paar Weiber aus dem Dorf jenseits des Alters, in dem man sich noch gern im Fitnessstudio zeigt. Ich möchte fast behaupten, dass ich eine von den jüngsten bin, gehe eher sporadisch hin und auch nur, weil die Bärbel meine Freundin ist. Ich will mir die Blöße nicht so oft geben, dass ich total ungelenkig und unsportlich bin.

Ulli und ich verrenken uns also auf unseren Yogamatten auf der Tanzfläche des großen, rustikalen Festsaals des Lindenwirts und machen zur leisen Panflötenmusik aus dem CD-Player den Hund, den Krieger oder den gordischen Knoten so gut nach, wie die Bärbel es uns vormacht, und konzentrieren uns dabei auf unseren Atem. Heute Abend sind wir auch wieder eine bunt gemischte Truppe reifer Frauen. Hier tragen alle bequeme Jogginghosen und stinknormale T-Shirts, und das ist auch gut so. Außer Ulli natürlich, die es sich figurtechnisch leisten kann, in ihren pinken Shorts und dem hautengen

Tank-Top leichtfüßig auf ihrer Matte herumzuturnen, dass man direkt neidisch wird.

Zum Schluss macht Bärbel mit uns eine kurze Entspannung mit einer Meditation und leisem Meeresrauschen im Hintergrund. Aber wie meistens kann ich mich auf der harten Matte auf dem Boden liegend nicht auf das Traumland einlassen, in welches uns Bärbel mit ihrem sanften Gesäusel entführt. So viele Gedanken kreisen in meinem Kopf und immer wieder erscheinen abwechselnd die Gesichter von Toni und unserem Phantom vor meinem geistigen Auge.

Ich bin also richtig froh, als wir Weiber dann endlich an unserem Stammtisch draußen im schönen, gemütlichen Biergarten unter den großen Linden hocken.

An dieser Stelle sollte ich dazu erklären, dass der Lindenwirt keine Nobelwirtschaft ist. Sepp und Bärbel haben zwar alles renoviert, die Wirtsstube und der große Saal sind urig und bayrisch eingerichtet mit Schnitzereien und eichenen Eckbänken. An der Wand hängen Hirschgeweihe und andere Jagdtrophäen. Die Küche würde ich als gut bürgerlich beschreiben, aber einen Michelin-Stern wird sie wohl niemals kriegen. Müssen sie auch nicht, weil es genau so passt, wie es ist! Man fühlt sich wohl im Lindenwirt, die Preise sind human, das Essen schmeckt und die Wirtsleute sind wegen ihrer Gastfreundlichkeit sehr beliebt.

Es ist immer noch angenehm warm draußen und fast alle Tische sind besetzt. Eine laue Abendbrise streicht durch das Laub der großen, mächtigen Linden über unseren Köpfen und verbreitet fast südländische Stimmung. Dies dringt aber nicht bis zu den Frauen an unserem Tisch durch. Alle schnattern und lachen durcheinander, jede hat viel zu erzählen, obwohl keine von uns ein aufregendes Leben führt, bis auf Ulli.

Natürlich werde ich über den aktuellen Fall ausgequetscht, aber ich gebe nix preis, was nicht schon in der Öffentlichkeit bekannt ist. Ich erzähle auch nicht, dass wir bereits einen Verdächtigen haben, obwohl mir das unter den Nägeln brennt. Gut, dass die Katzmeierin dann nach dem Opa fragt und ich berichte wahrheitsgetreu, dass er auf dem besten Wege der Besserung ist und in wahrlich guten Händen.

Aber dann steht logischerweise meine Schwester im Mittelpunkt, weil sie viel rumkommt in der Welt und somit im Dorf nur mehr selten gesehen wird. Für die meisten Frauen am Tisch ist ihr Beruf sehr spannend, denn sie entdecken die Metropolen dieser Welt, wenn dann nur touristisch zugeschnitten. Oder gar nicht, so wie ich!

Als ich nach einem Toilettenbesuch wieder zurück zum Stammtisch gehen will, fängt mich die Mooslechnerin auf dem Flur ab. Sie ist mindestens zehn Jahre jünger als ich, aber kommt daher wie ein altes Weib mit ihrem mittelalterlich braven Pagenschnitt. Es ist allgemein bekannt, dass ihr Mann sie recht kurz hält, der alte Geizkragen. Das zeigt sich auch an den altmodischen Klamotten, die sie trägt. Heute in diesem Fall einen pink- und türkisgestreiften Trainingsanzug aus glänzendem Trikotstoff aus den 90ern, der ihrer stämmigen Figur nicht gerade schmeichelt.

Die Mooslechners haben keine Kinder und es ging das Gerücht um, dass sie wegen des unerfüllten Kinderwunschs in psychologischer Behandlung sein soll. Ein wenig naiv und primitiv ist sie jedoch schon immer, die Anni.

Sie zieht mich hinter die zum Biergarten hin offenstehende Eingangstür und tut recht geheimnisvoll. „Ich muss dir was erzählen … Aber du darfst nicht sagen, dass du das von mir hast!“

Ich runzle zweifelnd die Stirn. „Kommt drauf an, was es ist.“

„Wegen der Babyleich’ …“

Ich spitze die Ohren. „Was ist damit?“

„Also, der Rudi sagt, dass ich mir das nur eingebildet hab’, und glaubt, dass ich spinn’, aber ich weiß doch, was ich gehört hab’.“

Ich atme tief durch. Diese Unterhaltung entwickelt sich schwierig und ich glaube, dass sie sich nur wichtigmachen will. „Von was redest du eigentlich?“

„Letzte Woch' in der Nacht bin ich wach geworden, weil es doch so heiß war …" Sie pausiert, um zu überprüfen, ob sie meine ungeteilte Aufmerksamkeit hat.

„Ja?", werde ich langsam ungeduldig.

„… Und da hab' ich draußen ganz deutlich ein Baby schreien gehört." Sie schaut mich erwartungsvoll an.

„Und?"

„Na, auf unserm Campingplatz war in der Nacht kein Baby. Das weiß ich ganz genau."

„Vielleicht ist jemand mit dem Kinderwagen am Kanal entlang spazieren gegangen", versuche ich eine Erklärung zu finden, weil ich glaube, dass sie sich das in ihrem Wahn nur eingebildet hat.

„Aber doch nicht mitten in der Nacht."

Das erscheint mir ebenfalls absurd. „Es waren keine frischgebackenen Eltern auf euerm Platz? Weißt du das ganz sicher?"

Anni zögert kurz. „Also reingelassen hab' ich keine. Natürlich ist bei uns ein Haufen los, weil jetzt Hauptsaison ist. Aber ich schau' mir die Leut' immer genau an, weil wir schon Sachen erlebt haben, das kannst du dir gar nicht vorstellen. Und wer geht schon mit einem Baby zum Campen?"

Da hat sie wohl Recht. Außer es sind Hippies, Alternative oder ganz bescheuerte Eltern!

„Und du glaubst, das Baby könnt' die Pia gewesen sein?", lasse ich mich auf ihre Vermutung ein.

„Naja, der Verdacht kommt einem doch da, oder?"

Ich überlege kurz. „Du sagst, du schaust dir die Leut' immer genau an, die zu euch auf den Platz kommen?"

„Ja, weil wir schon einige Rowdies dagehabt haben, die in der Nacht total besoffen randalieren und nicht wissen, wie sie sich benehmen müssen. Und solche Typen lasse ich grundsätzlich nicht mehr rein", tut sie geschäftig und entschieden.

Ich weiß zwar nicht, wie sie „solche Typen" schon am Einlass erkennen will, aber meine Intuition regt sich gerade übermäßig.

„Dann komm' doch bitte morgen früh um acht in die PI!", schlage ich vor. „Ich muss deine Aussage zu Protokoll nehmen."

In meinen Fingerspitzen kribbelt es eindeutig. Vielleicht ist der Apothekenbesucher auch ein Camper und sie erkennt ihn auf dem Phantombild wieder. Ich muss schließlich nach jedem Strohhalm greifen.

Sie nickt erst eifrig und hält mich dann aber zurück. „Reicht's denn nicht, wenn ich dir das einfach so sag'?"

Ich runzle die Stirn. „Wir bei der Polizei haben bestimmte Vorschriften und du bist jetzt eine wichtige Zeugin. Da muss alles Hand und Fuß haben."

Wie von mir erwartet, fühlt sie sich in ihrer neuen Bedeutung geschmeichelt. Schmunzelnd streift sie sich die Trainingsjacke glatt, so dass ihr Busen darunter noch größer wirkt. „Um acht hast du gesagt?"

„Ja, um acht", stimme ich zu und will zurück zum Stammtisch.

Auf dem Weg dahin steuert der Bürgermeister Manfred Weinzierl in seinem federnden Gang auf mich zu. Geschniegelt und gestriegelt, als wäre er ein Bruder Edmund Stoibers im Trachtenjanker, mit Schnurbart und glatt gekämmtem, grauem Haarkranz, Haferlschuhen und kariertem Hemd kommt er wohl gerade von einem offiziellen Termin. Ich erkenne an seinem Gesicht, dass er angespannt ist. Bevor ich ihm auskommen kann, packt er mich am Arm und zieht mich zurück in den Eingangsbereich, wo ich gerade noch mit der Anni gesprochen habe.

An dieser Stelle sollte ich noch dazu erklären, dass ich sonst mit allen Leuten, mit denen ich öfter zu tun habe, schnell per du bin, aber mit dem Herrn Bürgermeister will sich dieses Verhältnis einfach nicht einstellen. Warum, das weiß ich eigentlich auch nicht so genau. Vielleicht habe ich zu sehr verinnerlicht, dass er eine Respektsperson ist, die man von Haus aus nicht duzt, schon wegen seines hohen Amtes. Vielleicht will ich aber auch gar keinen so persönlichen Umgang mit ihm haben, weil er halt auch ein großkopferter Wichtigtuer wie der Übelacker ist. Befreundet sind die beiden jedenfalls, soviel ich weiß.

„Endlich erwisch' ich Sie, Frau Spangler", raunt er mich grantig an und ich rieche seine Bierfahne. „Ich hab's satt, dass Sie mich und meine Anrufe ignorieren!"

„Grüß' Sie, Herr Weinzierl", sage ich so gelassen wie möglich. „Was gibt's denn so Wichtiges?"

„Ja, Herrschaftszeiten!", regt er sich lautstark auf, so dass sein Schnauzer wackelt, und hält dann inne. Prüfend schaut er sich um und schiebt mich weiter in den Flur hinein, damit einige aufmerksam gewordene Biergartenbesucher unser Gespräch nicht weiter verfolgen können.

Er zischt mich an. „Ich hab' eine Babyleiche in meinem Ort und Sie als zuständige Kommissarin halten es nicht für nötig, mich deshalb zu kontaktieren?"

Ich gebe mich ungerührt. „Der Staatsanwalt hat Sie sicherlich schon bis ins kleinste Detail informiert, nehme ich an. Was wollen Sie also von mir?"

Dann rückt er mir weiter auf die Pelle, genau, wie ich befürchtet habe. „Eine schnelle Täterfindung wäre enorm erstrebenswert, Frau Spangler, damit die ganze Affäre nicht negativ an meinem schönen Essing haften bleibt. Verbieten Sie dem Opa, im Fernsehen aufzutreten, weil das die Öffentlichkeit noch mehr aufmerksam auf Essing macht, im schlechten Sinne natürlich. Und behandeln Sie alles, was den Fall betrifft, unbedingt verschwiegen! Stattdessen sitzen Sie hier in aller Öffentlichkeit und lassen sich von den neugierigen Frauen ausfragen", wirft er mir vor und deutet in Richtung Weiberstammtisch, an dem auch seine Gattin sitzt.

Langsam habe ich es wirklich satt, mich rechtfertigen zu müssen.

„Wie ich schon sagte: Ich bin die falsche Person, an die Sie sich diesbezüglich wenden. Ich bin nicht zuständig für die Öffentlichkeitsarbeit in unserer PI. – Dazu müssten Sie sich schon an Ihren Freund wenden. Der hat für morgen allerdings schon wieder eine Pressekonferenz angesagt."

Der Weinzierl ist sichtlich verlegen und bittet mich mit beschwichtigenden Handgesten zur Ruhe, während er sich nervös umschaut. Nur keine Aufmerksamkeit erregen! Dann reibt er sich die Glatze, auf der sich Schweißperlen gebildet haben. Dabei kleben die feinen Resthaare an der blanken Kopfhaut fest. „Braucht's das denn?"

„Ich brauch's jedenfalls nicht", antworte ich schnippisch. „Aber der Übelacker!"

Der Bürgermeister versteht mich. „Ich glaub', ich muss dringend mal mit ihm telefonieren."

„Machen Sie das!", stimme ich grantig zu.

Ich lasse ihn einfach stehen und setze mich zurück an den angeregt plaudernden Weiberstammtisch. Die Dämmerung zaubert ein schönes Abendrot an den Himmel und der Biergarten leert sich langsam. Endlich hat die Bärbel auch wieder Zeit für uns und gesellt sich in ihrer rotkarierten Trachtenbluse zu uns an den Tisch mir gegenüber. Dabei zwinkert sie spitzbübisch mit ihren kleinen dunklen Augen. Wenn ich es nicht besser wüsste, würde ich sie für Mitte Zwanzig halten. Irgendwie scheint die Zeit an ihr spurlos vorübergegangen zu sein. Sie wirkt für ihre 40 Jahre also noch ziemlich jugendlich, fast mädchenhaft, auch weil sie nicht besonders groß und gertenschlank ist. Ich bewundere ihre anhaltende Energie, ihre Gelassenheit und ihren Frohsinn trotz ihres harten Alltags. Ob es an ihrer esoterischen Freizeitgestaltung liegt?

„Feierabend?", frage ich.

Sie schüttelt den Kopf mit den dunkelbraunen Locken. „Ich bin die Wirtin hier! Schon vergessen?"

„Mich wundert, dass du dir die eineinhalb Stunden fürs Yoga immer freinehmen kannst", stelle ich fest.

„Der Sepp will halt auch eine ausgeglichene Frau und Chefin neben sich haben", meint sie verschmitzt. Ihr Mann ist der Küchenchef ihres gut gehenden Wirtshauses. „Und so was ist halt auch immer gut fürs Geschäft."

Ich schmunzle erkennend. „Geschäftstüchtig ist er ja schon, dein Gatte!"

Im Sommer ist die Freundschaft zwischen Bärbel und mir auf Eis gelegt. In dieser Zeit ist Hochsaison, wenn die vielen Touristen und Radlfahrer unser schönes Altmühltal erobern. Für uns Einwohner und besonders für die Wirtsleute sind diese Touristen Fluch und Segen zugleich, denn sie lassen schließlich ihr Geld hier. Andererseits sind sie aber auch Eindringlinge in unser bayrisches Idyll, das wir uns nicht gerne nehmen lassen. Auf jeden Fall fordern sie, als Gäste aber ernst genommen zu werden, besondere Aufmerksamkeit und Zuwendung. Da bleibt für die Gastgeber nicht viel Zeit fürs Privatleben und eine Freundin wie mich übrig.

Mir fallen eine Tischreihe weiter schräg hinter Bärbel sitzend drei Männer auf, die immer wieder zu uns herschauen, während ich mich mit meiner Freundin unterhalte. Als sie aufsteht, um mir ein weiteres Glas Rotwein zu bringen, beobachte ich die drei. Immer wieder tauschen sie sich aus und glotzen dazwischen zu uns herüber.

Bärbel kommt zurück und stellt mir den Rotwein hin.

„Sind die drei hinter dir auch Übernachtungsgäste bei dir?", frage ich, als sie wieder sitzt.

Sie nickt, weil sie offenbar sofort weiß, wen ich meine, ohne sich umzuschauen. „Von der Presse! Die schwirren hier überall im Dorf herum. Wenn ich noch Zimmer frei gehabt hätte, dann hätt' ich noch mehr von denen einquartieren können."

„Ich hoff', du hast denen keinen Schmarrn erzählt?"

Sie grinst. „Ich natürlich nicht." Ihre Betonung liegt auf dem Ich.

„Das heißt?", bin ich neugierig.

„Naja, die von der Presse sind bestimmt anderweitig fündig geworden, um Informationen zu erhalten …" Sie dämpft die Stimme und macht eine deutende Kopfbewegung zu den anderen Frauen am Tisch, die alle in ihre Gespräche vertieft sind. „… Wie zum Beispiel bei der Achhammerin oder der Katzmeierin."

„Die zwei müssen sich bei dem großen Interesse wie im Himmel fühlen“, kommentiere ich voller Missfallen zu ihr hinübergebeugt. „Das bereitet mir Sorgen.“

Das abfällige Grinsen im Gesicht von Bärbel zeigt mir, dass sie meine Sorge teilt. „Am besten du fängst den Mörder von der kleinen Pia, dann kehrt hier wieder Ruhe ein.“

Ich seufze tief.

Dann fragt sie mich aus unverhohlener Neugier: „Habt ihr denn noch gar nix?“

„Ich komm’ in Teufels Küche, wenn ich dir was sag’“, erkläre ich bedauernd. „Du hast keine Ahnung, unter welchem Druck wir stehen.“

Die Mädels am Tisch sind schon recht gut drauf und stoßen lautstark und fröhlich mit ihren Gläsern an. Das unterbricht uns in unserer Unterhaltung und wir trinken mit ihnen Prost. Einige von ihnen sind schon ziemlich beschwipst. Auch die Mooslechnerin am anderen Ende. Ihr Mann lässt sie wie gesagt nur selten unter die Leute, aber wenn, dann trumpft Anni auf wie heute. Auch Ulli ist sichtlich angetrunken und genießt diese fröhliche Runde offenbar sehr. Jetzt benimmt sie sich wieder ganz wie die Ulli, die hier im Dorf aufgewachsen ist. Sie ist halt doch eine von uns, egal, wie weit sie in der Welt schon rumgekommen ist, erkenne ich nicht ohne eine Spur Genugtuung.

Nach zwei Gläsern Rotwein dränge ich sie zum Aufbruch. Ich muss schließlich morgen wieder arbeiten.

„Setz’ dich noch mal her und trink’ noch ein Glaserl!“, fordert mich die Mooslechnerin bierselig auf. „Deinen Baby-Mörder erwischt du schon noch“, pflichtet die Achhammerin bei.

Ein paar andere stimmen mit ein, aber ich bleibe hartnäckig. Im Grunde könnte ich Ulli einfach sitzen lassen und heimgehen, aber ich argwöhne, dass dieses Gelage hier ausartet. Ich will auf keinen Fall, dass meine Schwester zum sensationellen Bestandteil des nächsten Ratschkathl-Treffs wird.

Endlich und auf mein ständiges Drängen hin erhebt sich Ulli dann, nicht ohne ihren Protest lautstark kund zu tun. „Meine Schwester ist mein Anstandswauwau!"

Sie klopft mir auf die Schulter, wie man es bei einem Hund tut, um ihn zu loben. Aber dann droht sie, das Gleichgewicht zu verlieren, und sie krallt sich mit ihren künstlichen Nägeln an meinem Arm fest, dass ich aufjaule wie ein ebensolcher Wauwau.

„Du kannst jetzt aufhören zu jaulen. Ich komm' ja schon!", kommentiert sie meinen Laut lallend und die anderen Frauen lachen höhnisch.

Es folgt eine überschwängliche Verabschiedung, bei der Ulli allen verspricht, bei ihrem nächsten Besuch jede Menge Designerklamotten für alle mitzubringen, auch in größeren Konfektionen. „… Und dann machen wir hier im Biergarten eine Modenschau, dass den Männern Hören und Sehen vergeht!", spottet sie angetrunken, triumphierend und stolz.

Johlend stimmt der Weiberstammtisch zu. Glücklicherweise weiß ich, dass diese Ankündigung niemals in die Realität umgesetzt werden wird, wenn sie erst alle wieder nüchtern sind.

Endlich habe ich Ulli so weit und sie wankt mit mir gen Ausgang. Dort kommen wir an den vermeintlich von der Presse stammenden Männern vorbei, die ebenfalls vom Tisch aufgestanden sind.

Ulli spricht sie natürlich gleich an. „Hey Jungs! Müsst ihr auch schon heimgehen? – Meine Schwester hier vergönnt mir keinen Spaß."

Ich packe sie am Ellbogen und ziehe sie weiter, aber sie entwindet sich geschickt. „Lass mich halt mit den hübschen Jungs ein bisserl unterhalten, Mary."

„Ulli!", bleibt meine Mahnung ungehört.

„Sie beide sind Schwestern?", fragt der eine interessiert.

Ulli legt freundschaftlich den Arm um mich und ich muss sie festhalten, damit sie nicht stolpert. „Yep! – Sind wir nicht zwei hübsche Mädels?"

Die Männer schmunzeln.

Mir ist die Situation nur noch peinlich.

„Ist ihre Schwester vielleicht die Kommissarin, die den Fall mit der Babyleiche behandelt?“, fragt der andere, ein wenig älter wirkende und attraktivste von den dreien.

„Yep!“, antwortet meine Schwester, hickst und preist mich an. „Kommissarin Maria Spangler höchst selbst.“

„Ulli! Jetzt langt’s aber!“, mahne ich wieder. Mir entgeht dabei nicht, wie die drei Männer verschwörerische Blicke tauschen.

„Das ist ja wirklich interessant“, sagt der Ältere dann mir zugewandt. „Dieter Geltinger mein Name. Wir würden gern ein Interview mit Ihnen machen.“

Er zückt einen Ausweis irgendeines Fernsehsenders, den ich in der Dunkelheit nicht lesen kann. Aber das ist mir sowieso egal, denn ich habe nicht die Absicht, mich darauf einzulassen.

„Das wär’ ja prima, Mary!“, freut sich Ulli lallend für mich und wirft sich dem Geltinger förmlich an den Hals. „Sie haben ja gar keine Ahnung, was meine Schwester alles durchmachen muss, um diesen Mörder zu fangen …“

Geltinger fühlt sich sichtlich unwohl wegen der Anmache meiner Schwester und ich ziehe sie wieder weg von ihm.

„Mary! Das ist deine Chance, ganz groß rauszukommen!“, jubiliert Ulli weiter und erregt somit auch die Aufmerksamkeit der übrigen Gäste, die noch im Biergarten sitzen. „Die Menschen da draußen sollen erfahren, welche Scheißarbeit du als Kommissarin hier in der bayrischen Pampa machen musst!“

Theatralisch breitet sie die Arme aus, gestikuliert wild herum und verliert dabei fast das Gleichgewicht. Wieder muss ich sie festhalten und würde vor lauter Scham am liebsten im Erdboden versinken.

„Sorry, aber ich muss meine Schwester jetzt wirklich ins Bett bringen“, entschuldige ich mich und schleife sie endgültig heimwärts, natürlich nicht ohne ihren lautstarken Protest.

Sie jammert mir her, dass ich meine beste Chance verspielt hätte, berühmt zu werden und Anerkennung zu erfahren. Außerdem wären die drei Männer noch ganz schnuckelige Typen gewesen. Direkt zum Vernaschen! Sie hätte mir den Geltinger überlassen, damit ich auch mal wieder auf meine Kosten käme. „… und ich hätte mir die zwei anderen geschnappt." Zwischendurch kichert sie immer wieder hysterisch wie ein Teenager.

Eine betrunkene Frau ist schon eine Herausforderung und ich bin fix und fertig, bis ich sie endlich ausgezogen und ins Bett gewuchtet habe. Sie schaut mich ganz melancholisch an, als ich sie zudecke. „Du solltest wirklich mehr aus deinem Leben machen, Mary."

„Komm' mir nicht wieder damit!", beschwere ich mich. „Mir geht's gut und ich bin zufrieden."

„Das seh' ich …", säuselt sie im Einschlafen. „… das seh' ich …"

Dann haue ich mich auch aufs Ohr, nicht ohne, dass mich ihre Worte zum Grübeln gebracht haben und ich sauer auf sie bin. Dabei vergesse ich, mir den Wecker zu stellen.

Ich habe verschlafen, als ich am nächsten Morgen um halb neun in die PI komme. Vor lauter Eile bin ich heute früh nicht mehr zum Zeitunglesen gekommen. Irgendwie will ich aber auch gar nicht wissen, was da drin steht. Was ich nicht weiß, macht mich nicht heiß.

Die Geschäftigkeit ist immer noch hoch und ich wünsche mir die alltägliche Gemächlichkeit, die wir hier vor dem Fund der Babyleiche hatten, sehnlichst wieder herbei.

Der Koller kommt auf mich zu, als er mich sieht, und berichtet mir wie fast jeden Morgen. Der Bär hätte sich krank gemeldet. Sein Jüngster hätte ihn mit Scharlach angesteckt und er liege flach. Das ist mir jetzt gerade noch abgegangen!

„Außerdem wartet schon seit acht eine gewisse Mooslechner Anni auf dich in deinem Büro. Sie hat gesagt, du hättest sie herbestellt."

Ich nicke zustimmend und wundere mich, dass sie so pünktlich ist.

„Der Weidinger ist schon im Rathaus wegen der Pressekonferenz. Du sollst unbedingt auch hinkommen. Befehl vom Übelacker!“, erklärt mir der Koller weiter.

Ich winke verächtlich ab und gehe in mein Büro.

Anni sitzt nervös da und springt gleich auf, als sie mich sieht. „Wo bleibst denn du so lang? Ich muss wieder heim, bevor der Rudi Verdacht schöpft.“

Ich entschuldige mich und lasse sofort den Computer hochfahren. Nebenbei bemerke ich, dass Anni keinerlei Anzeichen eines Katers hat. Heute trägt sie eine altbackene Jeans, ein Karohemd und einen Haarreif aus braunem Plastik, der ihre Prinz-Eisenherz-Frisur nicht gerade verschönert.

Irgendwie finde ich die Datei mit dem gespeicherten Phantombild des Verdächtigen und drehe den Bildschirm Anni hin.

„War dieser Mann auf eurem Campingplatz?“

Sofort erhellt sich ihr dümmlicher Gesichtsausdruck. „Ja! Ja freilich kenn' ich den!“, ist sie ganz aufgeregt. „Vor dem hab' ich richtig Angst gekriegt, weil er so groß und dürr war. Und erst seine blauen Augen! Direkt zum Fürchten, wie der einen angeschaut hat. – Nur die Haare waren ein bisserl länger.“

Mein Herz pocht nach Annis Wiedererkennung unseres Tatverdächtigen schneller. Nun brauche ich noch mehr Details.

„Wann ist der bei dir angekommen?“, will ich eifrig wissen.

„Ich glaub, das war am 14. – Oder …?“ Sie kratzt sich am Kopf und zupft sich dabei ein paar Haarsträhnen aus der Bändigung des Haarreifs. Dann kommt sie offenbar zur Erkenntnis. „Ja, freilich, einen Tag vor Mariä Himmelfahrt, weil da war ziemlich viel los wegen Feiertag und so. Das Baby hab' ich allerdings erst ein paar Nächte später gehört. Die zwei wollten eine ganze Woch' bleiben, haben auch dafür gezahlt. Die sind aber dann schon eher wieder abgehauen, weil ihr Platz dann auf einmal leer war.“

„Die zwei?“, bin ich stutzig.

„Ja, freilich! Der unheimliche Bursch und seine Freundin. Das war ein komisches Pärchen, sag' ich dir! Sie wollten für ihren alten Camper die abgelegenste Parzelle haben."

„Kannst du mir seine Freundin auch beschreiben?", wittere ich eine weitere Spur und mein Herz schlägt noch schneller.

„Sie war ganz schön dick und klein, blond und irgendwie ungepflegt. Wie Dick und Doof haben die zwei nebeneinander ausgeschaut." Sie schmunzelt. „Und so lange, weiße Fingernägel hat sie gehabt. Direkt unpraktisch. Wie kann man denn damit was arbeiten, frag' ich mich. – Und ihr Camper hat erst ausgeschaut. So ein altes, heruntergekommenes Vehikel!"

Lange Fingernägel – zuckt diese Info durch mein Gehirnstübchen. Da war doch schon einmal was mit langen Fingernägeln! Mir dämmert es wieder. Die Personenbeschreibung passt genau zu den Angaben der Nordic Walkerin aus Viehhausen. Der Bär hat sich Notizen gemacht, fällt mir ein.

Ich zücke mein Handy, das ich immer noch ausgeschaltet mit mir herumtrage, aber es dauert mir eindeutig zu lang, bis es hochgefahren ist. Also greife ich zum Festnetztelefonhörer.

Karin, die Frau vom Bär, geht dran und ich bitte sie ungeduldig, dass sie mir sofort den Markus ans Telefon holen soll.

„Dem geht's wirklich nicht gut, Mary", weist sie mich auf den Zustand ihres wehleidigen Gatten hin. „Kannst du ihm nicht einfach seine Ruhe lassen?"

„Das ist wirklich wichtig!"

Sie stöhnt und gibt den Hörer weiter.

Seine Stimme ist merklich belegt, als er drangeht. „Was ist denn?"

„Du hast dir doch die Beschreibung von der komischen jungen Frau aufgeschrieben, die die Nordic Walkerin beobachtet hat."

„Ja, in mein Notizheft. – Warum?"

„Hat die lange Fingernägel gehabt?"

„Moment!" Ich höre ihn stöhnen, davonschlurfen und gruschen.

Ich male mit einem Kuli eine Hand auf die Schreibtischunterlage – natürlich mit überlangen Fingernägeln, während Anni mich dabei beobachtet.

Schließlich ist er wieder am Apparat und liest mir gequält vor: „Ungepflegt; dick; lange, strähnige, blonde Haare; schlabbriges T-Shirt und lange Fingernägel."

„Das passt!", freue ich mich wie ein Maikäfer und mein Herz macht Freudensprünge.

„Wozu?", will der Bär matt wissen.

„Gute Besserung!", wünsche ich eilig und lege auf.

Dann wende ich mich übereifrig wieder an Anni. „Wärst du bereit, mit einem Zeichner Phantombilder von den beiden Campern zu machen? Und das Wohnmobil müsstest du uns auch noch beschreiben!"

Die Mooslechnerin ist unsicher und schaut auf die Uhr. „Dauert das lang?"

Ich schnaufe tief durch. „Was hast du denn dem Rudi gesagt, wo du hingehst?"

„Zum Einkaufen."

„Dann sagst du ihm halt, du hast eine Bekannte getroffen und mit ihr einen Kaffee getrunken."

„Aber das mach' ich doch sonst auch nie!"

Ich schaue Anni eindringlich an. „Willst du jetzt dazuhelfen, den Mörder von der Pia zu finden, oder nicht?"

Sie nickt eifrig.

Ich biete ihr derweil einen Kaffee an und gehe in unsere Kaffeeküche am Ende des Flures, um ihn ihr zu holen und auch, um ungestört mit Toni telefonieren zu können. Es sind weniger eingegangene Anrufe und Nachrichten auf meinem Handy, als ich erwartet habe. Ich suche Tonis eingespeicherte Nummer und drücke auf die grüne Taste, während ich richtig aufgeregt bin, was er zu der neuen Spur sagen wird. Dabei wundere ich mich über mich selbst, warum mir das auf einmal so viel bedeutet.

Es dauert eine Ewigkeit, bis er endlich drangeht.

Nicht ohne eine Spur Triumph in der Stimme sage ich ihm, dass er wieder mal den Zeichner herbestellen soll, um ein weiteres Phantombild von der eventuellen Mutter des toten Babys anzufertigen. Er ist merklich beeindruckt von meiner Arbeit.

„Wo bringst du nur immer die Zeugen alle her?“, fragt er verwundert.

„Mein Geheimnis!“, will ich ihn ärgern und mahne mich zur Mäßigung, damit er meinen Übereifer nicht bemerkt. „Mach' deinem Zeichner Druck, dann könnten wir das zweite Phantombild auch noch bei der Pressekonferenz zeigen.“

„Mach ich! – Der Übelacker und ich erwarten dich zu der Konferenz. Hast du verstanden?“, mahnt er mich dann.

„Ja ja!“, bin ich genervt. „Ich muss erst hier meine Arbeit machen.“

„Was denn noch?“

Ich kläre ihn weiter über das Gefährt der beiden Verdächtigen auf.

„Wow!“, ist Toni verdattert über die neuen vielversprechenden Erkenntnisse. „Das hört sich nach einer verdammt heißen Spur an.“

„Schon möglich.“ Innerlich bebe ich vor Freude darüber, dass ich ihn beeindruckt habe.

„Es darf doch nicht so schwer sein, Zeugen zu finden, denen ein heruntergekommenes, altes Wohnmobil aufgefallen ist …“, ist er enthusiastisch.

„Schon möglich.“

„… und auch andere Camper, die ebenfalls in der besagten Nacht ein Babygeschrei gehört haben.“

„Schon möglich.“

Ich höre ihn tief durchatmen. „Mary! Das könnt' unser Durchbruch sein!“

Fast sehe ich ihn vor mir, wie er sich aufgeregt durch die grau melierten Haare fährt und seine eh schon strahlend blauen Augen leuchten. Das bringt mich zum Grinsen und ich spüre, wie mein Herz vor Freude schneller schlägt.

„Schon möglich.“

„Kannst du auch noch was anderes sagen?“, fragt er mich.

Ich muss kichern. „Schon möglich.“

„Jetzt hör’ auf mit dem Schmarrn und schwing deinen schönen Arsch hierher! Wir müssen die neuen Erkenntnisse noch in die Konferenz einbauen. – Oh Mann! Der Übelacker wird Augen machen!“

„Ich komm’ ja schon!“, verspreche ich und lege auf. Hat er gerade schöner Arsch gesagt? Ich fühle, wie meine Knie weich werden und muss mich an der Küchenzeile festhalten.

„Du lässt mich doch hier nicht allein?“, erschreckt mich die Mooslechnerin, die mir in die Kaffeeküche gefolgt ist. „Ich mach’ das nur mit dir!“

Anni ist unsere wichtigste Zeugin, wenn nicht die Zeugin, die uns zu den Tätern führt, und ich muss sie um jeden Preis beruhigen und hierbehalten, damit wir unsere Beweise kriegen. Und das fordert jetzt ungemeines Feingefühl und Taktik, auch weil ich spüre, dass sie eingeschüchtert ist und Angst vor den eventuellen Konsequenzen hat. Vor allem wegen ihres herrschsüchtigen Mannes.

Ich schnaufe tief durch. „Ich hab’ wirklich nette Kollegen, Anni! Ich kann leider kein Phantombild machen und mit Campingmobilen kenn’ ich mich auch nicht aus, also hab’ ich Spezialisten dafür angefordert. Und die werden das Ganze natürlich vertraulich behandeln. So läuft das bei der Polizei nun mal, Anni! Dein Mann wird davon nix erfahren.“

Vertrauensvoll lege ich den Arm um ihre Schulter und führe sie den Flur hinunter in die Amtsstube, wo meine Kollegen herumwuseln. Ich rufe den Koller her, der mir für diesen Job am geeignetsten scheint.

„Das ist der Kollege Koller, Anni“, stelle ich ihn ihr vor. „Er ist einer meiner besten Männer und auch der Dienstälteste hier. Ich vertraue ihm vollkommen und du kannst das auch.“

Der Koller schaut mich erstaunt ob solchen Lobes an und kann sein Glück kaum fassen. „Danke, Mary!“

Ich instruiere ihn kurz über das, was die Mooslechnerin ausgesagt hat, und darüber, dass der Zeichner bald kommt, damit er ein Phantombild mit ihr macht.

„Bis dahin hockt ihr zwei euch zusammen und identifiziert das Wohnmobil", gebe ich Anweisung. „Anni wird hoffentlich noch wissen, was das für ein Fahrzeugtyp war, mit dem die Verdächtigen auf ihrem Platz gecampt haben?"

Anni fasst langsam neuen Mut, das kann ich an ihrem eifrigen Gesichtsausdruck erkennen. Sie fühlt sich in ihrer Rolle als Zeugin offensichtlich geschmeichelt und wichtig und das steht wohl im krassen Gegensatz zu der andauernden Missachtung ihres grantigen Gatten.

Sie winkt lapidar ab. „Ja klar, kann ich euch den sagen! Mit so was kenn' ich mich aus."

Lobend klopfe ich ihr auf die Schulter. Ich bin erleichtert und wechsle mit dem Koller vielsagende Blicke, so dass er begreift. Meine Taktik ist aufgegangen.

„Die Mörder waren auf Ihrem Campingplatz, Frau Mooslechner?", wundert sich der Koller übertrieben neugierig.

Anni nickt geschäftig. „Ja, ja! Und ich hab' das Baby schreien gehört!"

Er führt sie zu seinem Schreibtisch und nickt mir über die Schulter zu, was so viel bedeuten soll wie, dass er das Kind hier schon schaukelt und ich abhauen kann.

Ich nicke dankbar zurück und verschwinde.

Schon ein bisserl nervös fahre ich dann ins neue Landratsamt hinüber. Dort im Sitzungssaal ist vielleicht ein Tohuwabohu! Presseleute, Kameras und Mikrofone so weit das Auge reicht. Schon von weitem sehe ich ein Namensschild auf der Tischreihe ganz vorn, auf dem mein Name steht. Spinnen die! Ich will nur im Hintergrund anwesend sein, damit der Übelacker zufrieden ist. Aber, gerade als ich wieder gen Ausgang strebe und mich aus dem Staub machen will, da hat mich Toni auch schon erspäht und ruft mir zu. „Mary! Warte!"

Seufzend halte ich inne.

„Da bist du ja endlich!“, begrüßt er mich, als er mich am Ausgang des Sitzungssaales erreicht hat.

Er schiebt mich nach vorne.

„Ich hab’ doch gesagt, ich hock’ mich nicht vor die Kameras!“, wehre ich mich, doch dann hält er mir eine namhafte Tageszeitung unter die Nase. „Kommissarin mit Herz“ steht da in der unteren Hälfte der umgeschlagenen Seite als Überschrift. Von Dieter Geltinger. Na prima! Hat der Journalist aus dem Biergarten doch noch einen Artikel zustande gebracht. Ein Foto von mir ist auch noch abgebildet. Ich schaue alles andere als vorteilhaft darauf aus. Die müssen es geschossen haben, als mich Toni so beleidigt hat und ich heulend aus der PI gerannt bin. Aber die Schlagzeile auf Seite drei freut mich irgendwie und macht mich neugierig. Ich lese den Artikel, immerhin eine Viertelseite groß. Darin stehen einige meiner, wenn auch kleineren Fälle, die ich gelöst habe, und einiges über meinen Lebenslauf. Auch, dass ich meinen Mann verloren habe und wegen einer Dienstaufsichtsbeschwerde dann strafversetzt worden bin. Und dann wird noch einmal erwähnt, dass ich diejenige war, die der Kleinen ihren Namen gegeben und ihr eine anständige Beisetzung verschafft hat. Darum also Kommissarin mit Herz! Da komme ich ja richtig sympathisch rüber! Fassungslos schaue ich Toni an.

Der nimmt mir die zusammengefaltete Zeitung wieder ab und liest mir laut vor: „Die Spangler Mary, wie Freunde, Kollegen und die Leute im Dorf sie nennen, hat zwar eine rauhe Schale, aber einen weichen Kern. Mit eiserner Beharrlichkeit hat sie die meisten ihrer Fälle gelöst, nicht ohne dabei mit Herz und Verstand vorzugehen. Es ist also abzuwarten, dass sie auch den Mörder der kleinen Pia findet.“

Mein Schädel läuft rot an. Die Vorahnung von Bärbel und mir, dass unsere Ratschkathln die Presse gefüttert haben, trifft wohl hiermit zu. Allerdings komme ich dabei besser weg, als ich erwartet hätte. Bisher hatte ich nicht das Gefühl, dass mich meine Schäfchen als Dorf-Sheriff so schätzen, und ich muss zugeben, dass ich mich geschmeichelt fühle.

Toni grinst. „Und genau deshalb musst du jetzt bei der Pressekonferenz dabei sein! Das bringt uns Sympathiepunkte."

„Sympathiepunkte?", stelle ich irritiert fest. „Ich dacht', wir wollen die Mörder von der kleinen Pia finden."

Genau das ist es, was mich an der ganzen Sache stört. Die Aufmerksamkeit lenkt in eine völlig falsche Richtung. Nicht ich sollte im Focus stehen, sondern die Aufklärung dieses Falles.

Der Übelacker, voll in seinem Element, kommt zu uns her. „Ja, Frau Spangler! Sie machen aber eine steile Karriere!", schleimt er mir her.

Mir wird schlecht. „War nicht meine Absicht", sage ich immer noch verwirrt.

Er klopft mir freundschaftlich auf die Schulter und sein Verhalten mir gegenüber ist auf einmal so gegensätzlich zu dem, was ich sonst von ihm gewohnt bin. „Und deshalb ist es wohl selbstverständlich, dass Sie heute mit von der Partie sind."

Ich bin zu überrumpelt, als dass ich mich noch groß wehren könnte, lasse mich von den beiden Männern nach vorne zu den Tischen schieben und setze mich auf meinen zugedachten Stuhl neben dem von Toni. Das Mikro vor mir wird ausgerichtet und die Frau vom Kelheimer Bürgermeister zupft an mir und meiner Frisur herum.

„Ich hätt' mein Schminkzeug dabei, wenn Sie sich noch ein bisserl herrichten wollen", meint sie, schaut mich prüfend und abschätzig von der Seite an und zupft wieder.

„Sie haben doch sicher auch die Bildzeitung gelesen, oder?", frage ich schnippisch.

Sie nickt und grinst hämisch.

„Na dann ist es eh schon wurscht, wie ich ausschau', oder?" Ich klopfe ihr auf die Finger. „Und jetzt lassen Sie mich in Ruh', bittschön!"

Beleidigt macht sich die Frau Bürgermeister davon. „Hab's ja nur gut gemeint."

Toni, der das alles amüsiert beobachtet hat, schmunzelt und setzt sich neben mich. „Mir gefällst du so auch am besten."

Ich spüre, wie ich rot werde, und weiche seinem Blick verlegen aus. Glücklicherweise werden wir vom Übelacker unterbrochen.

„Also, gehen wir noch einmal alles durch!", befiehlt er und dreht die Mikrofone weg.

„Der Verdächtige hat am 14. August in der Apotheke in Sinzing um circa 14 Uhr eingekauft. Wir beschreiben ihn kurz und das Phantombild wird an die Wand geworfen." Toni deutet hinter uns auf eine große weiße Leinwand.

Mein Kollege Josef Birnthaler macht sich an einem Laptop und dem Beamer zu schaffen. Jo ist unser Computerfachmann in der PI. Er hat darin einige Spezialausbildungen genossen und erledigt alles, was mit Internet, Software und Hardware zu tun hat. Der ist dermaßen auf Zack, was das angeht, das kann man gar nicht fassen. Er erinnert mich an Toni damals: ehrgeizig, enthusiastisch und voller Tatendrang und Eifer. Noch dazu ist er ein recht hübscher Kerl Ende zwanzig. Wir hatten noch nicht viel miteinander zu tun, darum kann ich ihn noch schlecht einschätzen.

Er grüßt mich mit einem Nicken, als er unsere Blicke bemerkt. Ich nicke zurück.

„Wer hat den Verdächtigen an diesem Tag oder danach noch gesehen oder beobachtet, wie er weitere Einkäufe getätigt hat? Wo ist er oder das alte, heruntergekommene Wohnmobil, Kennzeichen und Modell noch unbekannt, noch aufgefallen? War er in Begleitung oder wer kennt diesen Mann?", fährt Toni fort.

„Apropos Begleitung!", stellt der Übelacker fest. „Wie schaut es mit dem zweiten Phantombild aus?"

„Der Zeichner ist unterwegs", sagt Toni. „Ich hab' ihm schon Gas gegeben."

„Also gleiche Fragestellung auch bei der unbekannten, mutmaßlichen Täterin. – Das übernehmen Sie, Frau Spangler!", befiehlt der Staatsanwalt eifrig.

„Wenn's denn sein muss ..."

Toni fasst noch mal zusammen: „Also die zwei, der junge Mann und seine dicke Freundin, Herkunftsort unbekannt, fahren mit einem alten Camper zu dem Campingplatz Altmühltal in Essing, vermutlich, weil sie hier anonym bleiben können. Ich habe ein paar Techniker von der Spurensicherung hingeschickt, damit sie den Tatort nach Spuren absuchen. Aber ich denke, dass sie nix mehr finden werden. Herrscht ja ein stetiges Kommen und Gehen dort. Das Paar kauft unterwegs, wahrscheinlich von der Autobahn A 3 kommend, für eine angebliche Hausgeburt ein und sie bringen das Baby hier mutmaßlich in der Nacht vom 16. auf den 17. August zur Welt, laut der Zeugenaussage von deiner Mooslechnerin. Sie töten es und entsorgen die Leiche entweder im Kanal oder direkt in der Pschlacht."

„Apropos Kanal!", fällt mir da ein. „Hat sich der Scherübel vom Schifffahrtsamt noch mal gemeldet?"

Toni sucht in seiner Zettelwirtschaft und zieht schließlich ein Papier heraus. „Das hat er mir gefaxt."

Für mich sind die Zahlen, die darauf stehen, böhmische Dörfer.

Auf meinen fragenden Blick erklärt mir dann Toni: „Fließgeschwindigkeit ein bis zwei Kilometer pro Stunde. Dem Scherübel seine Variablen nicht eingerechnet."

Ich stöhne. Der Campingplatz liegt mitten in Essing gleich hinter den Sport- und Tennisplätzen direkt am Kanal und Radweg. Die Pschlacht befindet sich ungefähr 200 Meter kanalabwärts auf der gegenüberliegenden Seite des Gewässers. Früher war der Besitz von den Mooslechners nur ein alter Bauernhof mit ein paar Camping-Stellplätzen, aber das Ehepaar hat ihn zu einem Biobauernhof mit 4-Sterne-Campingplatz um- und ausgebaut und seitdem brummt das Geschäft in der Hauptsaison.

„Also könnt' die Leich' schon beim Campingplatz in den Kanal geworfen worden sein oder auch erst irgendwo strömungsabwärts auf der Strecke bis zur Pschlacht."

„So seh' ich das auch", stimmt mir Toni zu.

Mir fällt die Aussage der Nordic Walkerin wieder ein. „Dann hat die Zeugin aus Viehhausen wohl die Mutter unseres Babys dabei gesehen, wie sie am Ufer nach dem Kind gesucht hat. Offenbar war es da schon auf der Welt und ins Wasser geworfen worden ... Das erklärt auch den komischen Gang der jungen Frau ..."

Die beiden Männer schauen mich verwirrt an, aber der Übelacker schenkt meiner Grübelei keine Bedeutung. „Wir müssen trotzdem nach weiteren Zeugen fragen, die etwas Verdächtiges auf dieser Strecke oder auf dem Campingplatz gesehen haben", stellt er eifrig fest.

Toni nickt beipflichtend. Dann ist unsere Besprechung am Ende, und der Übelacker lässt uns allein.

Ich blicke auf die Uhr. Fünf Minuten noch! Ich bin wirklich nervös. Vor unserem langen Tisch, an dem wir der Meute Rede und Antwort stehen werden, hantieren die Presseleute an ihrer Technik herum oder unterhalten sich. Es sind einige bekannte Fernsehsender da und natürlich die örtliche, aber auch überregionale Presse.

Der Staatsanwalt unterhält sich mit dem Kelheimer Bürgermeister und auch der Weinzierl steht dabei. War ja klar, dass der sich das nicht entgehen lässt!

Plötzlich legt Toni seine Hand auf die meine. Ein Schauer läuft von der Berührung durch meinen Körper. Ich schaue ihn verblüfft an. Seit unserem Spaziergang in die Pschlacht ist er so ganz anders zu mir.

„Das packst du schon!", meint er aufmunternd.

Ich lächle gequält.

Dann ruft Jo nach uns und winkt uns an seinen Laptop. „Das zweite Phantombild ist grad reingekommen."

Vor uns auf dem Bildschirm sehen wir eine Zeichnung von einer rundgesichtigen, jungen Frau mit Pausbäckchen, Schmollmund, kleinen Augen und Piercing in der Nase. Ihre Haare hängen strähnig herunter und sie wirkt ein wenig dümmlich.

„Noch ziemlich jung, würd' ich sagen", meint Jo.

„Die Anni und die Nordic Walkerin halten sie für 16 bis 20", informiere ich meine Kollegen.

Der Übelacker schaut uns über die Schulter. „Eher 14, würde ich sagen."

„Dann halt 14 bis 20", ergänzt Toni lakonisch.

Bayernhymne. Alle drei Männer werfen mir vorwurfsvolle Blicke zu. Ich zücke unschuldig meine Schultern und dann mein Handy.

Der Koller ist dran.

„Hymer, Modell Wave; wurde zwischen 1966 und 1972 gebaut. Das Wohnmobil hat sich damals ziemlich gut verkauft", berichtet er mir.

„Prima! Das könnt' uns weiterhelfen."

„Ich versuch' grad rauszufinden, wie viele noch registriert sind. – Kann aber noch dauern. Ich muss mich ja auch noch um die Mooslechnerin kümmern." Er seufzt demonstrativ, aber ich gehe nicht weiter darauf ein.

„Danke, Koller. Du hast was gut bei mir!", sage ich noch und lege auf.

Toni nickt anerkennend, als ich ihn und den Staatsanwalt informiert habe.

Dann ist es so weit! Der Übelacker schaut auf seine goldene Rolex, erhebt würdevoll seine Stimme und bittet um Ruhe. Jetzt ist er in seinem Element, der Wichtigtuer! Die Reporter nehmen ihre Plätze ein und wir wieder die unseren. Die Mikrofone werden laut gestellt und die Kamera- und Tonmänner beginnen mit ihrer Arbeit.

Der Übelacker leitet ein und rühmt die Arbeit der Polizei, dank engagierter Ermittlungsarbeit und der Mithilfe von wichtigen Zeugen. Er ergeht sich geradezu in Lobeshymnen darüber. Ich kann es bald nicht mehr hören und einige Reporter schauen auch recht gelangweilt drein.

Dann ist Toni dran und beschreibt unseren Verdächtigen. Das Phantombild prangt mittels Beamer auf der Leinwand hinter uns. Er bittet die Bevölkerung um ihre Mithilfe und gibt dann an mich weiter. Auch ich lege souverän meinen Bericht ab und das zweite Phantombild von der jungen Frau erscheint hinter uns.

„... Sie ist auffällig adipös und so hat man ihr die Schwangerschaft wahrscheinlich nicht angesehen. Ein weiteres markantes Detail sind ihre langen Fingernägel, wahrscheinlich künstlich, die zwei Zeuginnen aufgefallen sind. Wer kennt diese junge Frau, wer hat sie zur fraglichen Zeit, also zwischen dem 14. und 17. August, hier bei uns im Altmühltal gesehen und wem ist sie in irgendeiner Art und Weise aufgefallen?"

Dann übernimmt der Übelacker wieder das Wort. „Die zuständigen Pressestellen werden die beiden Phantombilder natürlich erhalten, damit sie sie in ihren Zeitungen abdrucken können. Ich bedanke mich für ihre Aufmerksamkeit."

Damit beendet der Staatsanwalt die Konferenz, ohne Fragen der Presse zuzulassen. Die versuchen das auch gar nicht erst, sondern zerstreuen sich gleich in alle Richtungen, um ihre Artikel zu verfassen. Und, so schnell kann ich gar nicht schauen, ist auch der Übelacker schon mit seinem Aktenkoffer auf und davon. Toni sucht wie ich in aller Ruhe seine Zettel zusammen und erhebt sich. „Danke übrigens für die Einladung."

„Was für eine Einladung?", bin ich irritiert.

„Na heut' Abend zum Essen."

„Ich wüsst' nicht, dass ich dich eingeladen hätt'."

„Das warst auch nicht du, sondern deine Schwester", erklärt er mir grinsend.

Spinnt die, oder was? Was erlaubt die sich eigentlich? In mein Haus lade ich ein, wen ich will! Kommt einmal im Jahr auf Urlaub und macht, was sie will. Na warte, Schwesterherz, bis ich heimkomme!

„Ich freu mich schon! Sie hat gesagt, sie kocht ein Rezept eurer Oma aus Böhmen", trällert Toni, weil er genau merkt, dass ich innerlich bebe.

„Die Ulli kann gar nicht kochen", sage ich nur und verschwinde eilig.

„Wo willst du denn schon wieder hin?", ruft mir Toni noch hinterher.

Kapitel 12

Ulli räumt gerade gutgelaunt den Kühlschrank ein. Offensichtlich war sie einkaufen für das tolle Mahl heute Abend. Sie grüßt mich freundlich und ich sie eher eisig. Ich muss mich jetzt zusammenreißen, um unseren neugeschlossenen Frieden nicht gleich wieder zu zerstören. Sie macht es mir aber auch nicht leicht.

„Du bist sauer, weil ich den Toni eingeladen hab', stimmt's?", bemerkt sie meine Miene, noch bevor ich was gesagt habe. „Oder immer noch wegen meinem Rausch gestern Abend?"

„Wegen beidem", meine ich angestrengt ruhig. „Du bringst hier alles durcheinander, Ulli."

„Manchmal muss man halt alles über den Haufen werfen." Ihre akurat gezupften Augenbrauen tanzen bedeutungsvoll auf ihrer Stirn und sie grinst schelmisch. „Und deshalb gebe ich dir ein bisserl Hilfestellung, was den Toni betrifft."

Ich bereue zutiefst, dass ich ihr von ihm erzählt habe. „Ich brauch' deine Hilfe aber nicht!"

„Jetzt stell' dich doch nicht so an! Der Lukas und ich essen doch auch mit", versucht sie mich zu besänftigen, was ihr mit dieser Versicherung ein wenig gelingt.

Mir gehen also die Argumente aus und stehe kurze Zeit später auch schon mit ihr in der Küche. Wir bereiten böhmische Knödel, Schweinemedaillons in Speckmantel, frische Champignons und Buttergemüse vor und ich erkläre ihr die Zubereitung. Als alle Vorarbeiten getroffen sind, schickt sie mich unter die Dusche, damit ich mich schön machen kann. Vorher rufe ich aber noch den Opa an.

„Ich kann dich heut' nicht besuchen", entschuldige ich mich.

„Passt schon", sagt der Opa. „Nach der Pressekonferenz habt ihr bestimmt einen Haufen Arbeit."

Ja, die hätte ich, wenn ich mich nicht einfach wieder aus dem Staub gemacht hätte. Mein schlechtes Gewissen gegenüber Toni und den anderen Kollegen in der PI regt sich übermächtig.

„War die schon im Fernsehen?“, bin ich überrascht.

„Ja, grad im Lokalsender. – Hast du gut gemacht!“, lobt er mich stolz.

„Wie geht's dir denn überhaupt?“, schwenke ich auf ein anderes Thema um.

„Naja, die Schwestern heut' bemühen sich nicht so wie die gestern“, ist er merklich unzufrieden.

Ich muss schmunzeln. „Tja, da kann man nix machen.“

„Du könntest mir nächstes Mal, wenn du kommst, die Fünfhundert unter meiner Matratze mitbringen.“

„Für was brauchst denn du im Krankenhaus so viel Geld?“, wundere ich mich. „Und ich dacht' außerdem, ich darf es für den Haushalt nehmen …“

„Ich brauch's jetzt notwendiger als du!“, unterbricht er mich barsch. „Mit ein wenig Trinkgeld werden die gleich viel netter zu mir sein.“

Daher weht also der Wind! So ein oider Lüstling!

„Dann kannst ja gleich ins Puff gehen!“, schimpfe ich.

„Darf ich ja nicht! Das packt mein Herz nicht mehr“, empört sich der Opa übertrieben.

Aber ich weiß, dass er das, auch wenn er kerngesund wäre, nie machen würde. Er war seiner Magda immer treu und sie ist seine große Liebe weit über ihren Tod hinaus. Er braucht halt Aufmerksamkeit und Zuwendung, besonders jetzt.

Ich verabschiede mich und verspreche ihm, morgen zu kommen – mit dem Geld!

Ich habe mich nicht sonderlich in Schale geworfen, weil ich Toni damit nicht auf die Idee bringen will, ich hätte es wegen ihm getan. Darum zupft und mäkelt Ulli an mir herum, als ich wieder runter in die Küche komme. Der Jeansmini sei schon uralt und das rosa V-Shirt total ausgewaschen. Dann reißt sie mir auch noch den Haargummi vom Kopf und wurschtelt in meinen Haaren herum.

„Du hast so schöne blonde Haare, aber du zeigst sie nie", meint Ulli liebevoll, als sie vor mir steht und mich anschaut.

„Wem soll ich sie auch zeigen?", antworte ich ironisch und grinse dann. „Aber ich hab' mir extra die Beine, die Achseln und die Bikinizone rasiert."

„Tust du das denn sonst nicht?", will sie angeekelt wissen.

„Wozu denn? Mich hat das letzte Mal im Italienurlaub mit dem Martin und den Kindern jemand im Bikini gesehen."

„Du solltest wirklich mehr Wert auf dein Äußeres legen", stellt meine Schwester fest.

„Wie schaut's mit dem Essen aus?", lenke ich ab, zwänge mich an ihr vorbei zum Herd und schaue geschäftig in die Pfannen und Töpfe. Es duftet lecker und schaut auch so aus.

„Gar nicht so schwer, wenn man weiß, wie's geht", meint Ulli triumphierend.

Ich grinse sie an. Dann klingelt es an der Haustür.

Ulli öffnet die Tür und geleitet Toni gleich hinaus auf die Terrasse, wo sie schon den Tisch gedeckt hat. Er hat eine Flasche Rotwein mitgebracht, die sie in die Küche bringt und mich nötigt, ihn endlich zu begrüßen. Ich komme mir vor wie beim ersten Date und setze mich einigermaßen beklemmt zu ihm an den Tisch. Er ist frisch rasiert und trägt ein angenehm holzig duftendes Parfüm. Überhaupt schaut er verdammt gut aus in dem dunkelblauen Polohemd und Jeansshorts, aber es fällt mir schwer, ein unbeschwertes Gespräch mit ihm zu beginnen, auch weil er mich immer wieder mustert. Glücklicherweise gesellt sich Lukas bald zu uns. Ich bemerke, wie er sich anstrengt, sich so locker wie möglich mit Toni zu unterhalten, nachdem ich sie einander vorgestellt habe. Diejenige, die das ganze auflockert, ist wieder mal meine Schwester, als sie ihr Menü auftischt und munter drauflos quatscht. Es schmeckt wirklich lecker und alle hauen rein, dass es eine wahre Freude ist. Sie ist stolz, weil sie von allen Seiten

Lob kriegt und hält ständig das Gespräch am Laufen. Auch mein Jüngster taut langsam auf und quetscht Toni über das Nachtleben in Landshut aus. Als gäbe es nix Wichtigeres!

Lukas scheint allerdings mit Ulli unter einer Decke zu stecken. Sie bestehen darauf, den Abwasch zu erledigen, und lassen Toni und mich allein mit der Flasche Rotwein und zwei Gläsern auf der Terrasse. Er schenkt ein und wir stoßen an. Und mir fällt nix anderes ein, als ihn aus meinem schlechten Gewissen und der Verlegenheit heraus zu fragen: „Sind schon vielversprechende Hinweise reingekommen nach der Konferenz?“

„Die Drähte haben geglüht! Und wer wieder mal nicht in der PI war, warst du!“ In seiner Stimme schwingt ein wenig Vorwurf mit und ich weiche seinem mahnenden Blick aus.

„Ich hab' der Ulli unter die Arme greifen müssen“, verteidige ich mich.

Er seufzt, runzelt die Stirn und mahnt mich vorsichtig: „Ich weiß, dass du nicht gern Hinweise abarbeitest, aber in diesem Fall geht es halt nicht anders. – Und ganz offensichtlich hast du dabei einen guten Riecher wie mit der Nordic Walkerin und dem Apotheker.“

Jetzt bin ich diejenige, die seufzt. Aber es ist ein entschuldigendes Seufzen mit einem großen, schlechten Gewissen hinten dran.

Damit ist er offenbar zufrieden, denn er berichtet mir: „Soweit ich das bei den ganzen Telefonaten überblicken hab' können, war bis jetzt nix Relevantes dabei. Und wenn, dann hätten die Kollegen mich sofort informiert. Es wird Tage, wenn nicht Wochen dauern, bis wir die Hinweise alle abgearbeitet haben.“

„Sisyphusarbeit also, wie gehabt“, stelle ich gelangweilt fest.

„Aber auch die kann uns weiterbringen, wie du ja feststellen hast dürfen.“

Da hat er wohl Recht, aber es gleicht der Suche nach der berühmten Nadel im Heuhaufen.

„Gehst du morgen auch auf die Beerdigung?“, will ich wissen.

Er nickt zustimmend. „Ich hab' alle Kollegen für den reibungslosen Ablauf zum Dienst einbestellt."

Wieder fühle ich mich unzulänglich und inkompetent. An die Organisation und Einteilung der Kollegen für die Beerdigung hatte ich bisher nicht gedacht. Ich arbeite im Moment wirklich nicht sehr effektiv oder kompetent, weil ich mit mir und meinem Privatleben so beschäftigt bin.

„Glaubst du, dass das nötig sein wird?"

„Das glaub' ich allerdings! Schaulustige, Einheimische und nicht zu vergessen die Presse werden auflaufen", zählt er auf.

Mir graust auf einmal vor Morgen. Ich hätte mir gewünscht, dass die Kleine eine anständige, ruhige Beerdigung kriegt ohne den ganzen Trubel und die sensationslüsterne Aufmerksamkeit.

Nervös trinke ich vom Rotwein und frage dann: „Was ist mit dem alten Camper?"

„Deutschlandweit sind nur mehr drei von denen gemeldet. Die Kollegen überprüfen noch."

„Unser Mörderpärchen könnt' mit dem Vehikel von überall hergekommen sein", überlege ich fast resigniert. „Vielleicht haben wir deswegen noch keine brauchbaren Hinweise bekommen."

„Wenn die Mooslechners nur nicht so schlampig mit ihren Formalitäten gewesen wären, dann hätten wir jetzt einen Namen und ein Autokennzeichen", beschwert sich Toni verärgert. „Aber laut deiner Zeugin hat sie es an diesem Tag vor lauter Stress versäumt, die Personalien all ihrer Campingplatzbesucher festzuhalten."

Ich muss schmunzeln. „Ich glaub', dass ihr das nicht nur an dem Tag passiert ist."

An dieser Stelle sollte ich noch dazu erklären, dass allgemein im Dorf bekannt ist, dass es die Mooslechners nicht so genau nehmen mit ihren Angaben über die Auslastung ihrer Stellplätze, natürlich um sich Steuern und Abgaben beim Fiskus zu sparen.

Toni zieht eine missbilligende Lätschn. „Wenn sie schon bescheißen, dann hätten sie sich wenigstens die Nummernschilder ihrer Camper notieren können, rein aus Sicherheit ihrer selbst willen."

Ich schnaufe tief durch. „Hätte, hätte! – Wenigstens ist die Anni zu mir gekommen, obwohl ihr der Rudi hinterher bestimmt die Hölle heiß gemacht hat, wo du gleich die Spurensicherung hingeschickt hast."

Verteidigend hebt er die Hände. „Das ist normale Vorgehensweise, sobald ein Tatort bekannt wird. – Die Spusi hat allerdings nix mehr finden können, wie von mir vermutet."

„Für was dann der Aufwand?", frage ich schnippisch und spüre deutlich, wie mir der Wein schon zu Kopf steigt. „Jetzt ist mein guter Ruf dahin, weil ich mein Versprechen an sie, dass ihr Gatte nix von ihrer Aussage bei uns erfahren wird, nicht eingehalten habe."

Er runzelt die Stirn und seine blauen Augen blitzen mich an. „Was gibst du auch so ein Versprechen?"

Ich zucke mit den Schultern. „Sie war eine erfolgversprechende, eingeschüchterte Zeugin. Da tut man so einiges, um sie aus der Reserve zu locken. Außerdem kennst du ihren grantigen Gatten nicht."

„Dir liegen deine Schäfchen schon sehr am Herzen, hm?"

„Schon! – Aber mein Ruf auch!"

Er lächelt mich an, dass ich dahinschmelzen könnte. Mir wird immer schummriger. Liegt es nur am Wein oder auch an seiner Gesellschaft?

In der Ferne sieht man inzwischen Wetterleuchten und die Luft ist schwül und geladen. Nicht nur in der Luft, sondern auch zwischen uns knistert es gewaltig. Ich halt es neben ihm nicht mehr länger aus und vor allem nicht, wie er mich so anschaut. Darum nehme ich mein Weinglas und setze mich auf eine der hölzernen Stufen der Terrasse hinunter in den Garten. Im Westen sieht man noch das verglühende Abendrot. Der Himmel ist sternenklar bis auf ein paar erste Gewitterwolken, die sich über den Talkamm schieben.

Toni folgt mir und lässt sich mit seinem Glas wortlos neben mir nieder. Er spürt wohl meine Melancholie.

„Hier sitz' ich öfter. Von hier aus kann ich die Sterne besser sehen als unter dem Terrassendach", sage ich und blicke nach oben.

Er schweigt weiter, stellt seinen Rotwein auf der obersten Stufe ab, lehnt sich mit dem Rücken an einen hölzernen Pfosten des Geländers und folgt meinem Blick hinauf.

„Ich denk' mir halt, dass ich so dem Martin da droben ein bisserl näher bin", bin ich ganz offen.

Wieder reagiert er nicht, was mich nur noch mehr verunsichert und nervös macht. Ich nippe an meinem Rotwein.

Erst nach ein paar Sekunden fragt er vorsichtig: „Fehlt er dir immer noch?"

Ich nicke wahrheitsgemäß. „Nicht mehr so wie am Anfang. Sagen wir, ich hab mich dran gewöhnt, dass er nicht mehr da ist."

„Du warst sehr glücklich mit ihm, hm?"

„Ja, schon! – Und du? Warst du auch irgendwann mal glücklich mit deiner Ex-Frau?" Als ich ihn das frage, beobachte ich sein Gesicht genau, das im Schein der Terrassenbeleuchtung noch kantiger aussieht. Er schmunzelt zuerst höhnisch, dann verlegen, was ihn nur noch unwiderstehlicher macht.

„Anfangs bestimmt, aber diese paar Monate hab' ich längst vergessen."

„So schlimm, was danach war?"

Er verzieht das Gesicht zustimmend. „Ich glaub', du hattest Recht neulich. Mein Beruf war nur ein Vorwand, um nicht zu Hause bei ihr sein zu müssen." Nach einem tiefen Seufzen gesteht er weiter: „Sie hat wohl irgendwann gespürt, dass ich sie nicht mehr liebe und es mir auf ihre gekränkte Art heimgezahlt."

Ich finde es unangebracht, dazu etwas zu sagen, obwohl ich natürlich neugierig wäre.

Wir beide schweigen gehemmt.

Dann platzt es aus ihm heraus: „Weißt du, ich hab's damals tausendmal bereut, dass ich einfach so sang- und klanglos abgehauen bin. Ich wollt' dich immer wieder anrufen und mich entschuldigen, aber ich war zu feig dazu und irgendwann war's einfach zu spät. Und dann hab' ich meine Exfrau kennen gelernt …"

Ich bin erstaunt über so viel Offenheit, habe aber noch unzählige Fragen dazu: „Warum hast du's bereut?"

Einige Muskeln zucken unruhig um seine zusammengepressten Lippen. Dann setzt er sich schnurgerade auf, als hätte er einen Entschluss gefasst, und schaut mich ernst an.

„Wir waren beide noch so jung. Und da draußen sind Hunderte von schönen, begehrenswerten Frauen rumgerannt. Ich konnt' nicht glauben, dass du schon die richtige sein solltest, und mich einfach noch nicht festlegen auf dich. Ich hab' gedacht, ich versäum' was und hätt' dir nur weh getan damit."

„Weh getan hat es so oder so", gebe ich nicht ohne ein bisserl Vorwurf zu und weiche seinem Blick verlegen aus.

Er lacht kurz auf, offenbar über sich selbst. „Wie dumm man doch ist, wenn man jung ist." Dann beugt er sich zu mir herüber, nimmt mich am Kinn und dreht meinen Kopf zu ihm hin, damit ich ihn ansehen muss. In seinem Gesichtsausdruck liegt so viel Ehrlichkeit und Sanftheit. „Ich hab' dich wirklich sehr gern gehabt damals, Mary!"

„Ich dich schon auch", gestehe ich scheu.

In seinen blauen Augen scheinen auf einmal Funken zu sprühen. „Für dich war es also auch mehr als nur so eine Liebelei?"

Ich nicke verschämt und würde ihm am liebsten ausweichen, aber er hält mich mit seinen Fingern immer noch am Kinn fest.

„Ich werd' dich jetzt küssen! Nur damit du mir nicht wieder ausweichst, wie letztens auf der Brücke", kündigt er an, nimmt mir mein Glas aus der Hand und stellt es zu dem seinen auf die Stufe.

Ich schmunzele verlegen und mein Herz pocht vor Aufregung, als wollte es mir aus der Brust springen.

Dann tut er es. Und es fühlt sich genauso an wie damals. Seine Lippen sind so wunderbar weich und zärtlich. Fast zieht es mir den Boden unterm Hintern weg und mein Herz geht auf, wie ich es schon lange nicht mehr verspürt habe. Eine Hand fährt durch meine Haare und mit der anderen zieht er mich an sich, so dass ich seinen starken Körper spüren kann. Ein lange verschmähtes Verlangen steigt in mir hoch und als er aufhört, schaut er mich eindringlich an.

Er schmunzelt. „Das Küssen hast du jedenfalls nicht verlernt."

Ich lehne mich an ihn und blicke wieder hinauf zu den Sternen. Sie sind jetzt fast verschwunden hinter den Gewitterwolken. Das Donnergrollen ist lauter geworden und die Blitze heller. Windböen kommen auf. Es scheint fast so, als wollte Martin, wo immer er auch sein möge, mir damit seinen Unmut kundtun. Und das ärgert mich irgendwie.

„Und, was sagt dein Gatte dazu?", will Toni verunsichert wissen, der meinem Blick gefolgt ist.

„Gar nix!", sage ich fast zornig und mit neu gewonnenem Enthusiasmus. „Er soll einfach seinen Mund halten! Schließlich hat er mich verlassen. Und nach fünf Jahren Trauer und Abstinenz bin ich jetzt mal wieder dran."

Toni ist beeindruckt. „Du hast seit seinem Tod ...?"

Er kann es nicht ganz aussprechen, weil ich ihm mit dem Zeigefinger den Mund zuhalte. „Und du hältst jetzt auch den Mund und gehst mit mir!"

Ein Blitz erhellt für Sekundenbruchteile den Himmel und ein Donnergrollen folgt. Das Gewitter hat uns erreicht.

Ich stehe auf und nehme auffordernd seine Hand. Wieder schaut er mich bewundernd an, dass ich glaube, ich bin die schönste Frau auf der Welt. Er folgt mir hinauf ins Schlafzimmer. Das Portrait von Martin steht auf meinem Nachtkastl und ich drehe es um. Das hier geht ihn nix an!

„Du bist der erste, der in diesem Bett nach meinem Mann mit mir schlafen darf, also fühl' dich geehrt", sage ich entschlossen, als wir uns vor dem Bett doch ein wenig betreten gegenüberstehen.

„Ich bin aber keiner mehr für eine Nacht!", wehrt er sich gekünstelt.

„Wir sind doch beide nicht mehr dieselben wie damals." Meine Stimme ist ernst und seine melancholisch, als er schmunzelnd mit einem „Allerdings!" zustimmt, wieder auf mich zukommt und mir zärtlich über die Wange streichelt. Ich spüre, wie seine Finger zittern.

Und in der Tat ist es so: Wir sind reifer und erfahrener und wissen darum, was es inzwischen für jeden von uns bedeutet, das Intimste zu teilen, was man mit einem Menschen teilen kann.

„Aber deswegen macht's nicht weniger Spaß", fügt er schmunzelnd hinzu.

Ich muss lachen und dann zieht er mich an sich. Das schwere Gewitter, das sich über uns entlädt, nehmen wir nicht mehr wahr. Es zählen nur mehr wir beide. Alles um uns verschwindet im Nichts.

Hernach kuscheln wir eng aneinandergeschmiegt, glückselig und zufrieden. Ich liege in seiner Armbeuge und genieße seine Nähe. Über uns prasselt der Regen auf das Dach.

„Du hättest sein Foto gar nicht umdrehen brauchen, weil er uns nämlich von dem Hochzeitsbild da oben zugeschaut hat", stellt Toni dann irgendwann grinsend fest.

Er hat es also doch bemerkt! Ich folge seinem Blick zu dem großen Portrait an der Wand neben dem Bett, das Martin und mich am schönsten Tag unseres Lebens zeigt. Ein furchtbares Bild, wenn ich sehe, wie wir zwei damals ausgeschaut haben. Aber das war vor zwanzig Jahren eben so Mode.

„Du warst eine schöne Braut", meint Toni und lächelt mich an.

Ich muss kichern. „Wenn man sich das Diadem, den Schleier, die Puffärmel und die vielen Rüschen wegdenkt, dann schon."

„Das hab' ich nicht gemeint. Eher, wie glücklich du darauf ausschaust."

Dazu sage ich nix, weil es unangebracht wäre, meinem Liebhaber von meinem Ex-Mann vorzuschwärmen.

„Ich glaub', es war gut, dass ich gegangen bin. Du hast ja dann den Mann gekriegt, den du immer wolltest", stellt Toni entschieden fest.

Ich glaube, in seiner Stimme etwas Eifersucht herauszuhören. Fragend schaue ich ihn an. „Wie meinst du das?"

„Na, mit mir hätt' das damals nicht funktioniert: harmonische Ehe, trautes Heim, Kinder …"

„Und heute?"

Schmunzelnd dreht er sich zu mir her und schaut mich durchdringend an. „Wer weiß …"

Kapitel 13

Ich werde wach, als ich jemanden die Badtür zuhauen und die Treppen hinunterpoltern höre. Typisch Lukas! Der Wecker zeigt schon halb neun. Kruzinesn! Ich hab verschlafen! Und dann fällt mir auf einen Schlag wieder die ganze vergangene Nacht ein. Aber Toni ist nicht mehr da. Noch mal: Kruzinesn!

Als ich in die PI komme, ist es schon fast halb zehn. Heute sind alle Kollegen im Dienst, wie Toni es mir gestern angekündigt hatte. Dementsprechend geht es auch dort zu.

Der Koller kommt zu mir her, um mir seine alltägliche Bestandsaufnahme abzugeben. „Der Weidinger ist mit dem Schubert zu einem neuen Tatort. Ein Hausmeister eines Wohnhauses in der Bauersiedlung hat heut' Morgen angerufen. Die Bewohner hätten sich über einen bestialischen Gestank aus den Müllcontainern beschwert und er hat nachgeschaut, was da so stinkt. Gefunden hat er eine Tüte mit prekärem Inhalt."

Ich erschrecke furchtbar. „Nicht noch eine Babyleich'?!"

Der Koller schüttelt den Kopf. „Nein, eher das, was bei einer Geburt noch rauskommt."

Ich verziehe das Gesicht bei der Vorstellung. Und das über eine Woche nach der vermutlichen Geburt und der vergangenen heißen Tage.

„Ich glaub', das schaffen die zwei auch allein", meine ich, weil ich da auf keinen Fall hin will.

„Die Spusi und der Leichendoc sind auch vor Ort."

„Na dann!", bin ich erleichtert. „Sonst noch was Wichtiges?"

Der Koller kraust die Stirn. „Hinweise über Hinweise, wie gehabt."

„Also nix, was uns sofort ins Auge springen würd'?"

Er schüttelt resigniert den Kopf.

„Irgendwie hab' ich mir nach der Pressekonferenz mehr erwartet", stelle ich fest und gehe weiter in Richtung Büro. „Ist der Bär immer noch krank?"

Der Koller nickt und wendet sich dann wieder seiner Arbeit zu.

Auf dem Computerbildschirm an meinem Arbeitsplatz prangen die beiden Fahndungsfotos unserer Verdächtigen. Toni muss sie wohl angeschaut haben, bevor er weg hat müssen. Ich starre sie lange an und würde gern wissen, wie die zwei ticken, wenn sie einfach so ihr Kind ermorden und auf diese grausame Art und Weise entsorgen. Hat sie es umgebracht oder er? Auf jeden Fall hat er von der Schwangerschaft gewusst, denn er hat in der Apotheke eingekauft. Und das Täterprofil vom Leiki passt auch perfekt, denn sie sind uns von den Zeugen eindeutig als asozial beschrieben worden. Das alte Wohnmobil bestätigt das nur noch.

Was mich aber noch viel mehr beschäftigt: Wie, Kruzinesn noch mal, soll ich mich jetzt gegenüber Toni verhalten? Ich bereue nichts in der mit ihm verbrachten Nacht, ganz im Gegenteil! Ich komme mir vor wie ein verliebter Teenager. Aber es macht unsere Zusammenarbeit nicht unbedingt einfacher. Oder doch?

Leiki reißt mich aus meinen wirren Gedanken, indem er plötzlich im Büro steht. „Grüß dich, Mary! Ich hatte hier in der Nähe zu tun und dachte, ich schau' mal bei dir rein. Wie geht's?"

„Ich bin grad total durcheinander", bin ich ungewollt ehrlich, weil ich über seinen Besuch so überrascht bin. Der ist mir jetzt gerade noch abgegangen!

Er setzt sich auf den Gästestuhl neben meinem Schreibtisch und schaut mich durchdringend an. „Verliebt, was?"

Ich bin erstaunt und werde rot. Wie kann er mir das ansehen?

Er grinst breit. „Das ist keine Schande, Mary!"

Schnell drehe ich ihm die Phantombilder auf dem Bildschirm hin, um von mir abzulenken. „Was hältst du von unseren beiden Verdächtigen?"

Er schaut sie interessiert an.

„Allein anhand von Bildern und dem, was ich aus eurer Pressekonferenz weiß, kann ich dir leider nicht die Psyche von zwei Menschen erklären. Ich kann nur Vermutungen anstellen."

„Die da wären?"

„Ich trau' ihr nicht zu, dass sie das Kind getötet hat. Sie wirkt auf mich ziemlich naiv. Ich glaub' eher, dass er es war. Grober, herrischer, eingebildeter Typ."

„Zum Fürchten, hat die Anni gesagt", fällt mir wieder ein und drehe nachdenklich einen Kuli zwischen meinen Fingern. „Sie hat bestimmt Angst vor ihm."

„Kann sein", stimmt er vage zu. „Und wovor hast du Angst?"

In mir sträubt sich was, ihm das zu sagen, denn ich habe jetzt noch mehr das Gefühl, als ginge ihn mein Seelenleben nichts mehr an. Aus tiefster innerer Überzeugung kann ich behaupten, dass meine Behandlung bei ihm nun endgültig abgeschlossen ist. Ich fühle mich so befreit und leicht wie schon lange nicht mehr. Hat das alles Toni bewirkt? Innerlich beantworte ich mir die Frage mit einem großen, eindeutigen JA.

Ich runzle die Stirn und schnaufe durch. „Vor nichts! – Also, vergiss es einfach!"

„Was soll er vergessen?", will der plötzlich aufgetauchte Toni wissen, der zur wie üblich offen stehenden Tür hereingekommen ist.

Ich sollte mir wirklich angewöhnen, diese Tür zu schließen, Kruzinesn!

„Ach, nix! – Bernhard Leikam ist forensischer Psychologe und ich hab' ihn um seine Meinung zu unseren beiden Verdächtigen gebeten", erkläre ich Toni eifrig.

Die beiden Männer geben sich die Hände, während ich sie einander vorstelle. Ich spüre förmlich, wie argwöhnisch die zwei aufeinander sind.

„Und Sie unterstützen die Mary?", fragt Leiki ihn und setzt sich wieder.

Und ich hatte gehofft, er würde gleich gehen.

„Ja, das tu' ich", antwortet Toni trocken und blickt neugierig zwischen mir und dem Psychologen hin und her. „Und ihr kennt euch schon länger?"

Leiki schaut mich fragend an. „Darf ich offen zu ihm sein, Mary?"

Mein Herz rutscht mir in die Hose. Worüber will er denn ganz offen sein? Mir ist gar nicht wohl in meiner Haut. Trotzdem nicke ich.

„Ich bin ihr Seelenklempner. – Oder vielmehr war." Er lächelt mich verschmitzt an und ich bin so was von erleichtert.

„Damals, als der Martin verunglückt ist …", fühle ich mich dazu verpflichtet, Toni zu erklären.

Aber er unterbricht mich, indem er die Hand hebt. „Ich versteh' schon, Mary!"

Also schweige ich betreten.

Leikis Blick wandert forschend zwischen uns hin und her. Schließlich schmunzelt er erkennend, seufzt und steht auf. „Wie ist sehe, werd' ich hier nicht mehr gebraucht."

„Ja, das denk' ich doch auch", stimmt Toni ihm zweideutig zu. „Wir kommen schon klar. – Trotzdem danke für Ihre Hilfe!"

Dann verabschiedet sich mein Ex-Seelenschrauber und zwinkert mir beim Hinausgehen zu. Offenbar ist er jetzt im Bilde.

„Du verstehst dich gut mit ihm, hm?", will Toni mit ironischem Unterton wissen, als Leiki weg ist.

Ich spüre deutlich seinen Argwohn und nicke betreten. Wer gibt schon gern zu, dass er mal in psychologischer Behandlung war – oder mit dem Therapeuten noch mehr gelaufen ist.

Darum druckse ich herum: „Nach dem Tod vom Martin ist er mir quasi auferlegt worden. Er hat mir sehr geholfen …"

„Ich weiß schon Bescheid", unterbricht er mich und erspart mir somit eine weitere peinliche Erklärung.

Ich schaue irritiert zu ihm, der neben mir am Schreibtisch steht, auf.

Nun ist er es, der verlegen ist. „Bevor ich hierher abkommandiert worden bin, haben sie mir deine Akte hingelegt, damit ich weiß, worauf ich mich einlasse“, gesteht er. „Natürlich war ich neugierig, weil ich dich von früher kannte, und hab’ sie gelesen. Zumindest teilweise, denn das mit deinem verstorbenen Mann ist mir dabei wohl entgangen …“

„Ach, was soll’s! – Die Therapie ist vorbei, ich bin wieder ganz die Alte und ich brauche den Leiki nicht mehr“, tue ich so optimistisch ab, wie ich kann. Trotzdem ärgert es mich, dass Toni offenbar vor mir vorgewarnt worden ist. Die spinnen doch, die in Landshut! Ich bin doch keine Psychopathin! Noch mehr beschäftigt mich aber, wie distanziert Toni mir gegenüber ist.

Ich nehme mich zusammen und versuche, professionell zu bleiben. „Erzähl’ mir von dem neuen Fund.“

Er schnauft tief durch. „Wieder eine Plastiktüte, ähnliches Badetuch. Nachgeburt in hohem Verwesungszustand und viel Blut.“ Er verzieht das Gesicht. „Mir ist jetzt noch schlecht.“

„Was sagt der Kollwitz?“

„Ergebnisse bis morgen“, berichtet mir Toni weiter und fügt dann hinzu: „Ich soll dir übrigens schöne Grüße von ihm ausrichten und, dass er immer noch auf deinen Anruf wartet.“

Ich kann nicht vermeiden, dass ich rot werde.

„Ging es um etwas zu unserem Fall?“, hakt er nach, tut dabei aber ziemlich gleichgültig und gruscht in den Unterlagen auf dem Schreibtisch neben mir herum, als würde er etwas suchen.

„War nicht so wichtig“, wiegle ich lapidar ab.

Sein Gesicht hellt sich auf und er lächelt mich milde an.

„Gehört das Zeug in der Tüte zu unserer Babyleich’?“, setze ich wieder bei dem neuen Fund an, um nur ja nicht weiter privat werden zu müssen.

„Vermutlich schon. Wer würd’ sonst eine Nachgeburt in einen Müllcontainer werfen? – Im dazugehörigen Wohnhaus hat jedenfalls keine Frau ein Kind daheim zur Welt gebracht. Der Schubert und der Obeth überprüfen grad die umliegenden Häuser samt Bewohner.“

„Gehst du trotzdem heut' mit mir auf die Beerdigung?", frage ich vorsichtig.

Er schaut mich forschend an. „Trotz was?"

Ich spüre, wie ich wieder rot werde. „Na, trotz dem neuen Fund", weiche ich aus, meine aber eigentlich unsere Liebesnacht.

Auf einmal ist er wieder ganz der Toni von gestern Abend. Dann beugt er sich zu mir herunter und küsst mich. Hier, mitten im Büro, wo jeden Augenblick durch die offene Bürotür jemand hereinkommen kann! Ich zucke zusammen und weiche in meinem Bürostuhl zurück.

„Spinnst du! Nicht hier!", flüstere ich, aber es hört sich lange nicht so abwehrend an, wie es sollte.

„Zugegeben momentan schon ein bisserl", antwortet er verschmitzt. „Aber in diesem Fall, spinn' ich gern."

Wieder kommt er mir näher und ich rolle mit meinem Stuhl so weit zurück, bis ich an der Wand hinter mir anstoße. Jetzt kann ich ihm nicht mehr entkommen und er küsst mich innig, sanft und zugleich bestimmend. In mir breitet sich eine wohlige Wärme aus und es kribbelt in meinem Bauch, als würde ein Bienenschwarm dort eine Honigparty feiern.

Dann grinst er zufrieden. „Ich wollte nur feststellen, ob zwischen uns alles klar ist."

Ich schmunzle und nehme mich wieder zusammen. „Aber jetzt wieder zurück an die Arbeit!"

„Jawohl, Frau Kommissarin!", nimmt er meinen Befehl übertrieben entgegen. „Kann ich dann wieder auf meinen Platz?"

Ich mache ihm also seinen Platz an meinem Schreibtisch frei und wechsle hinüber auf dem Bär seinen alten, knarzenden Stuhl.

Kaum, dass auch Toni sich hingesetzt hat, steckt er den Kopf in die Papiere, die er mithereingebracht hat. Nach einer Weile schüttelt er überfordert den Kopf. „Hinweise über Hinweise. Eine Rentnerin glaubt, die junge Frau vom Phantombild zur fraglichen Zeit in Kelheim beim Einkaufen in einem Supermarkt gesehen zu haben.

Wahrscheinlich eine Gedanken-Assoziation mit der Tüte. Eine weitere Zeugin erkennt die Tochter einer Bekannten in dem Mädchen. Eine Regensburger Adresse. Ich hab' die Kollegen vor Ort damit beauftragt. Und so weiter. Das ist doch zum Haare raufen!"

„Hm!", meine ich nachdenklich. „Gib mir auch einen von deinen Zetteln."

Er tut, wie ich ihm geheißen. „Ich hatte wirklich erwartet, dass wir was zu unseren Verdächtigen reinkriegen. Aber das hier ist lauter Schmarrn, der uns nur aufhält und keinen Schritt weiterbringt."

„Du musst Geduld haben", versuche ich, ihn zu beschwichtigen. „Rom ist ja auch nicht an einem Tag erbaut worden."

Er rümpft die Nase und versinkt damit wieder in seiner Zettelwirtschaft. Ich versuche, es ihm gleich zu tun und das zu analysieren, was die Kollegen als Gesprächsprotokoll am Telefon aufgenommen haben. Aber, ich kann mich nicht konzentrieren und meine Gedanken schweifen ab. Immer wieder ertappe ich mich dabei, wie ich zu Toni hinüberschiele und von unserer gemeinsamen Nacht träume. Was für ein toller Mann er doch ist! Ich bin nicht unbedingt attraktiv und mir sicher, dass er hundert andere Frauen haben könnte, die viel hübscher und vor allem jünger sind als ich. Ich kann es kaum begreifen, dass er sich überhaupt auf mich eingelassen hat, und fühle mich als etwas Besonderes.

Auf einmal kann ich Ulli irgendwie verstehen. Sich zu verlieben, ist wirklich ein wunderbares Gefühl und ich kann mir vorstellen, dass man süchtig danach werden kann. Drum hat sie wahrscheinlich so viele Männer. Ich habe nach all den Jahren ganz vergessen, wie das so ist.

Genau, Ulli! Die hätte ich jetzt fast vergessen. Ich krame mein Handy aus meiner Jeansjacke, die ich über die Stuhllehne gehängt habe, schalte es ein und rufe daheim an. Es hebt aber niemand ab.

Toni schaut mich fragend an.

„Keiner daheim!", erkläre ich kurz.

Dann telefoniere ich mit dem Opa. Es geht ihm gut und am Montag darf er zur Kur. Er weigert sich aber strikt, weil er wieder nach Hause will.

„Jetzt ist in unserem Kaff auch einmal was los und ich muss im Krankenhaus liegen und auf Kur fort. Ich will heim, sonst versäum' ich ja alles!"

Ich rieche den Braten. „Dich hat nicht zufällig die Katzmeier Rita oder die Achhammer Kathi besucht?"

„Die Rita war heut' früh da. Ich muss ja auf dem Laufenden bleiben, weil du mir nix erzählst", beschwert er sich.

„Du wirst diese Kur machen!", befehle ich streng.

„Gehst du heut' auf die Beerdigung?", ignoriert er meinen Befehl.

„Ja."

„Glaubst, dass die zwei Phantom-Menschen auch kommen?"

„Wo denkst du hin? So dumm werden die doch nicht sein."

„Also das Mädel schaut ganz schön primitiv aus, find' ich."

„Du kennst sie aber nicht, oder?", werde ich hellhörig. Bei ihm kann man nie wissen!

„Ich kenn' doch keine Mörder nicht!", ist der Opa entrüstet.

„Oh, Opa!", sage ich seufzend. „Das sieht man einem Menschen doch nicht an, sonst wär' unsere Arbeit auch viel einfacher."

„Du wirst die zwei schon erwischen und einsperren", ist der Opa eifrig. „Mein neuer Zimmernachbar sagt das auch und alle Schwestern und Ärzte auf der Station."

Ich kann mir fast bildlich vorstellen, wie der Opa die ganze Station aufmischt. „Opa! Du erzählst doch wohl nicht überall herum, dass …"

„Papperlapapp!", unterbricht er mich energisch. „Ich darf doch sagen, was ich will. Ich bin ein freier Mensch in einem freien Land."

„Ach, mach' doch, was du willst!", gebe ich es auf.

„Das tu ich schon! Das tu ich schon!", wiederholt er ein paar Mal. „Pfürti dann!"

Er legt einfach auf! Ich schnaufe tief durch.

Fragend schaut mich Toni an.

„Mein Schwiegervater", erkläre ich verzagt.

„Mhm! – Ziemlich renitent, was?"

„Das kannst du aber laut sagen."

Dann ist schon wieder Bayernhymne, kaum, dass ich das blöde Ding eingeschaltet habe.

Ein Kollege aus Regensburg ist dran. „Ich hab' hier eine ziemlich widerspenstige Frau im Arrest. Sie sagt, sie sei Ihre Schwester."

„Ulli?"

„Ja, Ulrike Meierhöfer!"

„Sie ist meine Schwester", gestehe ich ungern. „Was hat sie angestellt?"

„Erregung öffentlichen Ärgernisses."

„Was da wäre?"

Der Kollege zögert und räuspert sich verlegen „Sie hat sich mit einem Mann ungeniert am Donauufer vergnügt, so dass jeder zuschauen hat können."

Kruzinesn, Ulli! Was denkt sie sich nur dabei?

„Ich kann jetzt schlecht weg", erkläre ich. „Wir haben heut' die Beerdigung von dem ermordeten Baby."

„Ich weiß. Was mach' ich also mit Ihrer Schwester?"

„Verfahren Sie einfach so wie immer." Ein kleiner Dämpfer bringt sie vielleicht zur Raison.

„Ist ein Haufen Schreibkram und sie wird nicht um ein Bußgeldverfahren herumkommen", bedenkt der Kollege drängend.

Ich seufze auf. „Na gut, sparen wir uns das. Lassen Sie sie gehen! Ich kümmere mich dann schon um die Angelegenheit."

„Alles klar", ergibt er sich merklich erleichtert und fügt noch hinzu: „Gute Arbeit macht ihr da draußen."

„Danke!", sage ich, verabschiede mich und werfe mein Handy verächtlich auf den Schreibtisch, als könnte es was für die Eskapaden meiner Schwester. „Ich weiß schon, warum ich es immer ausgeschaltet hab'! Krieg' ja nur blöde Anrufe!"

„Was ist denn jetzt schon wieder?“, wundert sich Toni.

„Die Ulli hat doch tatsächlich mit einem ihrer Lover in aller Öffentlichkeit …“ Ich will es gar nicht aussprechen.

Aber Toni weiß, was ich meine, und lacht. „Na wenigstens hat sie letzte Nacht auch ihren Spaß gehabt.“

Ich muss grinsen. Wo er Recht hat, hat er Recht! Aber trotzdem ärgert mich das Ganze. Ulli weiß mit ihren fast sechsunddreißig Jahren einfach nicht, wie sie sich benehmen muss. Vor allem hier im tiefsten, prüden Bayern!

Da stürmt auf einmal der Koller herein. „Ich hab’ da eine Frau in der Leitung, die behauptet, die Mutter von der Pia zu sein!“

Toni runzelt ungläubig die Stirn. „Im Ernst?“

Der Koller nickt aufgeregt. „Ich glaub’ wirklich, dass sie es sein könnt’. – Sie will aber nur mit dir reden, Mary!“

Toni und ich sind alarmiert, rumpeln in die Höhe und folgen dem Koller zu seinem Schreibtisch in die Amtsstube. Der nimmt den Hörer wieder auf und räuspert sich. „Hören Sie, ich hab’ die Kommissarin jetzt geholt. Ich geb’ sie Ihnen!“

Er reicht den Hörer an mich weiter und ich weiß im ersten Moment gar nicht, was ich sagen soll.

„Hallo?“

Am anderen Ende höre ich ein nervöses Schnaufen. „Sind Sie die Kommissarin aus dem Fernsehen?“

„Ja! Ich bin Maria Spangler.“

„Sie werden mich doch verstehen, nich wahr?“, fragt sie mich völlig zusammenhanglos.

Sie spricht eindeutig ostdeutschen Akzent.

„Ich werd’s versuchen“, versichere ich ihr. „Aber zuerst müssen Sie mir alles erzählen.“

Ich vernehme angespannt, wie nervös sie atmet. Toni und der Koller beobachten mich aufmerksam. Ich darf jetzt keine Fehler machen und muss behutsam mit ihr reden. Dann drücke ich auf die Lautsprechertaste und die Kollegen kommen näher heran, um mitzuhören.

Schließlich fängt sie an zu erzählen: „Ich bin die Mutter von Pia! Ich hab' sie zur Welt gebracht. Aber ich hab' sie nich umgebracht! … Ich bin doch keine Mörderin … Rico war's!" Sie schluchzt auf und heult los. „Er muss es gewesen sein, obwohl er mir versprochen hat, dass er sie in die Babyklappe bringt. Er hat sie mir einfach weggenommen und getötet, dieser Arsch!"

Mir stockt fast der Atem, als ich das höre. Ich sage nix, sondern lasse sie einfach weiterreden:

„Von Anfang an wollte er das Baby nich. Wir haben beide keinen Schulabschluss und keine Arbeit. Ich wohne noch bei meinen Eltern und er in einer Sozialwohnung. Er hat gesagt, wir sollen nix sagen von der Schwangerschaft. Zum Abtreiben war es zu spät, weil ich erst im fünften Monat gemerkt hab', dass ich schwanger bin. Ich bin eine fette Kuh und darum hat niemand was mitgekriegt. Rico hat dann geplant, dass wir das Baby da zur Welt bringen sollen, wo uns keiner kennt und wo wir anonym bleiben können. Dann ist mir der Campingplatz in Essing eingefallen, wo meine Eltern früher mit mir immer Urlaub gemacht haben. Im Internet haben wir ausgerechnet, wann das Baby ungefähr kommen wird, und wir sind ein paar Tage eher abgehauen und hingefahren. Rico war der Typ in der Apotheke."

Sie macht eine Pause, schluckt und wimmert. Ich schaue Toni fragend an, doch er hält den Zeigefinger vor seinen Mund und bedeutet mir so, dass ich still sein soll. Vor Nervosität kann ich gerade keinen klaren Gedanken fassen. Um mich herum ist es auf einmal ganz still und alle Kollegen in der Amtsstube starren mich an, als wäre die Zeit stehen geblieben.

„Sind Sie noch da, Frau Kommissarin?", fragt sie mich dann verunsichert und unterbricht die Stille in der Leitung.

„Ja, reden Sie ruhig weiter!", versichere ich ihr.

Sie tut, wie ich ihr geheißen: „Die Geburt war der volle Horror. Es hat so weh getan und der Rico konnte mir nich helfen. Ich hab' geblutet wie ein Schwein. Er hat mir das Baby gleich weggenommen und in ein Badetuch gewickelt. Er hat mir nicht einmal gesagt, ob es ein Mädchen oder ein Junge ist. Ich wollte es unbedingt sehen, aber er ist einfach abgehauen und hat gesagt, er bringt es jetzt zu der Babyklappe. Aber er hat es umgebracht, dieser Arsch! Er hat sie einfach ins Wasser geschmissen …"

Ihre Stimme bricht und sie weint herzzerreißend. Dann rastet sie plötzlich aus: „Er ist der Mörder, den Sie suchen … Ich hasse ihn! … Ich wollte mich stellen bei der Polizei, als ich im Fernsehen davon gehört hab'. Aber er hat mich in seiner Wohnung eingesperrt … Er droht mir, dass er mich auch umbringt … Das wäre ganz leicht, so wie bei dem Baby, sagt er, dieses miese Arschloch! Einfach ein Handtuch übers Gesicht und zudrücken! Ich hasse ihn! Ich hasse ihn so! Warum tut er mir das an? Warum …"

Ihr unbeherrschtes Schluchzen, das darauf folgt, deutet mir, dass sie der Verzweiflung nahe ist.

„Hören Sie!", versuche ich nun mit ihr zu reden. „Sie müssen mir sagen, wo Sie sind, damit ich Ihnen helfen kann."

Aber sie hört mir nicht zu, sondern wimmert weiter: „Ich kann nicht mehr so weiterleben … Ich habe dieses Baby in mir gespürt und ich habe es geliebt … Ich hab' solche Angst vor ihm! So kann ich nicht mehr weitermachen."

„Aber ich kann Ihnen doch helfen!", rede ich wieder auf sie ein. „Sie müssen mir aber sagen, wo Sie sind."

Ich höre, wie sie tief durchatmet und sich zusammenreißt. Dann klingt ihre Stimme auf einmal entschieden und fest entschlossen: „Er wird mein Leben nicht beenden, das mache ich schon selber! Ich geh' zu meinem Kind, in die Donau … Ich will es endlich in meinem Arm halten." Sie seufzt tief. „Sie bestrafen doch Rico, oder? Damit der sein Leben lang nich mehr aus dem Knast kommt! Versprechen Sie mir das, Frau Kommissarin?"

„Ja, aber …"

Weiter komme ich nicht, denn sie legt einfach auf.

„Kruzinesn!“, fluche ich und schmeiße den Hörer auf den Apparat. Meine Hände zittern vor Aufregung.

Toni reibt sich die Stirn. „Verdammt! So ein dummes Ding!“

„Warum ruft sie dich an, wenn sie sich nicht helfen lassen will?“, beschwert sich der Koller und schaut resigniert drein.

Ich überlege angestrengt. „Können wir die Handynummer zurückverfolgen?“

Jo, der im Hintergrund alles mitgekriegt hat, steht von seinem Schreibtisch auf und kommt zu uns her. „Kommt drauf an …“

Er tippt auf dem Telefonapparat herum. „Die Nummer war nicht unterdrückt. Es ist die Nummer von einem Handy.“

„Dann rufen wir sie doch zurück“, entscheide ich eifrig.

Wieder drückt Jo herum und mir dann den Hörer in die Hand.

„Sie wird nicht abheben“, meint Toni angespannt.

Und es ist so, wie er angekündigt hat.

„Ihr Gesprächspartner ist momentan nicht erreichbar … The person you've called is temporarly not available…“, ertönt es aus dem Hörer. Sie hat ihr Handy ausgeschaltet.

Ich lege auf und Jo kehrt an seinen Schreibtisch zurück. Eifrig tippt er auf seiner Tastatur herum.

„Wenn ihr mir schnellstmöglich einen Beschluss bringt, dann versuch' ich, die Personendaten zu der Nummer herauszukriegen.“

Das schaut in den TV-Krimis immer ziemlich einfach und schnell aus, ist es aber in Wirklichkeit nicht wegen Datenschutz und dem ganzen Zeug. Willkommen in der Realität, sage ich da nur, denn bei uns hängt da ein ganzer Rattenschwanz an staatsanwaltlichen und richterlichen Beschlüssen dran, dass es einige Stunden dauern wird, bis wir herausgefunden haben, zu welcher Person diese Handynummer gehört.

„Bis dahin ist die längst ins Wasser gegangen“, stelle ich resigniert fest. Ich zittere immer noch vor lauter Anspannung.

Jo dreht sich zu mir um und schaut mich anklagend an. „Ich tu', was ich kann! Aber die vom technischen Dienst des Handy-Providers werden nur mit den Daten herausrücken, wenn wir die Bewilligung von der Staatsanwaltschaft haben. § 110 StPo!"

„Vom Übelacker eine Bewilligung zu kriegen, dauert immer ewig", mahne ich ungeduldig.

Toni rennt auf einmal wie von der Tarantel gestochen in Richtung Ausgang. „Nicht, wenn ich mit ihm red'."

„Wir werden zu spät kommen, so oder so", sage ich resigniert zum Koller und zu Jo, die mich nur mit gerunzelter Stirn anschauen, und wandere niedergeschlagen in mein Büro zurück.

Ich tigere im Zimmer auf und ab. Meine Nerven sind so angespannt, dass ich nicht klar denken kann. In meinen Fingerspitzen kribbelt es und am liebsten würde ich ins Auto springen und losfahren, um dem armen Mädchen zu helfen. Aber wohin? Das ist doch zum aus der Haut fahren! Endlich haben wir die Mutter von der kleinen Pia gefunden und doch haben wir sie nicht. Ich rekonstruiere das ganze Telefongespräch von vorhin noch einmal.

Da fällt mir was auf. „Sie hat gesagt, sie will in die Donau zu ihrem Kind …", murmle ich vor mich hin. Dann wohnt sie vielleicht doch hier irgendwo in Bayern in der Nähe des Flusses, denn im Osten, wo sie eindeutig wegen ihres sächsischen Akzents herkommt, gibt es bekanntlich keine Donau … Und sie hat mit ihren Eltern früher hier bei uns Urlaub gemacht. Drum wird sie wohl nicht direkt aus Kelheim oder der Umgebung sein. Wer macht schon da Urlaub, wo er wohnt? Aber die Donau ist lang, sehr lang! Also ist keine Eingrenzung zu ihrem derzeitigen Aufenthaltsort möglich, Kruzinesn! Ich schnaufe tief durch, lasse mich auf den knarzenden Bürostuhl vom Bär nieder und reibe mir die Schläfen.

„Denk nach, Maria, denk nach!", mahne ich mich selbst und gehe das Telefonat wieder durch. „Rico!", fällt mir der Name wieder ein. Sie hat den Kindsvater mehrmals bei diesem Vornamen genannt. Das ist doch auch schon mal was. So viele Ricos wird es in Deutschland nicht geben, ist ja eher ein seltener Name. Aber als ich den Namen im World Wide Web google, muss ich meine Meinung wohl oder übel ändern. Über 115.000 Suchergebnisse. So werde ich jedenfalls nicht fündig. Straftäterdatei, schießt es mir durch den Kopf. Vielleicht ist er schon einmal straffällig geworden und aktenkundig. Wieder suche ich am Computer, diesmal im Polizeinetzwerk. Ich werde zwar fündig, aber diese sieben Ricos passen alle nicht zu unserem Phantombild.

Langsam müsste Toni auch zurückkommen, denke ich mir so und gehe zurück zu Jo in die Amtsstube.

„Das dauert alles so lang, Kruzinesn!", schimpfe ich ungeduldig.

Er schaut mich bedauernd an.

„Wir sind halt nicht beim CSI oder so ..."

„Die hätten aber die Adresse und sogar den Aufenthaltsort der gesuchten Person auf einer imaginären Landkarte innerhalb weniger Sekunden gefunden", meine ich ironisch. „Als blinkenden roten Punkt könnten wir sie via Satellit beobachten, ein Sondereinsatzkommando hinschicken und schon hätten wir den Fall geklärt. Und das ohne den ganzen rechtlichen Kram."

„Du schaust eindeutig zu viel Ami- Schmarrn!", ist er genervt.

„Nicht ich, sondern der Opa!", motze ich.

Die Kollegen Obeth und Schubert kommen in die PI zurück und berichten, dass nur eine junge Frau im Umkreis von ein paar Hundert Meter vom Auffinde-Ort der neuen Plastiktüte ein Kind zur Welt gebracht habe, aber das schon vor zwei Wochen und in der Goldberg Klinik in Kelheim.

„Ist der Hauptkommissar im Konferenzraum?", fragt der Obeth. Er ist Mitte Vierzig, genau wie ich, hat eine dichte, blonde Lockenpracht auf seinem Kopf und ein rundes Gesicht mit einer platten Nase, passend zu seiner stämmigen Figur. Er ist ein recht verschwiegener Kollege, der von sich selbst nicht viel preis gibt. Dafür hat er andere Qualitäten, denn er hat einige Jahre Journalismus studiert, bevor er zu unserer Truppe gestoßen ist. Und so ist er in unserer PI für die ganze Öffentlichkeitsarbeit, sprich Polizeiberichte und Anfragen der Presse, zuständig. Er hat die letzten Tage wohl einiges zu tun gehabt.

„Der Toni ist beim Staatsanwalt. Brauchst du ihn?“, hake ich nach.

Der Obeth schaut auf seine Armbanduhr. „Na, um elf wollte er doch die Einsatzbesprechung abhalten wegen der Beerdigung.“

Oh, Kruzinesn, die Beerdigung! Die hätte ich jetzt fast vergessen! Ich schaue auf die Uhr. Kurz vor elf. Toni hätte mir aber auch sagen können, dass er dazu eine Einsatzbesprechung angesetzt hat! Aber eigentlich ist es vollkommen logisch. Die einzige, die hier nicht routiniert arbeitet, bin wieder mal ich. Das heißt, dass ich jetzt wenigstens diese Beerdigung ohne Zwischenfälle über die Bühne bringen muss.

Ich renne in den Konferenzraum, in dem schon ein paar Kollegen sitzen und warten. Auf dem Flip-Chart stehen noch Stichpunkte der Soko Pia, die Toni offenbar in seinem anfänglichen Eifer seiner sogenannten allmorgendlichen Brain-Stormings hingeschrieben hat. Er hat sich seine Arbeit hier wohl auch einfacher vorgestellt, bedenke ich mit einem Schmunzeln. Eilig blättere ich die Seite nach hinten um und zeichne mit einem schwarzen Stift grob die Umrisse des Essinger Friedhofes samt Kirche auf. Er ist nicht ganz so groß wie ein Fußballfeld, rechteckig und von einer Mauer bzw. einem Eisenzaun umgeben. Das vereinfacht die Überwachung des Zustroms an Besuchern enorm. Ich werde die Kollegen in Dreier-Teams vor den drei Friedhofstoren einteilen und schreibe die Namen zusammen jeweils an das zugehörige Tor auf die Tafel. Dort sollen sie alle, die hinein, wollen, kontrollieren, ob sie Einheimische sind oder einfach nur sensationslüsterne Schaulustige oder Leute von der Presse.

„Wie sollen wir das denn überprüfen?“, fragt der Koller zweifelnd, als um kurz nach elf sechzehn Polizeibeamte im Konferenzraum eingetrudelt sind und ich ihnen meine Strategie mitgeteilt habe. „Ich kenn’ die Einwohner Essings nicht. Und Personalausweise werden die meisten Besucher nicht auf eine Beerdigung mitführen.“

Zustimmendes Stimmengemurmel der anwesenden Polizisten. Zwar besteht in Deutschland eine Ausweispflicht für jeden Bürger, aber bei solch einem Anlass wird wohl niemand so umsichtig sein und mit einer Personenkontrolle rechnen.

„Ich werde selbstverständlich auch dabei sein. Wir verständigen uns über Funk“, gebe ich nach. So gern ich auch bei der Rettung der anonymen Selbstmörderin dabei wäre, falls wir ihre Adresse herausfinden, aber in Essing werde ich heute Nachmittag wohl dringender gebraucht. „Wenn Zweifel daran bestehen, ob der Kirchenbesucher wirklich ein Einheimischer ist, verlangt den Personalausweis. Falls nicht mitgeführt, erfragt ihr die Namen und erkundigt euch dann bei mir über Funk. Appelliert an die Vernunft der Leute und schreitet härter ein, falls es nötig sein sollte. Ich will keine Presse auf dem Friedhof sehen, verstanden?“

Die Kollegen nicken gehorsam.

„Was ist mit denen, die nicht an den Toren eingeteilt sind?“, fragt der Obeth.

„Ihr verteilt euch in Essing und auf den Parkplätzen um den Friedhof.“ Ich zeichne sie auf das Flip-Chart sowie auch die Dorfstraße, die Hauptverkehrsachse durch Essing, die von Osten nach Westen am Friedhof vorbeiführt. „Die Durchgangsstraße durch Essing muss unbedingt frei bleiben. Parken nur auf einer Fahrbahnseite. Ich will außerdem kein Verkehrschaos!“

„Wie viele Schaulustige erwartest du überhaupt?“, fragt mich der Koller zweifelnd.

Das verunsichert mich. „Der Toni geht von einem Ansturm aus.“

Und, als hätte ich ihn damit heraufbeschworen, da platzt er auch schon zur Tür herein. Etwas außer Atem grüßt er in die Runde, kommt zu mir her und hält mir ein Papier unter die Nase. „Ich hab den Papierkram!“

Dafür kriegt er ein erfreutes „Endlich!“ von mir.

Jo steht eilig auf und nimmt es ihm ab. „Na dann kann ich ja loslegen!“

Toni läuft dem Jo hinterher aus dem Konferenzraum.

„Wo wirst du dich postieren?“, hakt der Schubert nach, bevor ich ihnen nachhasten kann. Er und seine Kollegen erheben sich, um sich für den Einsatz bereit zu machen.

„Am Haupttor an der Hauptstraße. Von dort werden die meisten hineinwollen“, erkläre ich noch schnell und renne hinaus.

Als ich an den Schreibtisch von Jo komme, telefoniert er bereits. Er hat seinen Apparat auf Lauthören gestellt, damit Toni und ich mithören können. „… Ich brauche eine Auskunft zu der Nummer 0178/675… Ich möchte wissen, ob das ein Prepaid- oder ein Vertragshandy ist.“

„Einen Moment …“, bittet die freundliche, männliche Stimme am anderen Ende. Es wird wohl ein Mitarbeiter des Handyproviders zu der Handynummer unserer anonymen Anruferin sein. Wir hören Tastaturen-Geräusche im Hintergrund. „Wiederholen Sie mir noch einmal die Nummer bitte!“

Jo tut, wie gebeten.

Dann warten wir gespannt.

Endlich sagt der Techniker wieder was: „Sie haben Glück. Es ist ein Vertragshandy.“

„Dann nennen Sie mir bitte den Vertragsnehmer“, bittet Jo.

„Janine Kunze, Tannenweg 2 b in Regensburg.“

Toni schreibt eifrig mit.

„Vielen Dank!“, bedankt sich Jo noch und legt auf.

Ich wiederhole den Namen. „Janine Kunze. Klingt ziemlich ostdeutsch.“

„Regensburg also!“, stellt Toni fest und grinst mich ironisch an. „Das ist in der Oberpfalz, wenn ich mich nicht irre und nicht im Osten.“

Dafür kriegt er einen Rempler von mir.

Aber Toni wird schnell wieder sachlich. „Ich muss sofort dahin!“

Ich halte ihn am Arm zurück. „Das ist ihre Adresse, aber sie hat doch am Telefon gesagt, dass dieser Rico sie in seiner Wohnung festhält …“

„Egal!“, tut er ab. „Vielleicht finden wir bei ihr Hinweise auf ihren Freund.“

Ich nicke zustimmend, bin aber skeptisch. Das dauert einfach alles zu lang. „Falls du mich brauchst, ruf’ mich an!“

Er tätschelt meine Hand. „Sobald ich was weiß, meld’ ich mich bei dir“, verspricht er und schaut mich durchdringend an. „Ist dein Handy an?“

Ich verdrehe die Augen und nicke.

Kapitel 14

Kaum, dass ich in mein Büro zurückgegangen bin, ist schon wieder Bayernhymne. Dran ist der Pfarrer Fischer, der sich versichern will, ob ich bei der Beerdigung auch vor Ort sein werde. Ich sage ihm, dass ich mit ein paar Kollegen komme, um den reibungslosen Ablauf zu garantieren.

„Ich werde eine kurze Beisetzung am Grab zelebrieren", informiert er mich.

„Ganz egal, wie Sie es machen, Herr Pfarrer. Es wird der Toten gerecht sein."

Was will er auch über ein ermordetes Baby erzählen, dem kein Recht auf Leben gegönnt war.

„Das haben Sie schön gesagt", lobt er mich und wir verabschieden uns.

Ich parke nach einer Kontrollfahrt durch das Dorf in meinem Carport. Es ist noch eine Stunde bis zur Beerdigung und im Ort sind schon viele Menschen unterwegs. Das ist während der Hochsaison keine Besonderheit, weil wir schließlich ein Urlaubsdomizil sind und nach dem Gewitter vergangene Nacht wieder herrliches Spätsommerwetter herrscht. Meine Kollegen haben sich bereits auf ihre Posten gestellt und fertigen die ersten Schaulustigen ab. Ich gehe zu Fuß die Dorfstraße entlang bis zum Haupteingang des Friedhofs, wovor schon die drei eingeteilten Kollegen Koller, Obeth und Schubert Stellung bezogen haben. Zum schmiedeeisernen Tor führen zwei Stufen hinauf. Dahinter geht die Treppe weiter auf den Friedhof hinauf, der ungefähr eineinhalb Meter höher als das Straßenniveau ist. Von dem aus ist die Friedhofsmauer über drei Meter hoch, also das Geschehen dahinter nicht einsehbar. Ein Fernsehteam des Lokalsenders baut seine Technik ganz in der Nähe auf. Ich erkenne auch die hübsche, blonde Moderatorin, die den Opa interviewt hat. Aber noch herrscht Ruhe vor dem Sturm.

Trotzdem kommen aber schon Funkanfragen der Kollegen von den anderen beiden Toren auf der West- und Ostseite. Es werden mir Nachnamen durchgegeben, von denen ich nicht hundertprozentig sagen kann, ob diese einheimisch sind oder nicht. Wie gesagt, die meisten meiner Schäfchen kenne ich, aber eben nicht alle und die lasse ich nicht rein.

Der Pfarrer kommt auch schon ziemlich zeitig.

„Oh, mein Herrgott, steh' mir bei!", beklagt er sich bei mir, als er den Polizistenauflauf in der Umgebung bemerkt. „Hätte es nicht gereicht, wenn Sie allein gekommen wären?"

Ich zucke mit den Schultern. „Sie haben doch um eine ruhige Beerdigung gebeten."

Er rümpft die kleine spitze Nase und drängt sich durch das Tor, das ich ihm gerade so weit aufhalte, dass der kleine Igel-Mann hindurchschlüpfen kann.

Nacheinander kommen immer mehr Besucher, die dem ermordeten Baby mehr oder weniger anteilnehmend die letzte Ehre erweisen wollen. Für mich artet das Ganze bald in Stress aus, denn obwohl sich die Leute recht gesittet verhalten und sich brav anstellen, um eingelassen zu werden, muss ich auch immer mehr Anfragen meiner Kollegen von den anderen Toren namentlich überprüfen, genehmigen oder ablehnen.

Auch Bärbel will auf den Friedhof. Auch sie wirkt gestresst. Ich frage sie warum.

„Ich hab' heut' fünf Kuchen und drei Torten gebacken, weil wir mit einem Riesenansturm nach der Beerdigung rechnen", gesteht sie mir nicht ohne ein bisserl Verlegenheit, was mir eine Spur Sarkasmus entlockt. „Und dann hast du noch Zeit, auf die Leich zu gehen?"

Wenn in Essing eine Beerdigung stattfindet, dann ist der Leichenschmaus oder Leichtrunk, wie wir diese Tradition hier so schön nennen, meistens beim Lindenwirt. Allein schon wegen der örtlichen Nähe zum Friedhof. So erwartet die Wirtin das offenbar heute auch, obwohl es keine Angehörigen gibt, dafür aber genug Sensationstouristen und Ratschkathln, die nachher bei einem Stück Kuchen und einem Haferl Kaffee viel zu besprechen haben werden.

Sie zuckt unschuldig mit den Schultern. „Wenn in Essing schon mal was los ist, muss man doch dabei sein!“

Dann drängt sie sich an mir vorbei durch das quietschende Schmiedetor.

Kurze Zeit später bittet auch der Bürgermeister um Einlass. Der hat sich richtig in Schale geschmissen, der Herr Weinzierl! Wie üblich bei festlichen Anlässen im Trachtenjanker und Stehkragenhemd gekleidet, hat er sich seine restlich verbliebene Haarpracht so frisiert, dass sie sein kahles Haupt überdeckt, wenn auch nur spärlich. Sein Schnurbart ist akkurat gestutzt.

„Eigentlich hatte ich erwartet, dass dieser Mord eher abschreckend ist …“ Er schaut sich um und schmunzelt erfreut über die vielen herströmenden Menschen. „… aber offenbar hab' ich mich getäuscht.“

Fast freundschaftlich klopft er mir auf die Schulter, oder ist seine Geste sogar so was wie Lob? Ich seufze tief und öffne ihm das Tor. Aber da steht plötzlich die blonde Moderatorin des Lokalsenders neben uns und fragt den Weinzierl freundlich, ob er ein paar Worte in die Kamera sagen möchte. Natürlich mag der Herr Bürgermeister und er folgt ihr zu ihrem Kamerateam.

„Mary! Der Opa steht vor mir und will rein!“, höre ich plötzlich vom Kollegen Strobl vom West-Tor aus dem Funker.

Ich glaub's ja nicht! Hat der oide Depp also tatsächlich Ernst gemacht und eigenmächtig das Krankenhaus verlassen. Wie um alles in der Welt kommt er nur hierher?

„Warte, ich komm'!“, funke ich zurück. Das muss ich persönlich erledigen, übergebe die Einlasskontrolle an meine Kollegen und nehme die Abkürzung quer über den Friedhof, der schon ziemlich voll ist. Die Menschenmenge konzentriert sich hinter dem Kirchturm auf der Ostseite des geweihten Ackers. Dort sind schon einige Kindergräber von früher, als Kinder noch nicht in den Familiengräbern beigesetzt worden waren. Auch die kleine Pia soll dort ihre letzte Ruhe finden.

Und dann stehe ich am eisernen West-Tor im neueren Teil des Friedhofes, das der Strobl, der Pollinger und Jo kontrollieren. Sie halten den Opa in Zaum, der unbedingt auf den Friedhof will. Voller Energie und Eifer wie eh und je diskutiert er mit ihnen und verstummt sofort, als er mich sieht.

Ich zerre ihn auf die Seite und fauche ihn an: „Sag' mal, spinnst du? Was tust denn du da?"

„Ich hab dir doch gesagt, dass ich mir das nicht entgehen lass'!", ist er ganz aufgedreht und schaut sich um.

„Du hast vor fünf Tagen einen Infarkt gehabt. Du darfst gar nicht hier sein, sondern im Krankenhaus!", schimpfe ich ihn.

„Hab' mich auf eigene Gefahr entlassen. Hab' so einen Wisch unterschreiben müssen", gesteht er lapidar. „Der Lukas hat mich abgeholt. Und die Ulli hat er auch dabeigehabt, stell' dir vor!"

Ich schlage mir entsetzt mit der flachen Hand auf mein Hirn. Das darf ja wohl nicht wahr sein! Hat doch Lukas nicht glatt den zwei größten Chaoten aus unserer Familie aus der Patsche geholfen!

Aber alles Einreden auf den Opa hilft nix. Schließlich gebe ich es auf, nicht dass er vor lauter Diskutieren wieder zusammenbricht. Er grinst bis über beide Ohren und passiert das Tor, das ich ihm aufhalte, triumphierend.

Dann läuten die Kirchenglocken und machen somit darauf aufmerksam, dass es in einer viertel Stunde losgeht, auch Zammläuten genannt. Über Funk gebe ich den Kollegen Bescheid, dass ich mich auf dem Friedhof postiere. Sie melden mir, dass es bisher keine größeren Zwischenfälle gegeben hat. Sogar die Presse respektiert diesen geweihten Gottesacker offenbar wie der Teufel höchstpersönlich und bleibt vor den Toren. Ich halte mich etwas abseits und sehe so nicht bis zum Grab, weil die Menschenmenge darum herum inzwischen unüberschaubar geworden ist. Die meisten erkenne ich von hinten, aber den glatzköpfigen Opa kann ich in der Menge nicht mehr ausfindig machen. Ob wohl die allgemeine Annahme stimmt, dass der Mörder immer auf der Beerdigung seines Opfers erscheint? Ich beantworte mir diese Frage mit einem eindeutigen Nein. Dieser Rico schert sich einen Dreck um seine Tochter und seine Freundin lebt wahrscheinlich nicht mehr.

Immer wieder schaue ich auf mein Handy, aber es ist kein Anruf von Toni eingegangen, den ich vielleicht überhört haben könnte. Und das macht mich noch unruhiger, als ich es eh schon bin. Langsam müsste er doch schon neue Kenntnisse haben, vor allem über Janine Kunze.

Die Kirchturmuhr schlägt 14 Uhr und beim letzten Schlag tritt der Pfarrer in violettem Messgewand mit seinen vier Ministranten aus der Sakristei. Es gibt eine Lautsprecheranlage auf dem Friedhof, über die die Stimme des Pfarrers via Mikrophon übertragen wird. So kann ich im Hintergrund zumindest alles hören, was er sagt. Zu nah will ich dem Ganzen auch gar nicht kommen, weil ich spüre, dass mich das alles zu sehr an die Beerdigung meines Mannes damals erinnert. Außerdem warte ich auf den Anruf von Toni. Meine Anspannung steigert sich minütlich, so dass es mir schwerfällt, mich auf das zu konzentrieren, was der Pfarrer predigt. Ich habe ein schlechtes Gewissen der kleinen Pia gegenüber, weil sie meine Missachtung nicht verdient hat. Schließlich war ich diejenige, die das hier in die Wege geleitet hat.

Dann, gerade als der Pfarrer sagt „… Von der Mutter Erde bist du gekommen und zu ihr wirst du zurückkehren …“ höre ich die Bayernhymne. Toni steht auf dem Display. Ein paar Leute schauen sich, in ihrer Andacht gestört, nach mir um. Ich verziehe mich auf die andere Seite der Kirche.

„Hast du sie gefunden?“, frage ich, noch bevor er sich melden kann.

„Die angegebene Adresse ist die ihrer Eltern, aber hier ist sie nicht.“

„Habt ihr alles durchsucht?“

„Ja, natürlich …“

„Und die Eltern befragt?“, fahre ich fort, ihn zu löchern.

„Ich mach’ diesen Job schon so lang wie du, Mary! Darf ich jetzt mal ausreden?“, beschwert er sich prompt.

„Bitte!“, erkenne ich meinen Fehler.

„Ihr Zimmer wird grad nach Hinweisen durchsucht. Die Eltern hatten keine Ahnung von der ganzen Sache und scheinen recht teilnahmslos. Der Kunze ist ein arbeitsloser Säufer und die Frau Kunze geht putzen. Beide scheren sich, so scheint es, wenig um ihre sechzehnjährige Tochter. In ihrem Zimmer, wenn man diesen Saustall so nennen mag, scheint laut Aussage der Eltern alles da zu sein. Allerdings ist das bei dem Chaos nicht hundert Prozent feststellbar. Aber die Spusis haben gebrauchte Damenbinden gefunden. Ziemlich viel Blut, kann ich dir sagen.“

„Wie nach einer Geburt“, stelle ich fest und erinnere mich mit Grauen daran.

„Anzunehmen, ja“, meint Toni. „Die Regensburger Kollegen haben schon Suchmannschaften zusammengestellt, die am Donauufer in und um Regensburg alles absuchen. Es gibt da offenbar ein paar Stellen, die bei Selbstmördern sehr beliebt sind. “

„Du glaubst also, sie ist tatsächlich ins Wasser gegangen?“

„Sie hat es dir doch selbst am Telefon angekündigt.“

„Aber manchmal setzen die, die das tun, es nicht in die Tat um“, klammere ich mich an meine Hoffnung. „Sie ist doch noch so jung und naiv.“

„Und an den falschen Mann geraten“, fügt Toni dazu.

„Apropos: Was ist mit diesem Rico?“

„Rico Lehmann heißt er genau. Die Kunzes haben uns seine Adresse genannt. Da ist er aber nicht. Angehörige hat er hier anscheinend keine. Er kommt, wie die Kunzes, aus Sachsen, irgendwo bei Zwickau. Der alte Camper von den Kunzes ist auch verschwunden. Es läuft schon eine Großfahndung nach ihm, auch in seiner alten Heimat. Könnte ja sein, dass der Lehmann dort auftaucht, um Zuflucht bei

Verwandten zu suchen. Die Techniker von der Spusi filzen grad auch seine Wohnung."

„Dieses miese Bürscherl!", schimpfe ich.

Toni seufzt und lenkt auf ein anderes Thema ab: „Wie läuft's bei dir?"

Ich schildere ihm die Lage, und dass wir alles im Griff haben. „Die Beerdigung ist bald vorbei."

„Ich komm', sobald ich hier fertig bin", kündigt er mitfühlend an.

Er hört wohl genau, dass ich niedergeschlagen bin.

„Mach du nur deine Arbeit! Und informier' mich, wenn du was Neues hast!", wimmele ich ihn ab. Ich will jetzt nicht einen auf Gefühlsduselei machen.

Er verspricht es, verabschiedet sich und legt auf.

Die Zeremonie ist zu Ende und die Leute drängen in Schlangen zum Grab, um der Toten die letzte Ehre zu erweisen und Weihwasser auf ihren kleinen, weißen Sarg zu sprengen. Ich warte ewig, bis der Friedhof sich geleert hat. Auf der Dorfstraße draußen geht es zu wie bei einer Völkerwanderung, aber ich habe jetzt keine Lust, auch noch den Verkehr zu regeln. Das sollen die Kollegen tun!

Ich will mich von Pia auch verabschieden. Nur der Opa, der Messner, der geschäftig aufräumt, und die beiden Männer vom Bestattungsinstitut, die das kleine rechteckige Loch zuschaufeln, sind schließlich noch da. Ich sprenge Weihwasser auf den kleinen, weißen Sarg, der schon ziemlich verschüttet unten im Grab liegt. Ich habe Erinnerungsblitze an den Sarg von Martin, wie er da unten gestanden hat und ich hier oben. Ich spüre die Leere und den Schmerz von damals wieder und wie er sich wie eine eisig kalte Hand um mein Herz legt und zupackt.

Der Opa kommt zu mir her und hakt sich bei mir unter. „Komm', Maria, wir gehen heim."

Erst jetzt merke ich, dass ich weine. Ich nicke nur und wir schlendern nach Hause. Beide nehmen wir nicht den Fotographen war, der uns knipst.

Ulli und Lukas sitzen auf der Terrasse und trinken Kaffee. Sie sagen nix, als sie uns zwei sehen, wie wir zum Gartentürl hereinkommen. Ich verziehe mich auf mein Zimmer, schalte mein Handy aus und lasse den Tränen freien Lauf. Die Kissen riechen nach dem Toni. Ich mag seinen Duft! Und ich spüre ganz deutlich, dass ich drauf und dran bin, mich wieder in ihn zu verlieben. Ein schönes Gefühl, das ich lang nicht mehr gehabt habe, aber ich habe auch Zweifel und Wut in mir. Wut auf Martin, weil er mich auf diese Weise verlassen hat und ich ihm trotzdem so lang die Treue gehalten habe. Aber das muss jetzt endlich ein Ende haben! Ich muss schließlich hier zurechtkommen ohne ihn. Ich will mich auf Toni einlassen, ohne Zaudern, ohne schlechtes Gewissen und ohne Angst. In mir wandelt sich etwas. Ja, ich will es mit Toni wagen! Und das fühlt sich gut an.

Vor Erschöpfung schlafe ich dann ein.

Irgendwann weckt mich ein Klopfen an der Zimmertür. Leise kommt Ulli herein und setzt sich zu mir auf den Bettrand. „Geht's dir wieder besser?"

Ich nicke.

Ulli windet sich neben mir. Sie hat ein schlechtes Gewissen. „Es tut mir leid, wenn ich dir mit meinen Eskapaden auch noch Sorgen mach'."

„Meinetwegen treibst du es wo, wann, mit wem und was du willst", bestimme ich dann doch ein bisserl grantig. „Ich bin jedenfalls nicht dein Anstandswauwau. Du bist alt genug, um selber zu wissen, was sich gehört und was nicht." Ihr das zu sagen, lag mir seit dem Abend im Biergarten beim Lindenwirt auf der Seele.

„Mhm!", meint sie nur kleinlaut.

„Warum muss bei dir immer alles aus dem Rahmen laufen?", muss ich dann doch darauf zu sprechen kommen.

Nachdenklich zuckt sie mit den Schultern. „Es ist halt der Reiz des Verbotenen. Das turnt mich halt einfach an."

Das geht für mein Verständnis zu weit. Warum sind wir zwei nur so unterschiedlich? Jedenfalls bin ich so weise, um zu merken, dass ich sie nicht ändern kann. Und weil ich schon gerade bei einer Seeleninventur bin, nehme ich mir vor, sie so zu tolerieren, wie sie ist. Sie ist halt nun mal meine Schwester, Eskapaden hin oder her.

Wir sitzen eine Zeit lang schweigend und nachdenklich nebeneinander auf dem Bettrand.

„Der Toni ist übrigens grad gekommen!“, sagt mir Ulli dann. „Ist alles klar mit ihm?“

Ich nicke und kann mir ein verschämtes, aber glückseliges Grinsen nicht verkneifen.

Ulli schmunzelt erfreut und streichelt mir aufmunternd den Rücken. „Das freut mich für dich.“

Dann steht sie auf und geht zur Tür. „Kommst du dann runter? Ich möcht’ Spaghetti Bolognese für alle kochen, aber ich brauch’ deine Hilfe.“

„Für alle?“

Sie ist verlegen. „Ich hab’ mir gedacht, heute Abend wäre eine gute Gelegenheit für ein gemütliches Familientreffen.“

Ich seufze tief und ringe mit meiner Toleranz. „Ich geh’ nur noch schnell unter die Dusche.“

„Das ist jetzt grad schlecht, weil der Toni im Bad ist“, warnt mich meine Schwester.

Ich schaue sie erstaunt an. Offenbar fühlt er sich hier schon wie zu Hause.

„Ich hab’s ihm angeboten … Wär’ doch ein Unsinn, wenn er nur zum Duschen extra nach Landshut fährt und wieder hierher, oder?“, erklärt sie mir lapidar. „Kann ich ihm ein T-Shirt von deinen Söhnen geben?“

Kurz zögere ich. Ich glaube nicht, dass sie damit einverstanden wären. Aber von Martin sind noch jede Menge Klamotten da. Ich habe alle seine Sachen in den Kleiderschrank auf dem Flur geräumt. Wegschmeißen konnte ich sie einfach nicht. „Ich bring ihm selber eins.“

Ulli nickt schmunzelnd und geht.

Ich ziehe mir selbst frische Sachen an und suche ein rotes Adidas-T-Shirt aus dem Flurschrank. Das war die Sportmarke, die Martin am liebsten gemocht hat. Ich rieche dran, aber es riecht nur nach dem Fichtenholz des Schrankes. Ich kann mich an den Körpergeruch vom Martin gar nicht mehr erinnern. Dabei habe ich fast ein ganzes Jahr lang seine Bettwäsche nicht gewaschen, um immer wieder daran zu riechen, wenn er mir gefehlt hat. Meist beim Einschlafen.

Gerade, als ich vor der Badezimmertür stehe, kommt Toni heraus. Er trägt nur Jeans und hat noch nasse Haare. Was für ein schöner Mann, fällt mir wieder auf, als ich seinen durchtrainierten Oberkörper sehe. Wir stehen uns gegenüber und ich rieche mein Duschgel an ihm. Er lächelt mich an. Ich halte ihm das T-Shirt hin. Er nimmt es und zieht es an, ohne ein Wort darüber zu verlieren.

„Alles okay?", fragt er mich.

Ich nicke sanft lächelnd. „Jetzt schon."

Dann schlingt er einfach seine Arme um mich und zieht mich an sich. Irgendwie finden sich dann unsere Lippen. Wieder breitet sich eine wohlige Wärme in mir aus und meine Knie werden weich.

Ulli ruft von unten herauf, ob ich bald mal käme.

Wir grinsen verschmitzt und gehen hinunter.

„Habt ihr die Janine gefunden?", frage ich noch auf der Treppe.

Er schüttelt den Kopf. „Leider nein."

Ich seufze niedergeschlagen.

„Nimm dir das nicht so zu Herzen", versucht er, mich zu trösten, als wir unten sind, und streichelt über meine Wange.

All meine Wut konzentriert sich jetzt auf diesen Rico Lehmann. „Wir müssen ihn unbedingt erwischen."

„Die Regensburger Kollegen suchen intensiv nach ihm. Sie haben Hinweise, wo er sich vielleicht aufhalten könnt'. Und es läuft eine Großfahndung nach ihm."

„Und da bist du nicht dabeigeblieben?", frage ich ihn fast vorwurfsvoll.

„Das machen die schon. – Außerdem brauchst du mich jetzt notwendiger!"

Sein besänftigendes Lächeln lässt mich schwach werden.

Ich nicke verschämt.

Ulli kommt genervt aus der Küche. „Wo bleibst du denn …!"

Sie bringt eine Duftwolke mit, die nach angebranntem Fett riecht.

Ich eile ihr hinterher und versuche, das Malheur zu retten.

Dann trudeln sie alle nacheinander zum Abendessen ein: der Opa hat sich aus dem Bett erhoben, wo er sich ausgeruht hat, Lukas kommt mit seiner Jacky und sogar der Quirin samt seiner Vroni. Wenn Tante Ulli einlädt, kommen sie offenbar gern heim. Zieht sie die Neugier hierher, um Toni zu begutachten, oder, um den Opa nach seinem Krankenhausaufenthalt wieder daheim willkommen zu heißen, oder wegen allem beiden? Eigentlich ist es mir egal, aber ein komisches Gefühl ist es doch, meiner Familie mit meinem neuen Freund zu begegnen, vor allem, weil es für mich auch alles noch so neu ist.

Aber meine Bedenken waren umsonst, denn Toni wird freundlich begrüßt, nachdem sich ihm auch die vorgestellt haben, die er noch nicht gekannt hatte. Acht Leute sitzen dann am ausgezogenen Terrassentisch. Die Stimmung ist locker, alle quatschen durcheinander, laden sich die Teller voll Spaghetti und Bolognese und hauen rein, als hätten sie extra für dieses Mahl gefastet.

Seltsamerweise sind die heutige Beerdigung und der Trubel darum kein Thema. Ob aus Rücksicht auf mich oder aus Desinteresse kann ich nicht erraten. Nicht einmal der Opa sagt was dazu.

Unsere Familie ist schon ein komischer Haufen und ich bin irgendwie stolz darauf, als ich verstohlen in die Runde blicke. Noch vor ein paar Tagen hätte ich mir in so einem Augenblick gewünscht, dass Martin dabei sein könnte. Aber nun sitzt Toni neben mir. Meine Söhne haben offenbar kein Problem damit. Es ist fast so, als gehöre er schon lange dazu. All meine Bedenken und Skrupel lösen sich endgültig in Wohlgefallen auf.

So als hätte er meine Gedanken gelesen, schaut mich Toni aufmunternd von der Seite an, legt seine Hand auf meinen Oberschenkel und schmunzelt.

„Schaut nur unser verliebtes Pärchen an!", frohlockt Lukas grinsend.

Alle Blicke richten sich auf uns. Und wie zur Demonstration gebe ich Toni ein Bussi. Alle johlen freudig und klatschen. Nur der Opa hält sich zurück wie schon den ganzen Abend. Er ist auch der erste, der nach dem Essen aufsteht und sich wortlos verdrückt.

Ich schaue noch mal zu ihm rein, als wir mit dem Abspülen fertig sind. Er liegt schon im Bett und wirkt ziemlich müde und schlapp. Kein Wunder!

„Geht's dir nicht gut?", sorge ich mich.

„Müd' bin ich halt."

„Es ist nicht wegen dem Toni, oder?"

„Nein, nein, der passt schon für dich", wehrt er ein bisserl zu eifrig ab. „Kümmer' dich nur nicht um mich."

Der ist eifersüchtig, der oide Depp!

Ich setze mich auf seine Bettkante und nehme seine große, runzelige Hand. „Wegen dem Toni werd' ich den Martin niemals vergessen. Und dich auch nicht. Du bist und bleibst mein Schwiegervater."

Er hat feuchte Augen und schaut mich gerührt an. „Wirklich?"

Mein eifriges Nicken lässt ihn erleichtert aufatmen.

Ich drücke ihm ein Bussi auf die Stirn. „Und jetzt schlaf', damit du wieder ganz gesund wirst."

Sein zufriedenes Schmunzeln beruhigt mich.

Lukas, Jacky, Quirin und Vroni verabschieden sich, nachdem ich aus Opas Zimmer zurück auf die Terrasse komme. Heute ist Freitag und Herbst-Dult in Regensburg. Da wollen sie mit Ulli hin. Und anschließend in die Kneipen der schönen UNESCO-Weltkultur-Erbe-Altstadt. Martin und ich haben das auch öfters gemacht. Aber das war einmal! Es kommt mir so vor, als hätte ich das in einem anderen

Leben gelebt. Mit dem Toni hat ein völlig neues angefangen. Eine unbändige Freude darauf breitet sich in mir aus.

Schließlich bin ich wieder mit ihm allein. Wir sind beide so erschöpft von diesem aufreibenden Tag, dass wir eine Zeit lang einfach nur schweigend auf der Terrasse sitzen und Händchen halten. Wir genießen die Zweisamkeit, ein Glas Rotwein, die lauwarme Luft und den Sonnenuntergang in den schönsten Rot- und Orangetönen. Und auch im Dorf scheint wieder Ruhe eingekehrt zu sein.

Zufrieden in den Rattanstuhl zurückgelehnt, meint Toni dann: „Ich glaub', deine Familie mag mich."

„Schaut ganz so aus."

„Deine Söhne hast du gut hinbekommen", lobt er mich. „Sehr sympathische Jungs."

„Allerdings!", stimme ich ihm nicht ohne eine Spur Stolz zu.

Er erhebt sein Rotweinglas. „Lass uns auf sie anstoßen."

Unsere Gläser klirren leise und wir trinken. Ich kann mir schon denken, dass er heute Nacht wieder nicht in seinem eigenen Bett schlafen wird, aber das stört mich nicht im Geringsten.

Dann meldet sich sein Handy auf dem Tisch mit dem Gitarren-Solo von *Smoke on the water*. Wir schrecken zusammen. Für einen Moment hatten wir doch glatt die Welt um uns vergessen.

Er schaut auf das Display. „Der Übelacker."

Ich rümpfe die Nase. „Nicht der jetzt!"

„Einfach ignorieren!", grinst Toni und drückt ihn weg.

„Hast du ihn schon auf den aktuellen Stand gebracht?"

Er nickt. „Heut' Nachmittag, auf dem Weg hierher. Er hat alle Infos, also gibt es jetzt auch keinen Grund für ein Telefonat!"

Eine Minute herrscht genüssliche Stille, dann klingelt es wieder. Dieses Mal ist es aber nicht Tonis Handy, sondern mein Festnetztelefon.

„Der Übelacker gibt nicht auf", mutmaße ich und wir lassen es läuten.

Es läutet immer weiter, so als wollte das Telefon uns immer lautstarker drängen, endlich dranzugehen.

„Muss ja ziemlich wichtig sein ...“, meint Toni und rutscht auf seinem Stuhl unruhig hin und her.

Ich halte es nicht länger aus, stehe auf, renne rein und hebe gespannt ab.

„Na, endlich!“, vernehme ich den Bär erleichtert am anderen Ende.

„Geht's dir nicht gut?“, sorge ich mich sofort. „Ist was passiert, Markus?“

„Ich bin wieder fit. – Aber deswegen ruf' ich nicht an.“

„Was gibt's denn so Dringendes?“

„Der Langreiner Otti hat mich grad angerufen.“

„Was wollt' er denn?“, stelle ich irritiert fest, weil ich nicht erahnen kann, was der uns so Wichtiges sagen könnte. Allerdings ist er derjenige, der unser totes Baby aus dem Wasser gefischt hat.

„Er hat was beobachtet“, erzählt mir der Bär und macht eine Pause, in der er mich wohl auf die Folter spannen will.

„Ja, was denn jetzt?“

„Der ist draußen in der Pschlacht unterwegs.“

„Aha“, sage ich gelangweilt. „Jetzt um die Zeit. – Ich dacht', angeln tut man in aller Frühe.“

„Vielleicht ist er wieder mal vor seinem herrischen Weib geflüchtet. Was weiß denn ich. – Jedenfalls hat er was entdeckt“, macht es der Bär weiterhin spannend, nur, um mich zu ärgern.

„Jetzt red' halt endlich!“, schimpfe ich ungeduldig.

„Da steht ein alter Camper auf dem Parkplatz vor der Pschlacht.“ Der Bär jubiliert fast, wie er das sagt.

„Ein alter Camper!“, wiederhole ich und mein Gehirn fängt an zu rattern. „Rico Lehmann!“

Toni ist zu mir hereingekommen. Neugierig schaut er mich an und ich hebe den Hörer ein Stück weit vom Ohr weg, damit er hören kann, was der Bär weiter sagt.

„Bingo!", freut der sich und fügt mit beleidigter Stimme hinzu: „Der Koller hat mich heut' auf den neuesten Stand gebracht, weil du es ja mal wieder nicht für nötig gehalten hast. Aber ganz offenbar kehrt der Täter zu seinem Tatort zurück."

„Ist der ganz blöd!", kommentiere ich. „Der muss doch mitgekriegt haben, dass eine Fahndung nach ihm läuft."

„Ein Intelligenzbolzen scheint dieses Bürscherl nicht zu sein, wenn er zurück nach Essing kommt", stimmt mir der Bär zu. „Was machen wir jetzt?"

„Na, verhaften!", sage ich. „Was denn sonst?"

„Soll ich Verstärkung in der PI anfordern?"

Toni mischt sich lautstark ein. „Auf gar keinen Fall! Wir müssen das Überraschungsmoment nutzen."

„Ah, der Toni ist bei dir", erkennt der Bär mit unverhohlener Ablehnung. „Ihr seid ja inzwischen ein tolles Team, wie ich aus einigen Medien mitgekriegt hab'."

Ich höre aus dem Spott ganz eindeutig Eifersucht heraus. Mit einer Handbewegung deute ich Toni an, dass ich das mit dem Bär regeln muss. Toni weiß nicht, wie empfindlich mein Partner in solchen Dingen ist. Dabei muss ich jetzt ganz behutsam vorgehen.

„Du warst doch krank, Markus."

„Jetzt nicht mehr!"

Diese seine Worte geben mir ganz klar zu verstehen, dass er sich von diesem Einsatz nicht abwimmeln lassen wird. Ich schnaufe tief durch und treffe eine Entscheidung: „In zehn Minuten an der Abzweigung von der KEH 5 zum Parkplatz in der Pschlacht."

„Okay, bis gleich!", ist der Bär eifrig und legt auch schon auf.

Toni und ich rumpeln in den Flur, um uns einsatzbereit zu machen. Unter einem Jacken-Berg hängt mein Holster samt der Waffe an der Garderobe. Nach der Beerdigung bin ich ja nicht mehr in die PI gekommen, um sie in meinem Spint zu verstauen.

Toni schüttelt missbilligend den Kopf. „Das ist aber kein Aufbewahrungsort für eine Waffe, Frau Kommissarin!"

Ich schnalle mir das Holster umständlich um und schlüpfe in meine Jeansjacke und die Sneakers.

„Wo ist denn die deine?“, frage ich, während wir zu seinem Auto rennen, das in meiner Einfahrt steht.

„Handschuhfach.“

„Und das ist besser oder wie?“, motze ich.

Er grinst verschmitzt, wir steigen ein und brausen davon.

Der Bär wartet schon wie vereinbart in seinem alten Opel Kadett an der Abzweigung. Er trägt sogar seine Uniform. Von hier sind es noch ein paar hundert Meter zum Parkplatz hinunter. Toni gibt Anweisung, dass wir uns lautlos anschleichen, so wie wir es gelernt haben.

„Keiner von euch macht hier einen Alleingang, verstanden! Wir wissen nicht, wie gefährlich der Typ ist“, schwört er uns ein. „Ihr hört auf mein Kommando!“

Der Bär und ich nicken gehorsam, wir zücken unsere Waffen und machen uns auf den Weg. Glücklicherweise erhellt uns der zunehmende Mond die Umgebung. Sein silbernes Licht taucht alles in eine seltsam unheimliche Atmosphäre, während wir die zweispurige, von Wald und Sträuchern gesäumte Straße hinunter zum Parkplatz der Pschlacht schleichen. Ein Schauer nach dem anderen jagt mir über den Rücken und ich spüre die Anspannung in mir immer weiter ansteigen. Als wir also um die Kurve auf den geteerten Parkplatz zukommen, steht da tatsächlich ein altes Wohnmobil. Es liegt völlig im Dunkeln. Kein Lebenszeichen. Entweder Lehmann schläft schon oder er ist gar nicht mehr hier. Das gilt es jetzt festzustellen.

Mein Herz rast vor Aufregung. So einen Einsatz hatte ich schon lange nicht mehr und dementsprechend unsicher fühle ich mich.

Toni deutet uns gestenreich, dass der Bär und ich uns von einer Seite und er sich von der anderen zur Vorderseite des Wohnmobils vorarbeiten sollen. Dort angekommen, finden wir nix. Keine Plastikstühle, kein noch glühender Grill oder sonst irgendetwas, das andeutet, dass hier jemand wildcampt.

Vielleicht hat Lehmann das Vehikel hier nur abgestellt, um eine falsche Fährte zu legen. Oder ist der wirklich so blöd und fährt mit so einem auffälligen, alten Ding wieder dahin zurück, wo er seine Tat begangen hat?

Unschlüssig stehen wir vor der geschlossenen Tür des Campers. Toni deutet uns gestikulierend an, dass er stürmen will, und legt die Hand an die Klinke. Mein Herz schlägt noch schneller, denn jetzt wird es ernst. Immerhin besteht die Möglichkeit, dass unser Flüchtiger da drin ist und sich nicht einfach so wird festnehmen lassen.

Ganz professionell reißt also Toni die Tür auf, rumpelt die zwei Stufen hinauf und schreit: „Polizei! Hände hoch und ganz ruhig bleiben!"

Und es bleibt auch ruhig. Kein Mucks.

Der Bär drängt sich an mir vorbei ebenfalls in den Camper. Er zückt eine Taschenlampe und leuchtet damit im Innenraum alles ab.

„Die hättest du mir auch vorher geben können", höre ich Toni zum Bär sagen. „Dann hätt' ich wenigstens was sehen können hier drinnen!"

Der Bär meint brummig: „Hab nicht eher dran gedacht."

Vor lauter Spannung stecke ich jetzt auch meinen Kopf durch die Tür hinein und sehe nix außer den Bär, Toni und jede Menge Müll herumliegen. Noch dazu mieft es hier drinnen bestialisch wie auf einem Komposthaufen. Pfui Teufel! Ich weiche zurück und in dem Moment springt etwas oder jemand auf mich drauf und reißt mich zu Boden. Meine Waffe gleitet mir aus der Hand und schlittert auf dem Teer davon. Schmerzen aus meinem Kreuz durchzucken mich und knipsen mir für ein paar Sekunden das Licht aus. Dann bekomme ich benommen mit, dass Toni aus dem Wohnmobil hechtet und die Person über mir angreift. Sie wälzen sich beide auf dem Boden und ich rapple mich zum Sitzen auf.

Den Schmerz in meinem Rücken spüre ich gar nicht mehr, weil ich wie gebannt die zwei auf dem Teer vor mir raufenden Männer beobachte.

Toni ringt den Unbekannten auf den Rücken, doch der Schlacksige schlägt mit seinen langen Armen wild um sich und trifft ihn ein paar Mal im Gesicht. Benommen taumelt Toni zurück.

Der Bär hilft mir auf die Beine und schaut der Schlägerei fassungslos zu, während er sie gespenstisch mit dem Taschenlampenlicht bestrahlt. Toni versucht, seinen Gegner unter Kontrolle zu bekommen. Trotzdem er ihm körperlich überlegen ist, windet der dünne Lange sich immer wieder geschickt aus seinem Griff wie ein Aal. Schließlich gelingt es dem wehrhaften Bürscherl aufzuspringen, doch Toni setzt ihm nach und erwischt ihn am Zipfel seiner Sweatjacke. Wieder rangeln die zwei.

„Der Toni hat's echt drauf!", zollt ihm der Bär, der neben mir mitfiebert, Respekt und steigert damit auch mein Gefühl der Bewunderung.

„Hilf ihm lieber, Kruzinesn!", fordere ich meinen Partner auf, als er sich immer noch nicht dazu bequemt, etwas zu unternehmen.

Fast wehleidig schaut mich der Bär mit großen Augen an, schluckt einmal schwer, während sich sein Gesichtsausdruck in wilde Entschlossenheit verwandelt. Dann drückt er mir die Taschenlampe in die Hand und greift an.

Und angreifen trifft es in diesem Fall wirklich: Wie ein wilder Stier rammt er die raufenden Kontrahenten um und brüllt dazu wie Sylvester Stallone in Rambo. Leider schaut es nicht ganz so professionell aus wie im Kinofilm, schon allein wegen der figürlichen Unterschiede zwischen den Hauptprotagonisten. Der Bär hat zwar weniger Muskeln wie der Stallone, dafür aber mehr Leibesfülle, was in diesem Falle auch nicht verkehrt ist, denn alle drei fallen schwer getroffen auf den harten Teerboden. Ich höre den Bär stöhnen und leuchte mit der Taschenlampe auf das Knäuel verkeilter Männerleiber. Es rührt sich keiner mehr und auf einmal ist es gespenstisch still.

Dann löst sich einer heraus: Toni! Er hat eine Platzwunde auf der Lippe und der Augenbraue und schnauft schwer. Mühsam rappelt er sich auf die Beine und beugt sich zu den anderen beiden Männern hinunter, die sich nicht bewegen.

Langsam gehe ich hin.

„Markus!“, ruft Toni und rüttelt am Bär.

Endlich rührt der sich und ich bin erleichtert. Er liegt mit seiner gesamten Körpermasse auf dem Angreifer, der gestreckter Längs und total benommen unter ihm eingezwängt ist.

Angestrengt keuchend wälzt der Bär sich herunter und setzt sich auf. Unser Angreifer rührt sich immer noch nicht. Als ich ihm mit der Taschenlampe ins Gesicht leuchte, stellen wir fest, dass es eindeutig der Verdächtige von unserem Phantombild, Rico Lehmann, ist. Er wirkt jetzt noch dünner und länger, wie unsere Zeugen ihn beschrieben haben, als hätte der Bär ihn platt gewalzt.

Der schaut ihn verächtlich an. „So ein windiges Bürscherl!“

An dieser Stelle sollte ich vielleicht dazu erklären, dass der Bär alle Männer, die nicht seine Körperausmaße haben oder in irgendeiner Art und Weise sein Missfallen erregen, als Bürscherl bezeichnet. Das soll auch verdeutlichen, dass er keinerlei Respekt vor diesen hat. Und offensichtlich ist Rico Lehmann so einer.

Toni hält dem Bär hilfsbereit die Hand hin. „Kannst du aufstehen?“

Der Bär überlegt kurz, als müsse er seine Körperfunktionen auf diese Frage hin erst überprüfen. Dann nickt er und packt die angebotene Hand von Toni. Der hat offensichtlich nicht damit gerechnet, dass der Bär sich mitsamt seinem Gewicht daran hochzieht und hat alle Mühe, sich dagegenzustemmen.

Ich muss schmunzeln, obwohl ich mich nur noch angestrengt aufrecht halten kann. Meine Knie sind weich wie Butter und der Schmerz in meinem Kreuz sticht gewaltig.

Endlich wieder auf den Beinen klopft der Bär zuerst seinem Helfer mit den Worten „Danke Toni!“ auf die Schulter und sich dann seine Dienstkleidung sauber, als würde das was bringen.

„Ich hab’ zu danken!“, meint Toni und schaut den Bär erkenntlich an.

Offenbar ist damit der Argwohn zwischen den beiden ausgeräumt.

Dann kümmert sich Toni um mich. „Alles okay?“

Ich nicke eifrig und er ist sichtlich erleichtert. Ganz so stimmt das zwar nicht, aber ich will hier nicht die Wehleidige spielen, nachdem er mit dem Flüchtigen gerungen hat.

Dann schaut er nach dem bewusstlosen Lehmann und überprüft neben ihm kniend seine Vitalfunktionen, während der Bär ihm mit seiner Taschenlampe, die ich ihm zurückgegeben habe, leuchtet. Er schnauft und sein Herz schlägt offenbar, weil sich Toni ohne Eile wieder erhebt. „Ich glaub', der ist mit dem Schädel auf dem Teer aufgeschlagen. – Ich ruf' besser den Notarzt.“

„Für mich auch einen, bitte!“, sage ich und lasse mich ächzend rückwärts auf die Stufen des Wohnmobileingangs nieder. Der Schock über den Überraschungsangriff und die aufreibende Rauferei stecken mir immer noch in den Knochen. Jetzt kann ich mich endgültig nicht mehr auf den Beinen halten.

Toni eilt fürsorglich zu mir her. „Hat's dich doch schlimmer erwischt?“

Ich schüttle den Kopf und wehre, so gut ich kann, ab. „Ein paar Spritzen gegen die Schmerzen und dann passt wieder alles.“

„Kann ich dir derweil was Gutes tun?“

„Hol' einfach einen Arzt. – Schnell bitte!“, stöhne ich und versuche, meinen Oberkörper so auszurichten, dass es am wenigsten weh tut, was aber nicht funktioniert.

Toni nickt, schaut mich noch ein paar Sekunden sorgenvoll an und zückt dann sein Handy.

Achtlos lassen wir Lehmann auf dem harten Teer liegen. Anders hat er es nicht verdient.

Während Toni telefoniert, schaut der Bär nachdenklich zum Dach des Wohnmobils und richtet den Taschenlampenstrahl darauf. „Er muss dort oben auf uns gewartet haben.“

„Du glaubst, er hat gewusst, dass wir kommen würden?“, staune ich.

„Warum sonst hat er sich da oben auf die Lauer gelegt?"

„Ich an seiner Stelle hätte das Weite gesucht."

„Dass der nicht ganz sauber ist, hast du aber schon mitgekriegt, oder?", motzt der Bär. „Der ist ein skrupelloser Babymörder!"

„Das bin ich, aber ganz bestimmt kein Feigling!", hören wir da die kratzige Sachsen-Stimme von Rico Lehmann aus dem Hintergrund. Er ist offenbar zu sich gekommen und hat sich, ohne dass wir es gemerkt haben, aufgesetzt.

Toni schnellt herum, wirft mir sein Handy zu und ist sofort bei unserem Tatverdächtigen, der soeben ein Geständnis abgelegt hat. Schnell legt er ihm im Kegelschein der Taschenlampe Handschellen an.

Willenlos und sichtlich benommen, lässt Lehmann das über sich ergehen, während Toni ihm seine Rechte vorbetet.

Aus scharfsinnigen Augen schaut uns der Verhaftete verächtlich an. „Ich wollte die Bullen kennen lernen, die so großkotzig im Fernsehen nach mir suchen", spöttelt er in tiefstem Sächsisch und zischt mich an: „Nich' wahr, Frau Kommissarin! Es ist doch immer vorteilhaft, wenn man seine Gegner kennt."

„Auf so ein Kennenlernen kann ich verzichten", speie ich ihn an und fahre hoch. Sofort spüre ich, dass das ein Fehler war, weil mir der Schmerz durchs Kreuz jagt. Aber ich reiße mich zusammen, gehe zu ihm und vor ihm in die Hocke, damit ich ihm direkt ins demolierte Gesicht schauen kann, während der Bär ihn weiter beleuchtet. „Hätt's nicht gereicht, wenn Sie einfach in die PI marschiert wären und sich festnehmen lassen hätten."

Er grinst mich frech an. „Das hätte aber nich' so viel Spaß gemacht, wie das hier."

„Was soll denn der ganze Schmarrn? Haben Sie wirklich geglaubt, dass Sie uns Herr werden?", fahre ich ihn wütend an und versuche, so würdevoll wieder aufzustehen, wie es mir unter den Schmerzen gelingt.

Sein Grinsen wird noch selbstgefälliger. „Ihr drei seid doch die vollen Nieten!" Er schaut den Bär verächtlich an. „Der ist ein Fettsack …", sein Blick wandert weiter zu mir, „… Sie sind eine hinterwälderische Dorfpolizistin, die von der harten Welt da draußen null Ahnung hat …" Und dann kriegt auch noch Toni sein Fett weg: „… und Sie machen einen auf obercoolen Macho, der nix in der Hose hat."

Der Bär beugt sich hinunter, packt das freche Bürscherl am Krawattl und zieht ihn mühelos vor sein zorniges Gesicht. „Reiß dich bloß zusammen, sonst …"

Toni mahnt den Bär. „Hör' auf, Markus! Genau das will er damit erreichen."

Ich sehe, wie meine Männer innerlich beben vor Wut. Ich auch. Wir wechseln verständigende Blicke und sind uns einig: Über solchen Provokationen müssen wir stehen.

Der Bär lässt los, so dass der Verhaftete wieder unsanft auf seinem Hintern landet. Er verzieht schmerzhaft sein Gesicht.

Ich schaue verächtlich auf ihn hinunter. „Ihre Frechheiten helfen Ihnen jetzt auch nicht mehr!"

Aber Rico Lehmann gibt nicht auf: „Ich könnte dem Richter erzählen, wie Sie mich hier zusammengeschlagen haben. – Mich, einen wehrlosen Mann, einfach aus dem Schlaf gerissen und verprügelt! – Polizeiwillkür nennt man das, oder?"

Daher pfeift also der Wind! Er will sich als hilfloses Opfer darstellen, aber ganz offensichtlich leidet er an Selbstüberschätzung. Ihm muss trotzdem klar gewesen sein, dass er irgendwann erwischt wird. Jetzt geht's ihm nur darum, dass die Konsequenzen daraus so weit wie möglich zu seinen Gunsten ausfallen. Und so will er wohl auch seine narzistischen Rachegefühle stillen.

„Das kauft dir kein Mensch ab, Bürscherl!", schimpft der Bär wütend.

„Hier sind drei Polizisten und ein Babymörder", erklärt Toni gezwungen ruhig. „Was vermuten Sie, wem man mehr glauben wird?"

Ein höhnisches Grinsen huscht über den schmalen Mund vom Lehmann. „Bleibt mir immer noch die Möglichkeit, dem Psycho-Fuzzi schön was vorzuheulen von meiner traumatischen Kindheit oder einen auf unzurechnungsfähig zu machen.“

In der Ferne hören wir Martinshörner näherkommen.

„Tun Sie, was Sie wollen“, bleibt Toni souverän. „Wir sind auf jeden Fall fertig mit Ihnen.“

So ganz Recht hat er damit allerdings nicht, weil wir das Bürscherl ja noch vernehmen müssen. Mir brennen tausend Fragen an Lehmann unter den Nägeln, aber im Moment habe ich einfach nicht die Kraft dazu. Die Schmerzen nehmen überhand und mir geht es immer schlechter. Glücklicherweise treffen dann der Notarzt und der Sanka ein und die Ersthelfer kümmern sich um uns.

Der Einzige, der nix abgekriegt hat in dem ganzen Durcheinander, ist der Bär. Mit stolzgeschwellter Brust wagt er sich noch einmal in das Wohnmobil und stöbert darin herum, während ich mit einer unbequemen Halskrause im Heck des Sankas liege und eine Infusion über einen Schlauch in meinen Arm läuft.

Der Notarzt sagt, ich muss auf alle Fälle ins Krankenhaus zum Röntgen mitkommen. Es könnte etwas mit meiner Wirbelsäule sein. Mich graust es vor Krankenhäusern, aber ich würde so ziemlich alles dafür tun, damit diese unerträglichen Schmerzen verschwinden.

Rico Lehmann haben sie auf die fahrbare Liege aus dem anderen Krankenwagen gelegt. Er stöhnt und jammert, dass man es kaum aushalten kann. Bevor die Ersthelfer eingetroffen waren, ging es ihm recht gut, so wie der uns provoziert hat, und jetzt spielt er den Schwerverletzten!

Auch Tonis Wunden werden versorgt und mit Pflastern beklebt. Er schaut direkt lustig aus mit dem Fleckerlteppich im Gesicht.

Ich will mich gerade darüber lustig machen, als ich plötzlich den Bär aus dem Wohnmobil rumpeln sehe. Er rennt zum nächsten Busch und übergibt sich lautstark.

Toni und ich wechseln fragende Blicke. Mit bleichem Gesicht und gestützt von einem Sanitäter, der ihm zu Hilfe gekommen ist, schleppt der Bär sich schließlich zu uns an das offene Heck des Rettungswagens.

„Was ist denn passiert?“, will ich von ihm wissen.

„Dass wollt’ ihr euch gar nicht vorstellen“, jammert er, bleich wie er ist. „Am besten, du rufst die Spurensicherung, Toni. Da drin ist alles voller Blut.“

„Frisches Blut?“, wundere ich mich.

Der Bär schüttelt den Kopf und reibt sich die Augen, als könnte er so den erschreckenden Anblick loswerden. „Es ist schon eingetrocknet, aber überall. Auf der Matratze, dem Bettzeug und den Kissen. – Einfach grauenhaft!“

„Dann hätten wir also unseren Tatort“, meint Toni dazu.

Ich korrigiere ihn, weil mir Tatort hier die falsche Bezeichnung zu sein scheint. „Du meinst, wo sie das Baby auf die Welt gebracht haben.“

Toni nickt und grübelt. „Könnt’ aber auch sein, dass er seine Freundin ebenfalls da drin aus dem Weg geräumt hat. – Ich ruf’ die Spurensicherung.“

Während er telefoniert, sehen wir zu, wie der stöhnende Lehmann auf seine Liege geschnallt in das Heck des zweiten Sankas geschoben wird. Die Ersthelfer schlagen die Türen zu.

Auch unsere Sanitäter mahnen zum Aufbruch.

Die Schmerzen sind fast weg und ich fühle mich befreit. Das muss wohl von der Infusion kommen.

Toni steigt zu mir in den Sanka, um sich zu verabschieden. „Ich muss leider hierbleiben und meine Arbeit machen. Ich sehe später nach dir.“

„Ich komm’ schon klar“, winke ich ab.

Dann drückt er mir ein Bussi auf den Mund.

Ich höre, wie der Bär draußen seufzt und irgendwas von „… Männergeschichten …“ brummt.

Kapitel 15

Rico Lehmann lümmelt in Jeans, T-Shirt, mit strubbeligen, blonden Haaren, unrasiert und gelangweilt auf seinem Stuhl in einem der Vernehmungszimmer in der Augustenburg, der Regensburger Haftanstalt, herum. Offenbar haben die Ärzte in der Uniklinik bald erkannt, dass seine Verletzungen doch nicht so schlimm waren, wie er getan hat, bis auf die Gehirnerschütterung, und ihn nach einer Woche der Justiz übergeben.

Toni und ich beobachten ihn eine Zeit lang durch die verspiegelte Glasscheibe im Zimmer nebenan.

„Der hat die halbe Nacht in seiner Zelle herumgebrüllt, nachdem sie ihn gebracht haben. Das könnt ihr euch gar nicht vorstellen", beschreibt uns ein untersetzter, aber sympathischer Justizvollzugsbeamter. „Irgendwann hat er sich dann beruhigt und ist eingeschlafen. Der ist eindeutig cholerisch veranlagt. – Viel Spaß beim Vernehmen, sag' ich nur!"

Der Kollege geht und überlässt uns den Typen.

„Willst du wirklich mit rein?", fragt mich Toni zweifelnd.

„Ich bin fit", beruhige ich ihn. „Außerdem bist du ja dabei."

In der vergangenen Woche hat sich Toni wirklich um mich gesorgt, sich um mich gekümmert und gepflegt, so dass es mir schon fast zu viel geworden ist. Ich bin es inzwischen gewohnt, allein zurechtzukommen. Eigentlich fehlt mir auch nix mehr bis auf ein bisserl Rückenschmerzen, die täglich besser werden.

Ein wirklich wunderbarer, junger Arzt hat mir am Morgen nach der spektakulären Festnahme mein Kreuz wieder eingerenkt, nachdem er auf den Röntgenbildern meiner Wirbelsäule sonst keinerlei Beschädigung feststellen hat können. Zwei kurze Knackser, schon war ich wieder wie neu und mein Wohltäter, Dr. Schindler, mein neuer bester Freund.

Allerdings habe ich mich eine Woche krankschreiben lassen, und das war auch gut so, denn die Tage nach meiner Verletzung fühlte ich mich, als wäre ich durch den Fleischwolf gedreht worden. Dr. Schindler hatte mich darauf hingewiesen gehabt, aber die Schmerzen waren nach der erst erleichternden Einrenkung doch unerwartet heftig.

Auf diese Weise bin ich also der Pressekonferenz entkommen, die der Übelacker am Tag nach der erfolgreichen Verhaftung von Lehmann abgehalten hat.

Ich habe sie mir am Abend auf der Couch mit dem Opa im Lokalfernsehen angeschaut und muss sagen, dass Toni dabei wieder sehr souverän und wortgewandt rübergekommen ist.

„… Die Spurensicherung hat außerdem ergeben, dass das Täterpaar das Kind in dem alten Wohnmobil zur Welt gebracht hat“, hat er die Presse informiert, während mit Hilfe des Beamers ein Bild des Campers hinter ihm an die weiße Wand geworfen wurde. „Außerdem lässt die Analyse der Reifen keinen Zweifel daran, dass das Mobil auf dem Campingplatz Altmühltal gewesen ist. Die Erdreste daran stimmen zu hundert Prozent mit der dortigen überein. Außerdem hat eine Zeugin den Camper eindeutig als den identifiziert, mit dem unsere Tatverdächtigen auf dem Campingplatz gewesen waren, und zwar genau zur fraglichen Zeit. Die Beweislast für unseren Täter ist also erdrückend.“

Dann war die Sprache auch auf den Verbleib von Janine Kunze gekommen.

„Leider haben wir sie noch nicht ausfindig machen können. Aber wie bereits bekannt ist, hatte sie telefonisch ihren Suizid angekündigt. Herr Rico L. wollte uns dazu keine Angaben machen. Er schweigt beharrlich.“

In der Tat war Toni schon zwei Mal bei Rico Lehmann im Krankenhaus, um herauszufinden, was mit seiner Freundin passiert ist, aber er stellte sich immer schlafend oder hat durch die Ärzte verlauten lassen, dass er nicht vernehmungsfähig sei.

Janine Kunze bleibt also nach wie vor verschwunden. Tonis Annahme, dass Lehmann sie in dem Camper umgebracht und ihre Leiche weggeschafft haben könnte, hatte sich durch die Spurensicherung glücklicherweise nicht bestätigt. Wir sind immer noch am Rätseln, ob er etwas mit dem Verschwinden von der Kunze zu tun hat, sie tatsächlich Selbstmord begangen hat oder ob sie einfach abgehauen ist. Ich glaube allerdings, dass sie nicht mehr lebt, ob durch ihre eigene oder die Hand ihres Freundes.

„Rico L.! – Jetzt sagt der nicht mal den ganzen Namen von dem Babymörder“, hat sich der Opa neben mir hockend aufgeregt. „Der gehört an den Pranger gestellt, so wie sie es im Mittelalter gemacht haben, Zefix!“

Damit hat der Opa ausgesprochen, was auch ich mir gedacht habe, aber leider ist das in Deutschland halt so: Die Täter werden vom Staat geschützt, während das für ihre Opfer längst zu spät ist. Darum sind nun nach ihrer Identifizierung die Fotos von den Visagen unseres Täterpärchens mit schwarzen Balken über ihren Augen unkenntlich gemacht worden.

Natürlich ist die Sprache auf dieser Konferenz irgendwann auch mal auf mich gekommen, weil ich nicht anwesend war, und der Übelacker hat erklärt, dass ich bei der Festnahme verletzt worden bin. „… Aber die Kommissarin befindet sich auf dem Weg der Besserung.“

Ich habe dem Staatsanwalt direkt angesehen, wie es ihn geärgert hat, dass ich nicht dabei gewesen bin. Ich weiß nämlich auch nicht wie, aber es sind wieder Bilder und Artikel über mich im Blätterwald der Presse erschienen, auf denen ich weinend am offenen Grab von der kleinen Pia gestanden und mit dem Opa untergehakt vom Friedhof heimgegangen bin. Ich wurde wieder als Kommissarin mit Herz betitelt, habe mich davon aber nicht beeindrucken lassen.

„Der Toni hat des echt gut gemacht“, hat der Opa bewundernd vor dem Fernseher festgestellt und meinen Schenkel getätschelt, als die Konferenz dann zu Ende war.

Ich habe nur stolz in mich hineingegrinst.

„Ich guter und du böser Bulle?“, will Toni wissen, als wir vor der Tür in den Vernehmungsraum stehen.

Ich schmunzle. „Ich mag keine Klischees.“

„Hast du eine andere Taktik?“

Ich zucke mit den Schultern, weil ich eher keine bis gar keine Erfahrung mit dem Vernehmen von Mördern habe. „Du bist hier der Hauptkommissar!“

Diesmal grinst Toni. Dann gehen wir rein zu unserem renitenten Tatverdächtigen.

„Guten Morgen, Herr Lehmann! Ich bin Kommissarin Spangler PI Kelheim, mein Kollege Hauptkommissar Weidinger vom LKA Landshut“, stelle ich uns mustergültig vor, obwohl wir uns ja schon kennen. Und das näher, als uns lieb sein hätte können.

Aber dieses Verhör soll korrekt ablaufen. Es wird schließlich aufgezeichnet. Zugegeben bin ich schon ein bisserl nervös.

Trotzdem kann ich mir eine Spur Ironie nicht verdrücken: „Jetzt haben Sie die Möglichkeit, uns näher kennen zu lernen, so wie es Ihr Wunsch war, Herr Lehmann.“

Aber den Angesprochenen lässt das kalt. Toni deutet mir an, dass ich mich unserem Täter gegenüber an den Tisch in der Mitte des Raumes setzen soll. Er tigert in dem kargen, fensterlosen, grauen Zimmer hin und her. Das soll Lehmann nervös machen, vermute ich.

Aber der Typ ignoriert uns weiter und verschränkt demonstrativ die Arme vor der Brust.

„Zuerst einmal interessiert uns, wo Sie Ihre Freundin, Janine Kunze, gelassen haben?“, fragt Toni dann.

Keine Antwort.

„Sie haben doch schon zugegeben, der Mörder Ihres Kindes zu sein. Warum sagen Sie uns dann nicht auch, was Sie mit Ihrer Freundin getan haben?“, mache ich einen weiteren Versuch. „Viel schlimmer kann es für Sie nicht mehr werden.“

Doch wieder Fehlanzeige.

Nun wird Toni ungehalten und haut mit der flachen Hand auf den Tisch, dass nicht nur unser Verdächtiger zusammenzuckt. „Herrschaftszeiten! Sie waren doch schon geständig. Außerdem haben wir genug Indizien gegen Sie. Sie werden also für eine lange Zeit hinter Gitter wandern. – Da kommt es auf einen weiteren Mord nicht mehr an!“

Sein Ausraster wirkt. Plötzlich braust Lehmann auf und wirft dabei seinen Stuhl nach hinten um, dass es nur so scheppert.

„Lasst mir doch meine Ruhe!“, schreit er in tiefstem Sächsisch.

„Ihre Ruhe können Sie haben, wenn Sie endlich unsere Fragen beantworten“, meint Toni lakonisch und hebt den Stuhl wieder auf. „Also noch einmal, Herr Lehmann: Wo ist Janine Kunze?“

Unser Tatverdächtiger hockt sich demonstrativ gelangweilt wieder hin und schnauft tief durch.

„Was weiß denn ich, was aus der blöden Schlampe geworden ist!“, spottet er lautstark.

„Ein bisschen mehr Disziplin, Herr Lehmann!“, fordert Toni ihn auf. „Wann haben Sie sie das letzte Mal gesehen?“

„Keine Ahnung, Mann!“

„Sie haben sie in Ihrer Wohnung eingesperrt.“

„Na und! Sie wollte zur Polizei, nachdem sie euch zwei im Fernsehen gesehen hat, dieses Weichei!“

„Das ist Freiheitsberaubung!“, klärt ihn Toni auf.

„Wen interessiert’s?“

„Wer hat sie rausgelassen?“

„Keine Ahnung! Als ich irgendwann heimkam, war sie nicht mehr da! Das Türschloss war verkratzt.“

Das deckt sich auch mit den Ergebnissen unserer Spurensicherung. Sie hat sich wohl selbst befreien können. Besser wäre es gewesen, sie hätte das nicht geschafft.

„Und Sie haben keine Ahnung, wo sie jetzt ist?“, hakt Toni weiter nach.

„Hab' ich doch schon gesagt, verdammte Scheiße!", regt sich Lehmann auf.

„Sie haben also mit ihrem Verschwinden nichts zu tun?"

Es folgt eine weitere schnippische Antwort: „Noch einmal für ganz blöde Bullen: Nein, habe ich nicht!"

Das war Beamtenbeleidigung! Aber Toni bleibt gelassen, äußerlich zumindest. Wieder stemmt er seine Arme auf den Tisch und beugt sich zu ihm hinunter. „Also dann, alles von ganz vorne, bittschön!"

Der Angesprochene verdreht die Augen.

„Was jetzt genau, Herr Kommissar?", stellt er sich absichtlich dumm.

„Hauptkommissar, wenn schon!"

„Drecks-Bulle …", höre ich Lehmann deutlich nuscheln.

Toni bleibt immer noch ruhig. Ihn scheinen die Frechheiten des Täters nicht im Geringsten zu berühren und er stellt ihm immer mehr bohrende Fragen. Zermürbungstaktik schimpft sich das wohl, was Toni hier versucht anzuwenden. Durch die immer gleichen Fragen, oft stundenlang, verhaspelt sich der Tatverdächtige immer mehr, redet sich in Widersprüche und legt irgendwann ein Geständnis ab, damit er seine Ruhe hat. Das ist zwar nicht die feine englische Art, aber in den meisten Fällen sehr erfolgreich. Besonders dann, wenn die Täterschaft sowieso schon durch Indizien gesichert ist. Ein Geständnis hat Rico Lehmann ja bereits abgelegt, aber es geht uns jetzt um die Details des Tathergangs.

„Beschreiben Sie uns die Ereignisse ganz genau, von der Schwangerschaft bis zu Ihrer Festnahme", dränge ich ihn und versuche, möglichst grimmig dreinzuschauen.

Der Angeklagte verschränkt wieder die Arme vor der Brust. „Ich hab' doch das Recht auf einen Anwalt? Also, sag' ich jetzt gar nix mehr. – Was soll der ganze Scheiß hier? Ihr wisst doch sowieso schon alles."

Und dann wird Toni schärfer. Er weiß, dass er Lehmann nicht anfassen darf, aber er beugt sich über ihn und schaut ihm nur ein paar Zentimeter von seinem Gesicht entfernt direkt in die Augen. „Jetzt sag' ich Ihnen mal was, Herr Lehmann! Wegen Ihnen sind zwei Menschen tot. Zwei Menschenleben, die Sie zerstört haben. Darunter ein unschuldiges Neugeborenes. Unsere Richter können Babymörder nicht ausstehen, genauso wie Ihre zukünftigen Mithäftlinge. Da kann Ihnen kein Anwalt mehr raushelfen. Also, kooperieren Sie endlich."

„Ich will einen Anwalt, hab' ich gesagt, verdammte Scheiße!", faucht ihn Rico Lehmann an und lehnt sich mit den obligatorisch verschränkten Armen gemächlich wieder zurück. Seine stechend blauen Augen blitzen hinterhältig. „Außerdem bin ich doch nicht so blöd und falle auf ihre leeren Drohungen herein."

Sein ironisches Grinsen macht mich dermaßen wütend, dass ich ihm eine reinhauen möchte.

Toni schaut mich eindringlich an und nickt. Ich stehe auf und wir verlassen den Verhörraum.

Als wir wieder in dem Nebenzimmer sind, haue ich die Tür zu und lasse meiner Wut freien Lauf: „So ein arrogantes, selbstgefälliges, hinterfotziges …"

„… großmäuliges …", fügt der Toni ein, als mir nix mehr einfällt.

„… überhebliches Ar … Bürscherl!", ärgere ich mich lautstark.

Toni nimmt mich am Arm. „He, komm wieder runter!"

Eigentlich sollte ich die Arroganz des Täters nicht so an mich heranlassen, aber ich kann halt auch nicht raus aus meiner Haut. „Wie kannst du da drin nur so ruhig bleiben?"

Toni zuckt mit den Schultern. „Ich mach' das nicht zum ersten Mal, Mary."

Ich grinse gezwungen. „Ich schon."

„Ich hab' dir geraten, dass du da nicht mit reingehen sollst."

Ich atme tief durch. „Ärgert es dich nicht, wie der sich da drin aufführt?"

Er zuckt mit den Schultern. „Er ist eine harte Nuss und er soll seinen Pflichtverteidiger kriegen. Vielleicht bringt ihn der ein bisserl zur Raison, denn sein Geständnis haben wir ja schon."

„Glaubst du, dass das nach dem harten Aufprall auf dem Teer, seiner Bewusstlosigkeit und der vorangegangenen Rauferei mit dir vor Gericht Bestand haben wird? Der ist mit seinem Anwalt im Stande und dementiert es, weil er nicht Herr seiner Sinne gewesen ist", befürchte ich.

„Kann sein. Aber das liegt dann nicht in unserer Entscheidungsgewalt", meint Toni lakonisch. „Ich geh' dann mal und besorg' ihm seinen Rechtsbeistand."

Es dauert eine geschlagene Stunde, bis sich endlich so ein Anwalt herbewegt. Dr. Simon Rauscher heißt der gute Mann. Obwohl, Männlein trifft es wohl besser, denn er ist fast einen Kopf kleiner als ich, wirkt gedrungen und hager. Sein ergrautes Haar bedeckt nur noch spärlich sein Haupt und die kleine Brille mit den dicken Gläsern, die seine Augen dahinter verkleinern, verleiht ihm das Aussehen eines Maulwurfs. Ich kann mir nicht helfen, aber gegen Anwälte und so ziemlich alle Justiziare habe ich eine innere Abneigung, sei es ihrem Berufsstand oder ihres daraus resultierenden überkorrekten, akkuraten und trockenen Verhaltens geschuldet.

Er verlangt Akteneinsicht und zumindest Toni war so umsichtig und hat alle Protokolle und Berichte dabei. Damit verzieht er sich in den Verhörraum zu seinem neuen Mandanten.

Zwischenzeitlich warten wir im Aufenthaltsraum der hier in der Augustenburg Beschäftigten und bekommen Kantinenessen, das gar nicht mal so schlecht schmeckt. Wir könnten auch einfach nach Hause fahren und auf das Okay des Pflichtverteidigers warten, aber zumindest ich werde hier nicht rausgehen, ohne dass wir Rico Lehmann vollständig vernommen haben und all unsere Fragen beantwortet sind.

Durch einen Vollzugsbeamten lässt uns der Anwalt nach einer weiteren langen Stunde dann mitteilen, dass er so weit ist.

Wir kehren wieder zurück in den Verhörraum. Jetzt stehen zwei Stühle auf der einen Seite des Tisches und zwei auf der anderen. Rico Lehmann sitzt immer noch da, allerdings lang nicht mehr so gelangweilt und cool wie eben noch. Seine übergroße Gleichgültigkeit, Gelassenheit und Arroganz scheinen dahin.

Der Anwalt nimmt neben seinem verwandelten Mandanten Platz und wir tun es ihnen nach. Toni sitzt gegenüber dem Lehmann und ich vom Maulwurf.

Der räuspert sich und legt los: „Natürlich werden Sie verstehen, dass wir das Geständnis meines Mandanten in Anbetracht seines Zustandekommens zurückziehen beziehungsweise als irrelevant anfechten werden. Laut Paragraph …"

„Damit haben wir gerechnet", unterbricht ihn Toni trocken.

„Stellen Sie also dann Ihre Fragen!", bietet der Anwalt bereitwillig an.

„Ihr Mandant wird kooperieren?", wundere ich mich und beobachte Lehmann argwöhnisch. In ihm scheint seit Erscheinen seines Verteidigers eine Wandlung vorgegangen zu sein, die ich noch nicht abschätzen kann.

„So weit wie möglich."

„Wir würden gern alles von vorn hören", beginnt Toni.

„Bitte definieren Sie genauer!", mahnt Dr. Rauscher.

Toni schnauft tief durch. „Wenn's denn sein muss: In welcher Beziehung stehen, oder besser, standen Sie zu Janine Kunze?"

Rico Lehmann schaut seinen Anwalt fragend an. Der gibt ihm durch ein Nicken die Erlaubnis zu antworten.

„Ich bin nur mit ihr ins Bett, damit ich was zum Pimpern hatte. Zum Vorzeigen ist die fette Kuh ja nun wirklich nich'. Und dann wird dieses blöde Luder auch noch schwanger."

„Geht's auch ohne ordinäre Kraftausdrücke?", fordert Toni ihn auf.

Auch der Anwalt mahnt seinen Mandanten mit einer Handbewegung.

„Sonst noch was, Mann?", ist Lehmann genervt, gibt seine Anstandshaltung prompt wieder auf und lümmelt erneut auf seinem Stuhl herum.

„Weiter!", dränge ich ihn.

„Wie weiter, Mann?"

„Bitte ganze Fragen!“, fordert der pedantische Anwalt und blinzelt mit den Augen hinter den dicken Gläsern.

Wieder so ein Haarspalter!

„Übertreiben Sie es mal nicht!“, mahnt Toni ihn. „Wir sind hier schließlich nicht vor Gericht!“

Ich seufze zustimmend, doch die Miene des Anwalts bleibt eisern.

„Was haben Sie nach der Feststellung der Schwangerschaft gemacht?“, frage ich dann anständig.

„Na, sie hat's erst gemerkt, als sie schon im fünften Monat war, also wegmachen ging nicht mehr. Ich hab' ihr gesagt, sie soll ihre blöde Klappe halten und wir werden diesen Balg schon irgendwie los.“

„Ist Ihnen nie der Gedanke einer anonymen Geburt im Krankenhaus gekommen, oder das Kind zur Adoption freizugeben?“, will ich wissen, weil ich noch immer an das Gute im Menschen glaube, auch wenn dieser noch so ein selbstgefälliger, ignoranter und gleichgültiger junger Mann ist wie der mir gegenüber. Und es sollte auch eine Fangfrage sein.

„Ts!“, frotzelt der los, wird aber sofort von seinem Anwalt unterbrochen. „Natürlich hat mein Mandant so etwas in Erwägung gezogen.“

Toni und ich wechseln Blicke und wissen, dass das eine scheinheilige Lüge ist.

„Weiter!“, dränge ich wieder ungeduldig.

„Fragen!“, berichtigt mich Dr. Rauscher erneut.

Ich seufze. „Wie war ihr weiterer Plan?“

„Na ja, die Alten von Janine hatten früher öfter mit ihr in so einem abgefuckten, alten Camper auf dem Campingplatz mitten in der Pampa Urlaub gemacht. Das war der ideale Ort, um das Balg ohne großen Aufriss aus ihr rauszuholen. Also sind wir mit dem Camper dahin. Die fette Kuh hat ganz schön dabei geplärrt“, meint er übertrieben lässig.

Aber ich sehe ihm an, dass er sich eine Geburt wohl auch leichter vorgestellt hatte. Außerdem wird mir langsam übel von seiner derben Art.

„Sie hat geblutet wie ein Schwein, kann ich euch sagen! Und dann kam da nach dem Kind noch so schleimiges, ekliges Zeug aus ihr raus. Ich könnte jetzt noch kotzen …“, erzählt er freimütig weiter, was sein Verteidiger sofort zu unterbinden weiß: „Herr Lehmann, bitte nur auf die Fragen antworten, so wie wir es besprochen hatten!“

„Was haben Sie dann mit dem Kind getan?“, will Toni wissen.

Jetzt wird es heikel.

Lehmann setzt sich wieder aufrecht hin und schaut seinen Anwalt fragend an, ob er was sagen darf. Ich kann ihm förmlich ansehen, dass das, was jetzt kommt, fein säuberlich von den beiden ausgetüftelt worden ist.

„Antworten Sie nur, Herr Lehmann!“, mahnt Dr. Rauscher bereitwillig.

Und das, was Rico dann erzählt, klingt schon sehr an den Haaren herbeigezogen und so ganz anders, als Janine Kunze es mir am Telefon gesagt hat.

„Na, hab’ ich doch schon gesagt: Ich bin nur noch rausgerannt und hab’ mir die Seele aus dem Leib gekotzt. Auf dem Campingplatz hab’ ich dann ein paar Leute kennen gelernt. Zusammen mit ihnen hab’ ich ein paar Bierchen gekippt. – Ich musst’ ja irgendwie wieder runterkommen.“

„Und Sie haben Janine einfach im Camper ihrem Schicksal überlassen?“, hake ich nach.

„War ja ihr Schreihals, Mann!“, spottet er abfällig.

„Was ist dann passiert?“

„Na, als ich wieder zurückgekommen bin, war der Camper leer. – Keine Ahnung, wo die hin ist.“

Ich lehne mich zurück und muss diese Lügerei erst mal verdauen. „Sie wollen mir hier weismachen, dass Janine kurz nach der Geburt das Baby in ein Badetuch eingewickelt, den Camper verlassen und es in den Kanal geworfen hat?“

Lehmann schaut seinen Anwalt an. Der nickt.

„Was weiß denn ich, Mann, was die mit dem Balg gemacht hat. Ich hab' mich jedenfalls aufs Ohr gehauen und als sie morgens wieder gekommen ist, war sie allein."

„Sie haben sie nicht gefragt, was sie mit dem Baby gemacht hat?", will ich wissen und das flaue Gefühl in meinem Magen nimmt langsam überhand.

„Nö, Mann! – Wieso auch! Es war weg und das war's."

Das haben Lehmann und sein Anwalt aber sauber eingefädelt: die ganze Schuld wird auf die vermisste Kunze geschoben, denn wer nicht da ist, kann sich auch nicht verteidigen.

„Wir haben zwei Zeuginnen, die aussagen, dass sie Janine Kunze am Campingplatz gesehen haben. Allerdings hat sie verzweifelt etwas entlang des Kanalufers gesucht und nichts weggeworfen", erkläre ich die Version unserer Kenntnisse.

Er zuckt nur gleichgültig mit den Schultern.

„Wie geht es mit Ihrer Geschichte weiter?", fragt Toni, weil ich jetzt sprachlos bin vor Wut.

Wieder ein Kontrollblick zwischen Mandant und Anwalt.

„Die Alte war nur noch am Rumheulen und ich hab' ihr gesagt, sie soll gefälligst das ganze Blut und das andere Zeug wegräumen, weil ich schon wieder kotzen musste."

„Was hat sie damit gemacht?"

„Keine Ahnung, Mann! Was fragen Sie mich hier für Nonsens, verdammte Scheiße? – Was ist dann passiert? Was haben Sie damit gemacht? … Ich krieg' die Krise hier mit der blöden Fragerei!", flippt Lehmann dann aus und haut mit der Faust auf die Tischplatte ein. Offenbar steht er stark unter Stress. Überzeugend zu lügen, ist offenbar sehr anstrengend, vor allem, wenn man so unterbelichtet ist, wie er.

Aber wie es Anwälte halt so machen, verteidigen sie ihre Mandanten bis aufs Blut. „Können wir eine Pause machen? Mein Klient ist sichtlich überfordert von diesem Verhör."

Aber Toni lässt sich nicht abwimmeln, wohl auch, weil er vermeiden will, dass die zwei sich weitere Lügengespinste zusammenspinnen können. „Nur noch zwei Fragen!“

Dr. Rauscher tätschelt Lehmann gutmütig seine Schulter. „Ist das okay für Sie?“

Mit verzerrtem, grantigem und inzwischen schweißbedecktem Gesicht wirft der Angesprochene uns böse Blicke zu. „Aber nur noch zwei, Mann! Ich hab’ keinen Bock mehr auf den Scheiß hier.“

„Wo hat die Janine die blutigen Sachen und die Nachgeburt entsorgt?“

Rico Lehmann reibt sich angewidert übers nassgeschwitzte Gesicht. „Sie hat das stinkende Zeug in eine Tüte gesteckt.“

„Wo haben Sie diese dann entsorgt?“

Genervt von den Fragen verdreht er die Augen, antwortet aber trotzdem brav: „Ich bin unterwegs in irgendeine Siedlung reingefahren und hab ihr angeschafft, sie soll die muffige Tüte in einen Müllcontainer in einem Hinterhof schmeißen, weil mir von dem Gestank im Camper schlecht geworden ist.“

„Sie haben den Campingplatz unmittelbar nach der Nacht verlassen?“

„Klar, Mann!“

„In welchem Zustand war Ihre Freundin da?“

„Moment, Herr Hauptkommissar Weidinger!“, unterbricht der Anwalt strikt. „Das war eh schon eine Frage mehr als vereinbart. Jetzt machen wir einen Break.“

Mir langt es jetzt allerdings auch! Ich muss raus da, sonst übergebe ich mich. Ich stehe auf und verlasse diesen erdrückenden Raum eilig. Dann renne ich auf das Klo und schmeiße mir kaltes Wasser ins Gesicht. Was ist das nur für ein junger Mensch? Hat der denn gar keine Gefühle, kein Mitleid oder keinen klitzekleinen Funken Anstand in seinem Leib? Er ist im gleichen Alter wie mein Lukas, aber ich kann mir nicht vorstellen, dass mein Kind je so gefühlskalt und gleichgültig gegenüber dem Leben sein könnte. Ich als seine Mutter habe versucht, ihm bestimmte Werte zu vermitteln, und ich bin mir sicher, dass ich alles, na sagen wir fast alles, richtig gemacht habe. Mit 18 hat man zwar noch keine Ahnung vom Leben, aber ich hatte bisher nicht geglaubt, dass man in dem Alter auch schon so verdorben, abgebrüht und verlogen sein kann. Und das, obwohl ich als Polizistin schon oft Abgründe und Niedertracht erlebt habe. Ich bin halt doch noch nicht abgestumpft genug. Oder bin ich so weltfremd? Oder sind wir hier in der Pampa zu behütet aufgewachsen? Hatte Rico Lehmann recht mit seiner Einschätzung über mich, dass ich eine Dorfpolizistin bin, die von der Welt da draußen null Ahnung hat? Ich weiß keine Antwort drauf. Aber ich lebe gern hier und meinetwegen habe ich Scheuklappen vor den Schlechtigkeiten dieser Welt auf, bis ich halt dann durch meinen Beruf wieder damit konfrontiert werde. Es gab noch nicht viele Momente, in denen ich meine Berufswahl bereut habe, aber jetzt ist definitiv so einer. So viel Ungerechtigkeit und Lügerei geht mir gegen den Strich und ich kann nur schwer akzeptieren, dass ich das nicht ändern kann.

Als ich zurück auf den Flur komme, wartet dort Toni auf mich. „Alles okay?“

Ich zucke ratlos mit den Schultern.

Wieder ahnt er wohl, wie es in mir ausschaut.

Er nimmt meine Hand und zieht mich zu sich hin. „Er ist es nicht wert, dass du dir das so zu Herzen nimmst.“

Mein Seufzen soll ihm deuten, dass ich dem nicht ohne Bedauern zustimme. „Darum werd’ ich nachher nicht wieder mit reingehen. Ich kann mir diese Lügerei nicht weiter mit anhören.“

„Hab’ ich mir schon gedacht.“

„Schaffst du den Rest allein?“

Er drückt stolz die Brust raus. „He, wozu bin ich Hauptkommissar!“, will er mich aufheitern.

Ich schmunzle gequält. „Glaubst du, dass er damit durchkommt?“

„Kommt auf den Richter an, aber so, wie ich das einschätz’, attestiert ihm irgendein Psychologe mildernde Umstände wegen Überforderung seiner Lebenssituation, wenn nicht sogar einen psychischen Knacks resultierend aus seiner missratenen Kindheit. So was in der Art hat uns der Lehmann ja schon angekündigt. Und so lange wir die Kunze nicht finden, haben wir nur dein Telefonat mit ihr als Beweis, dass er lügt. So oder so ähnlich wird das laufen."

Mich graust es. „Was haben wir nur für ein Rechtssystem?"

„Wir arbeiten für den Staat, der hinter diesem Rechtssystem steht, Maria!", bemerkt Toni lakonisch.

Ja, so läuft das halt im schönen Deutschland!

Toni und ich verabschieden uns voneinander, als wir auf dem Parkplatz vor meiner heimischen PI in Kelheim stehen. Wir spüren offenbar beide, dass wir eine Auszeit und ein bisserl Abstand brauchen, um alles ein wenig sacken zu lassen, in privater wie in beruflicher Hinsicht. Das Wochenende steht vor der Tür. Hoffentlich ein ruhigeres und erholsameres als das letzte, als ich von Schmerzen geplagt gewesen bin.

„Wir sehen uns am Montag?", fragt Toni bei seinem Auto.

Ich nicke. „ Wir haben noch jede Menge Schreibkram zu erledigen."

Er kommt zu mir her und kneift sanft in mein Kinn. „Grüble nicht so viel!"

Ich lächle gequält. „Der Opa und die Ulli werden mich schon ablenken."

Toni grinst und spottet ironisch: „Das sind genau die richtigen für so was."

„Die Familie kann man sich halt schlecht aussuchen, im Gegensatz zum Partner!", meine ich ironisch und zucke unschuldig mit den Schultern.

Er schmunzelt. „Ich glaub', ich hab' dieses Mal eine sehr gute Wahl getroffen."

Ich lächle ihn spitzbübisch an. „Du kennst mich ja noch gar nicht richtig."

„Und du mich auch nicht!", droht er verschmitzt. Dann gibt er mir ein Bussi. Und noch eins …

Kapitel 16

Den Abend verbringe ich mit dem Opa, weil Lukas und Ulli mal wieder unterwegs sind. Es ist schließlich Samstagabend. Da muss man auf die Piste.

Mich würden keine zehn Pferde in eine so stickige Kneipe oder Disco mehr bringen. Irgendwann jenseits der Dreißig sind mir die Gelassenheit und die Gleichgültigkeit gegenüber dem Brummschädel und der Müdigkeit am nächsten Tag verloren gegangen. Das ist es mir einfach nicht mehr wert. Oder hat es daran gelegen, dass ich Kinder hatte, die einen am darauffolgenden Tag genauso gefordert und gebraucht haben, auch wenn man schlecht beieinander gewesen ist? Vielleicht würde Ulli auch endlich bodenständiger werden, wenn sie ein Kind bekäme. Aber dann habe ich Mitleid mit dem armen Kind. Ulli als sorgsame Mutter kann ich mir einfach nicht vorstellen.

Der Opa und ich machen auf unserer Terrasse gemütlich Brotzeit. Ich erzähle ihm grob von der Vernehmung und der Verlogenheit unseres Täters. „Er schiebt die ganze Schuld auf sie."

„Also, wenn's nach mir ging', dann gehörten diesem schlimmen Bürscherl die Eier abgehackt", stellt der Opa entschieden fest. „Damit er nie wieder ein Kind zustande bringt."

„Bei uns in Deutschland ist Zwangskastration aber verboten."

„Dann lasst mich des machen!" Er vollführt mit seiner senkrecht und flach ausgestreckten Hand eine Geste, als würde er mit einem Beil etwas auseinanderhacken. „Zack! Und ab sind sie!" Dann grinst er selbstgefällig. „Bis die mir den Prozess gemacht haben, beiß' ich eh ins Gras."

„Red' nicht so einen Schmarrn!", fordere ich ihn auf.

Auf einmal wird er ganz melancholisch und tätschelt meine rechte Hand, mit der ich mein Brotzeitmesser festhalte.

Er seufzt niedergeschlagen. „Dieses Mal war es anders, Maria! Ich hab' ganz deutlich gespürt, dass meine Zeit da ist."

„Ach, hast du das? – Warum sitzt du dann jetzt neben mir?", will ich ihn aufmerksam machen, dass er quietschfidel ist.

Er tätschelt meine Hand wieder mit seiner großen, rauhen Pranke. „Machen wir uns nix vor, Maria. Ich bin alt und mei Maschie macht's halt nicht mehr so." Mit der Faust klopft er auf seine Brust. Dann grinst er schelmisch. „Aber so lang, wie s' noch einigermaßen funktioniert, bleib' ich dir noch erhalten und geh' dir auf die Nerven."

Ich muss lachen und drücke ihm ein Bussi auf die Backe. Genau so mag ich ihn am liebsten!

Am Sonntag schlafe ich mich aus und watschle noch im Halbschlaf ins Bad. Ich nehme zwar wahr, dass da jemand duscht, aber ich gehe trotzdem rein und aufs Klo. Das wird bei uns schon immer so gehandhabt, weil wir uns ja kennen und unter uns sind. Und, das muss ich jetzt dazu erklären, unsere Dusche und auch die Toilette im Bad sind jeweils durch eine gemauerte Abtrennung nicht einsehbar. Das hat Martin damals so gewollt, als wir gebaut haben, weil er auch duschen wollte, wenn einer auf dem Häusl hockt oder umgekehrt. Und für ein Extra-Klo hat der Platz im Obergeschoss nicht gereicht.

Als ich dann also zum Waschbecken gehe, um mir meine Hände zu waschen, da steht auf einmal ein nackerter Mann vor der Dusche und trocknet sich ab! An sich schockt mich das kaum noch, aber in diesem Falle ist er mir gänzlich unbekannt und ein ziemlicher Hühne: rießengroß, breitschultrig, weißblond und irgendwie angsteinflößend. Ich erschrecke mich furchtbar und klammere mich an das Waschbecken.

Aber er bemerkt mich nicht, während er sich abtrocknet. Gebannt schaue ich ihm dabei zu. Er ist extrem gut gebaut. Seine Muskeln spielen unter der glänzend nassen und bleichen Haut. Dolph Lundgren ist ein Dreck gegen den! Und dann bleibt mein Blick auf seinem bestem Stück hängen. Kruzinesn! Ich bin baff und erschüttert zugleich und halte die Luft an.

Gut gelaunt und summend wuschelt sich der nordische Riese durchs feuchte schulterlange Haar. Dann sieht er mich. Ich fühle mich ertappt. Mein Gesicht wird rot, ich spüre es direkt. Und dann passiert etwas ganz Unerwartetes: Nach der Schrecksekunde fängt er an zu grinsen. Seine schneeweißen Zähne strahlen mir aus seinem kantigen, langen Gesicht förmlich entgegen und er kommt auf mich zu, ohne seinen Familienschmuck vor mir zu verbergen. Er streckt mir seine Rechte zum Gruß hin und sagt freundlich in einem mir unbekannten Slang: „Guten Morgen, schöne Frau!"

Um den Anstand zu wahren, reiche ich ihm die meine. „Guten Morgen, ... schöner Mann!"

Dann mache ich kehrt und verlasse das Bad schnellstmöglich. Ulli! kommt es mir auf einen Schlag.

Sie muss ihn angeschleppt haben! Vorsichtig schaue ich in ihr Zimmer, das mal dem Quirin seines gewesen ist. Sie ist nicht da, also muss sie schon unten sein. Na warte, Schwesterlein! Dich kaufe ich mir jetzt, denke ich mir und eile geladen die Treppe hinunter in die Küche, wo sie schon fleißig am Werkeln ist. Die Küche schaut aus, als würde sie ein Fünf-Gänge-Menü zubereiten. Sie summt in einem zarten Hauch von Negligé und unfrisierten, langen, blonden Haaren gut gelaunt vor sich hin und richtet das Frühstück her.

„Guten Morgen, Schwesterherz!", trällert sie, als sie mich sieht.

„In meinem Bad ist ein Wikinger!", sage ich scharf, ohne ihren Gruß zu erwidern.

„Das ist der Jonny", meint sie von meinem Ton gänzlich unberührt. „Er kommt aus Uppsala und studiert an der Uni in Regensburg."

Jonny? Was für ein niedlicher Name für so ein Drum-Mannsbild.

„Du kennst ihn also?"

„Ja klar! Ich würd' sogar sagen, dass ich ihn heut' Nacht so richtig gut kennen gelernt hab'." Sie schmunzelt verzückt. „Was der mit seinem Zauberstab alles anstellen kann, das ist un-glaub-lich! – Wenn du nicht mit dem Toni zusammen wärst, würd' ich ihn dir gern überlassen, damit du auch mal auf deine Kosten kommst."

„Nein, danke! Wirklich nicht!“, schimpfe ich. „Ich dacht’, du hättest mich neulich verstanden, Ulli!“

Sie hält in ihrer Geschäftigkeit inne und schaut mich mit fragendem Blick an. „Du hast doch gesagt, nicht mehr in der Öffentlichkeit?“

„Aber dann doch nicht hier in meinem Haus!“, werfe ich ihr vor.

Will sie mich nicht verstehen oder kann sie bloß nicht? Und schon wieder zwängt sie mich damit in die Rolle des Anstandswauwaus.

Sie zuckt nur lapidar mit den Schultern und lächelt unschuldig, während sie mit ihren Frühstücksvorbereitungen fortfährt. „Missverständnis!“

Ich stemme die Hände in die Hüften. „Langsam glaub’ ich, du bist eine Nymphomanin.“

„Ich will doch nur Spaß haben, Mary!“, gesteht sie fröhlich. „Und Sex macht Spaß!“

Wir werden von Jonny unterbrochen, der reinkommt, jetzt angezogen mit bunten Shorts und einem weißen Muskelshirt.

Irritiert schaut er zwischen uns hin und her und fragt auf Englisch: „What’s the problem?“

Offenbar hat er die schlechte Stimmung wahrgenommen.

Ulli wirft sich an ihn und knutscht ihn ab, dass mir schlecht wird.

„Ach, mach’ doch, was du willst!“, bin ich sauer und lasse die zwei allein.

„Aber, was ist jetzt mit Frühstück?‘“, höre ich sie noch sagen.

Die Dusche ist pikobello sauber, als ich reingehe. Einen Anstand scheint dieser Jonny wenigstens zu haben. Während ich dusche, beschließe ich, mir einen schönen Tag zu machen. Wie es ausschaut, wird es ein schöner Spätsommersonntag und ich will an den Agatha-See zum Baden fahren, um wenigstens ein bisserl Urlaubsgefühl für diesen Sommer zu bekommen. Ich packe also alles zusammen und will mich gerade aus dem Haus schleichen, als der Opa plötzlich vor mir im Windfang steht.

Ganz nah kommt er zu mir her und flüstert: „Bei der Ulli in der Küch’ sitzt ein Fremder mit einem Kreuz so breit wie ein Schrank.“

„Ich weiß“, sage ich in normaler Lautstärke.

Ganz verblüfft schaut mich der Opa an. „Warum verhaftest du den denn nicht?“

An dieser Stelle muss ich dazu erklären, dass der Opa in Sachen Weltoffenheit und multikultureller Gesellschaft noch hinter dem Mond lebt oder aber sich strikt dagegen verwehrt. Ich weiß es nicht, aber ich nehme eher das zweite an. Das gibt ihm die Freiheit, nicht eingestehen zu müssen, dass er eigentlich Angst vor Andersgläubigen, Andersdenkenden und Andersaussehenden hat. Und das grundlos. Ein derart, eigentlich wenig fremdartig Erscheinender wie der blonde, muskelbepackte Hühne Jonny ist für ihn automatisch ein Verbrecher, obwohl ihm noch nie ein solcher etwas zu Leide getan hat.

„Weil er nix gemacht hat, für das ich ihn verhaften könnt'“, erkläre ich kurz angebunden.

Aus der Küche dringt heiteres Lachen und Flirten.

Mit großen Augen schaut er mich bestürzt an. „Aber, du musst doch die Ulli vor ihm beschützen! Der tut doch sicher nur so freundlich und dann fällt er auf einmal über sie her.“

„Ich glaub', da hätt' sie nix dagegen“, meine ich ironisch.

Er überlegt kurz. „ … oder über mich, und der raubt mich aus!“

„Was natürlich noch viel schlimmer wär'“, amüsiere ich mich und versichere ihm. „Er ist ein Bekannter von der Ulli. Der tut wirklich nix.“

Aber damit ist der Opa nicht beruhigt. Erst jetzt bemerkt er meine Strandtasche. „Wo willst denn du überhaupt hin?“

„Ich brauch' ein bisserl Ruhe nach den stressigen zwei Wochen.“

„Und was ist mit mir?“, beschwert er sich prompt.

Ich muss eingestehen, dass ich ihn in meiner Planung total vergessen habe.

„Wärst du zur Kur gegangen, wo du eigentlich hingehörst“, mahne ich ihn.

Er breitet resigniert die Arme aus. „Ja, ja! – Aber was soll ich denn jetzt essen? Ich hab' heut noch nix zwischen den Zähnen gehabt, Herrschaftszeiten!"

Jeder, der den Opa kennt, weiß, wie wichtig für ihn die Nahrungsaufnahme ist. Im Grunde gibt es in seinem Leben nix Wichtigeres mehr als seinen Verdauungsapparat von vorne bis hinten. Wenn der nicht reibungslos bedient wird und funktioniert, dann ist er unzufrieden und noch grantiger als sonst.

Ich deute auf die Küchentür und kann mir ein Grinsen nicht verkneifen. „Die Ulli und der Jonny lassen dich bestimmt mitessen."

„Ich setz' mich doch nicht mit einem Verbrecher an einen Tisch!", schimpft er.

„Wennst meinst!"

„Ich könnt' aber auch mal wieder hinüber zum Wirt gehen …", überlegt er laut, schmunzelt dann freudig erregt und schaut mich mit seinem treuesten Hundeblick an. „Was meinst?"

Ich wäge kurz ab, ob ich ihm das erlauben soll. Einerseits hat er gerade einen Herzinfarkt hinter sich, aber andererseits will ich ihm auch sein gewohntes Leben auf seine alten Tage nicht verwehren.

Darum baue ich mich mit erhobenem Zeigefinger vor ihm auf. „Aber nur eine Radler-Halbe!"

Er verzieht das Gesicht. „Ah, geh'! Das greislige Limozeug'."

„Ich sag's dem Jonny da drin", drohe ich ihm und deute wieder zur Küchentür. „Und der holt dich raus aus der Wirtsstube, wenn du nicht gehorchst!"

Der Opa nickt beschwichtigend: „Ja, ja …"

Diese Blamage will er sich offenbar ersparen.

Dann gehen wir beide aus dem Haus und jeder seiner Wege.

Kapitel 17

Der freie Sonntag am Badesee tut mir wirklich gut. Schon lang war ich nicht mehr hier und stelle fest, nachdem ich meine Badematte ausgebreitet habe, wie schön es hier ist. Der Agatha-See ist künstlich in einer Schleife des Kanals kurz vor der Schleuse Haidhof angelegt worden.

Der Parkplatz liegt idyllisch in einem Kiefernwald und ein Feldweg führt die Badegäste durch die hohen Nadelbäume zu den Liegewiesen auf der Süd-Westseite des Sees. Auf der gegenüberliegenden Seite fließt der Kanal, dazwischen hat die Natur sich ihr Terrain wieder zurückerobert und es herrscht Wildnis wie in der Pschlacht.

Natürlich hat der Bau des Rhein-Main-Donau-Kanals das Altmühltal in den Achtzigern und Neunzigern ziemlich verändert, aber anders als viele Gegner des Projektes befürchtet und vorhergesagt haben, sehr zum Positiven. Der Tourismus ist dadurch angekurbelt worden, weil es viele Radwege entlang des Kanals gibt, und die Natur hat sich trotz des baulichen Einschnittes wunderbar erholt. Kleine Städtchen, wie Riedenburg oder auch meine Heimatgemeinde Essing, sind aus ihrem Dornröschenschlaf erwacht und zu schönen Städten und Märkten aufgeblüht.

Ich wandere also über die Liegewiese hinunter zum See, dessen flach abfallendes Ufer mit Kies aufgeschüttet ist. Gleich daneben ist ein Kiosk, der auf Holzstelzen am Seeufer im Wasser steht, mit den Toiletten und Duschen und einer Holzterrasse, die heute bei dem schönen Wetter gut besucht ist. Das Wasser ist zuerst ziemlich kalt und ich wate langsam hinein, bis ich bis zu den Schultern drin bin. Gemächlich schwimme ich ein paar Bahnen, bis es mich fröstelt. Um mich herumtollende Kids auf Surfbrettern oder in kleinen Schlauchboten, Eltern mit ihren Kleinkindern, scherzende Jugendliche, aber auch genüssliche Schwimmer wie mich.

Ich finde wieder Boden unter den Füßen und tauche auf aus dem kühlen Nass.

Dann döse ich in meinem alten Badeanzug, rasierten Beinen, Achseln und haarfreier Bikinizone auf meiner Badematte in der Sonne. Ulli würde sich freuen, mich dermaßen gepflegt zu sehen!

Ja, die Ulli! Es ist schon manchmal schwer, seine eigene Schwester so zu tolerieren, wie sie ist. Ehrlich gesagt, übersteigt das meine Toleranzgrenze schon gewaltig. Schleppt die nicht einen fremden Typen in mein Haus, um ihn im Bett meines Sohnes zu vögeln! Die hat doch echt ein sexuelles Problem! Die vernascht die Männer wie ich Schokoladentafeln. Auf jeden Fall macht ihre Variante nicht dick. – Na, obwohl …

Trotz allem sollte ich ihr dankbar sein, denn sie hat wegen meines desolaten körperlichen Zustandes in der vergangenen Woche noch ein paar Tage länger an ihren Heimaturlaub drangehängt, um sich, wenn Toni in der Arbeit war, um mich und den Haushalt zu kümmern. Und sie hat, was noch viel schöner ist, mich schließlich mit ihm zusammengebracht. Langsam verebbt also dann meine Wut auf sie und ich schmunzle darüber, wie der nackerte Jonny vor mir gestanden hat. Er ist schon ein beeindruckendes Mannsbild, das muss ich gestehen. Geschmack hat Ulli wenigstens, wenn auch nicht ganz den meinen.

Als ich so in der Sonne liege, vermisse ich dann den Toni doch sehr, weil um mich herum viele Liebespaare flirten. Aber ich rede mir ein, dass es so gescheiter ist. Wir wollten beide ein bisserl über uns nachdenken. Wir haben das alles noch vor uns. Die Freude darauf steigert sich in mir ins Unermessliche und versichert mir, dass ich schon alles richtig mache. Ich stelle fest, dass ich Martin gegenüber kaum noch das Gefühl habe, als würde ich ihn betrügen.

Tja, und dann muss ich unweigerlich über das Schicksal von Janine Kunze brüten. Die erste Suchaktion nach ihr war erfolglos geblieben. Toni hat auf mein Drängen hin sogar eine zweite angeordnet, doch weiterhin gibt es keine keine Spur von ihr. Ich versuche, mich in ihre Lage zu versetzen. Sicherlich hatte sie zusätzlich zu ihrer Angst vor dem Freund, der strapazierenden Geburt und dem Verlust ihres Kindes auch noch mit dem Babyblues zu kämpfen gehabt. Diese schwangerschaftsbedingte Depression hatte ich damals auch nach jeder Geburt. Schon die kleinste Kleinigkeit bringt einen dabei zum Heulen, weil die Hormone verrücktspielen. Man schwankt sekündlich zwischen himmelhoch jauchzend und zu Tode betrübt. Allerdings hat es bei ihr nix zum Jauchzen gegeben. Drum kann ich sehr gut nachvollziehen, wenn sie all dem ein Ende hat setzen wollen. Doch trotzdem mache ich mir auch Vorwürfe, dass ich bei ihrem Anruf nicht intensiver auf sie eingeredet habe, um sie zur Vernunft zu bringen. Und dabei komme ich unweigerlich zu Rico Lehmann.

Aber den verdränge ich, weil der ein dermaßen schlechter Mensch ist, dass er es nicht wert ist, auch nur einen Gedanken an ihn zu verschwenden. Ich hoffe inständig, er bekommt einen harten, ungnädigen Richter, der ihn durchschaut. Alles, was ich dazu tun konnte, damit der Mörder der kleinen Pia seine gerechte Strafe erhält, habe ich getan und bin zufrieden.

Auf der Theke der pikobello aufgeräumten Küche finde ich einen Zettel von Ulli, als ich am Abend nach Hause komme. Sie entschuldigt sich darauf ausschweifend für den erneuten Vorfall und auch dafür, dass sie sich spontan dazu entschlossen habe, mit Jonny ein paar Tage nach Paris zu fahren. Und Tschüss!

Typisch Ulli! So gern ich sie habe, aber jetzt bin ich sie los und ich muss ihren Männerverschleiß nicht mehr miterleben. Aber ich bin auch ein bisserl neidisch, weil sie einfach mal so nach Paris abhauen kann, ohne groß darüber nachdenken zu müssen.

Später am Abend ruft mich der Bär an. „Endlich erwisch' ich dich! Wo bist du denn den ganzen Tag?“, beschwert er sich.

„Es ist Sonntag und ich hab' keine Bereitschaft, so viel ich weiß!“

„Wie ist die Vernehmung vom Lehmann gelaufen?“, kommt er ohne Rücksicht darauf zur Sache.

Ich seufze, liefere einen kurzen Bericht ab und er lässt sich ausgelassen über das windige Bürscherl aus. Als er fertig ist, pausiert er kurz. Ihm brennt noch etwas anderes unter den Nägeln: „Was ist jetzt eigentlich mit dem Toni?"

Ich tue ahnungslos. „Was soll denn mit ihm sein?"

„Na, bleibt der bei uns oder geht der wieder zurück nach Landshut?"

Ich bin erleichtert. „Natürlich wird er wieder nach Landshut zurückgehen."

„Aha!", gibt der Bär sich zufrieden. „Dann läuft also alles wieder normal."

„Ja! Alles so wie früher."

Ich höre ein Zögern, bevor er verlegen fragt: „Und was läuft da zwischen ihm und dir?"

„Wir … wir haben prima zusammengearbeitet", weiche ich aus.

„Ach, nennt ihr zwei das so?"

„Hast du ein Problem damit?"

„Überhaupt nicht, solang er es ernst mit dir meint."

„So schaut's aus, Markus", gestehe ich fast ein bisserl gerührt, dass er so besorgt um mich ist.

„Dann passt's ja."

„Ja, es passt."

Damit ist alles gesagt hier bei uns in Bayern.

„Bis morgen dann", verabschiedet er sich und wir legen auf.

Dann machen der gut gelaunte Opa und ich auf der Terrasse gemütlich Brotzeit und er erzählt mir brühwarm, was er beim Wirt am Stammtisch alles erfahren hat.

Als ich am Montag die PI betrete, ist alles so wie immer. Der Kopierer in der Ecke schnurrt und wirft ein Blatt nach dem anderen aus, es duftet nach frisch gebrühtem Kaffee, einige Kollegen sitzen an ihren Schreibtischen in der Amtsstube, der Schubert nimmt ein Protokoll einer älteren Frau auf, die auf dem Gästestuhl neben seinem Arbeitsplatz hockt und es herrscht traute Betriebsamkeit. Es ist fast so, als hätten wir nie einen Baby-Mord gehabt und das ganze Tamtam darum herum wäre nie gewesen. Wie sehr habe ich mir diese Normalität herbeigewünscht!

„Guten Morgen beinand'", grüße ich die Kollegen gut gelaunt und erfrage wie üblich eine kurze Bestandsaufnahme: „Gibt's was Wichtiges?"

Der Koller kommt zu mir an den Tresen. „Bedauere, Mary, aber hier ist alles wieder beim Alten." Er schmunzelt zufrieden.

Ich schaue zum genervten Schubert samt seiner Kundschaft hinüber. „Was ist damit?"

„Taschendiebstahl drüben im Einkaufszentrum. Der Schubert und ich waren vor Ort, der Täter allerdings schon über alle Berge."

„Täterbeschreibung?"

„Nimmt der Schubert grad auf: vermutlich osteuropäische Herkunft."

„Na dann …", stelle ich nur fest, weil das unser alltägliches Geschäft ist.

Ich klopfe auf die Tresenplatte und wandere in mein Büro weiter.

Es ist leer und irgendwie bin ich enttäuscht. Nicht mal der Bär ist da. Wird Toni noch kommen oder kommt er nie mehr wieder? Mein Herz krampft sich zusammen. Sollte ich mich so getäuscht haben in ihm? Aber dann kommen Schritte auf dem Flur näher und er steht hinter mir in der Tür mit zwei Kaffeehaferln in den Händen.

„Guten Morgen!", begrüßt er mich fast vergnügt. „Ich hab' uns schon mal Kaffee geholt, weil unsere Arbeit heut' ziemlich trocken sein wird."

Dann beugt er sich zu mir her und drückt mir ein Bussi auf den Mund. Mich durchfluten eine wohlige Wärme und eine tiefe Erleichterung. Alles ist okay. Was auch sonst?

Er lässt sich an meinem Schreibtisch nieder und stellt den Kaffee ab.

„Den Bär hab' ich für heut' ins Konferenzzimmer ausquartiert. Wir beide müssen uns wegen dem ganzen Schreibkram besprechen können."

Ich folge ihm an den leeren Schreibtisch vom Bär. „Und das hat er so einfach hingenommen?"

Er nickt und schmunzelt. „Und außerdem bin ich sehr gern mit dir allein."

Weiter kommen wir nicht, denn dann betritt der Übelacker mit seinem obligatorischen Aktenkoffer in Hemd, Krawatte und Sakko unser Büro. Er stellt den Koffer auf dem Gästestuhl ab und schüttelt jedem von uns zufrieden die Hand. „Endlich habe ich Gelegenheit, Ihnen persönlich zu gratulieren: Glückwunsch, meine Kommissare. Gut gemacht! Innerhalb zweier Wochen ist der Fall aufgeklärt. Das macht mich stolz." Sein Lachen ist übertrieben gekünstelt. „Frau Spangler, Sie haben wirklich geglänzt in diesem Fall!"

„Kaum zu glauben, was so eine einfache Dorfpolizistin draufhat, was Herr Dr. Übelacker?", kann ich mir eine Stichelei nicht verdrücken.

Der Herr Staatsanwalt ist um keine Antwort verlegen: „Sie haben doch keinerlei Erfahrung mit Mord, Frau Spangler! Hier in der Provinz, wo so etwas gewissermaßen nie vorkommt. – Ihnen kam einzig zugute, dass Sie lokal so gut integriert sind."

„Irgendwann lohnt es sich halt, wenn man gut mit seinen Schäfchen auskommt", stelle ich fest und spiele damit auf die Mooslechnerin, meine beste Zeugin, an. Die wird mich jetzt allerdings hassen, so nehme ich es zumindest an. Der Opa hat nämlich das Gerücht mit heimgebracht, dass ihr Mann ihr die Hölle heiß gemacht hat, nachdem die Spurensicherung den ganzen Campingplatz auf den Kopf gestellt hat. Sie darf jetzt nicht einmal mehr zur Yoga-Stunde von Bärbel kommen.

„Und es lohnt sich auch, wenn man an die Öffentlichkeit geht", verteidigt der Übelacker seine Strategie.

Wo wir schon bei überbordendem Selbstlob sind, füge ich noch hinzu: „Und ich habe immer gesagt, dass die Täter nicht von hier sind."

„Naja, Regensburg ist jetzt grad auch nicht weit weg", meint der Staatsanwalt pedantisch.

„Die Täter sind aber ursprünglich keine Einheimischen."

„Ja, ja! Diese Zuagroastn!", lacht der Übelacker übertrieben künstlich im Dialekt. „Aber Ihre Essinger sind auch nicht alle Engel."

„Hauptsach' Ihre Spezln bleiben alle brav", kontere ich geschickt und schmunzle über meinen eigenen Scherz.

Er tut so, als überhörte er diese Ironie und streckt Toni würdevoll die rechte Hand hin. „Es war wirklich eine bereichernde Zusammenarbeit mit Ihnen. Ab morgen werden Sie dann wohl Ihren Dienst wieder in Landshut ableisten. Ich wünsche Ihnen alles Gute und bedanke mich für Ihre Unterstützung."

Diese Bemerkung macht es mir erst so richtig bewusst: ab morgen wird Toni seinen Dienst wieder in seiner Heimat tun und ich bin wieder allein mit dem Bär.

Toni fühlt sich sichtlich geschmeichelt und nimmt den Dank bereitwillig an.

„Kann ich nicht den Toni behalten und Sie dafür nach Landshut schicken?", unterbreche ich die beiden Männer in ihrer Fachsimpelei.

Das bringt Toni zum Schmunzeln und den Übelacker sichtlich aus der Fassung. „Also, Frau Spangler! Ich bitte Sie …" Hocherhobenen und erröteten Hauptes schnappt er sich seinen Aktenkoffer und trabt beleidigt durch die offene Bürotür davon.

„Warum kannst du dich nicht einfach mit ihm vertragen?", fragt mich Toni dann und seufzt.

„Weil er ein Gschaftlhuber ist."

Er kommt zu mir herum und beugt sich zu mir herunter, während er seine Hände auf meine Schultern legt. „Hast du das von mir nicht auch gesagt?"

Ich schmunzle. „Der Bär war das."

Verlegen weiche ich seinen forschenden blauen Augen aus. Dann küsst er mich.

Plötzlich rauscht der Koller herein. Wir erstarren. Ist es denn zu viel verlangt, dass jeder, der hier rausgeht, die Bürotür hinter sich zumacht, Kruzinesn?

Er ist verlegen und interessiert zugleich, als er uns so vertraut zusammen sieht. „Oh, Entschuldigung! – Ich wollt' nicht stören." Und schon ist er wieder weg.

„Spätestens in fünf Minuten weiß es die ganze PI", stelle ich genervt fest.

Toni zuckt mit den Schultern. „Irgendwann wär' es sowieso rausgekommen."

Da hat er auch wieder Recht. „Aber vielleicht wär' ich gern erst eine Zeit lang mit dir beieinander gewesen."

„Willst du das denn?", fragt er mich spitzbübisch und seine Augen glänzen, weil er die Antwort längst weiß. Ich sehe wieder den jungen Toni von damals in ihm. Und ich fühle mich auch wieder so jung und voller Leben wie zu der Zeit.

Ich zögere gespielt geniert. „Könnt' ich mir schon vorstellen."

Er grinst bis über beide Ohren und beugt sich wieder zu mir herunter.

Kapitel 18

Eine Woche später ist der Opa nach langem, intensivem und gutem Zureden auf Kur fort und ich bekomme eine Ansichtskarte von Ulli aus Paris. Auch ihr Jonny hat unterschrieben. Sie hat ihn also noch!

Außerdem wird eine weibliche Leiche gefunden. Höchstwahrscheinlich ist sie unsere gesuchte Janine Kunze. Sie wurde donauabwärts bei Straubing auf eine Kiesbank getrieben. Ich will mir gar nicht vorstellen, wie sie nach über zwei Wochen im Wasser ausschaut und fahre erst in die Rechtsmedizin, als Lorenz mich anruft, dass der Obduktionsbefund fertig wäre.

Er nimmt gerade eine Leiche auseinander, als ich mit dem blassen Bär im Schlepptau ins Schlachthaus komme. Gegen die große Glasscheibe des Sezierraumes klopfend, mache ich auf uns aufmerksam. Der Rechtsmediziner lächelt nicht wie sonst, als er ins Büro kommt, nachdem er seine blutige Plastikschürze und Gummihandschuhe, die Schutzbrille und den Mundschutz abgenommen hat. Er gibt auch nicht den obligatorischen Handkuss. Täusche ich mich oder benimmt er sich heute anders als sonst? Irgendwie kühl, distanziert und abweisend. Kommentarlos gibt er mir die Mappe mit dem Obduktionsbericht von einem Haufen ähnlicher Schriftstücke auf seinem chaotischen Schreibtisch.

Trotzdem es mich davor graust, öffne ich die Mappe und blicke auf die Fotos von der toten Janine Kunze auf dem Edelstahl-Seziertisch. Ihr Gesicht ist aufgeschwemmt und bleich und ihre Unterlippe fehlt teilweise. Auch ein Piercing ist im linken Nasenflügel noch erkennbar. Auf einem weiteren Bild dann die Hände der Toten mit den langen künstlichen Fingernägeln, die teilweise fehlen. Trotz alledem ist es für mich nicht eindeutig, ob sie es auch wirklich ist, zumal ich sie nie persönlich kennen gelernt habe. Augenblicklich wird mir übel und ich schließe die Mappe wieder. Wenn der Leichendoc uns schon extra herzitiert, dann soll er auch seinen Bericht abliefern. Lesen hätte ich den Befund auch in der PI können, wenn er ihn uns geschickt hätte. Und das hätte vollkommen gereicht, weil der Fall ja bereits geklärt ist.

Fragend schaue ich also Lorenz an, der sich an seinen Computer gesetzt hat. Aber er ignoriert mich und den Bär und haut auf seiner Computertastatur herum.

„Also?", mache ich ihn aufmerksam.

Er hält inne, dreht sich auf seinem Bürostuhl zu uns her und liefert sachlich seinen Bericht ab:

„In der Lunge war Wasser, und zwar dad gleiche wie in der Donau, folglich ist sie auch darin ertrunken. Die äußeren Verletzungen, wie die Schürfwunden, sind postmortal und stammen vom Treiben im Flussbett, jenauso wie die Fraßspuren von den Fischen. Keine Fremdeinwirkung erkennbar. Folglich Suizid."

Mir wird schlecht und der Bär neben mir räuspert sich auch verdächtig.

„Habt ihr einen DNA-Abgleich mit dem toten Baby gemacht?", frage ich.

„In Arbeit! Aber die genitalen, äußeren Verletzungen und der vergrößerte Uterus lassen darauf schließen, dass die Tote vor kurzem ein Kind jeboren hat", erklärt er kühl weiter. „Die Tote ist also ganz offensichtlich eure jesuchte Janine Kunze."

Sie hat also ihre Ankündigung in die Tat umgesetzt. Jetzt ist sie tot. Inzwischen habe ich mich einigermaßen damit abgefunden, denn ich hätte es nicht verhindern können.

„Dann werde ich ihre Eltern noch zur Identifikation herbitten", kündige ich lakonisch an.

Er nickt nur. Was hat er heute nur?

„Sonst noch was?", frage ich ihn irritiert.

„Ick hab' auf einen Anruf von dir jewartet, Maria", lässt Lorenz schließlich die Katze aus dem Sack. „Hat dein Kollege dir meine Genesungswünsche nicht ausjerichtet?" Dabei schaut er den Bär abfällig an.

„Hab' ich in dem ganzen Trubel ganz vergessen. Sorry!", erklärt mir der Bär betreten. „Ich warte draußen." Und schon ist er weg.

Seufzend steht Lorenz auf und kommt auf mich zu. „Ick hab' jehört, du hast ein Jespusi."

Daher weht also der Wind!

„Gspusi, wenn schon", berichtige ich nicht ohne eine Spur Verlegenheit.

„Er ist auch ein Cop?"

Offensichtlich ist er gut informiert und die Gerüchteküche bis zu ihm durchgedrungen.

„Ein Kollege aus Landshut", gestehe ich zurückhaltend. „Wir kennen uns von früher."

Warum erzähle ich ihm das alles?

Nach einer kurzen Pause fragt Lorenz weiter: „Warum er und nich icke?"

Ich schaue ihn neugierig an. „Du hast dir doch bei mir nicht ernsthaft Hoffnungen gemacht?"

Sein empörter und gleichzeitig enttäuschter Blick durchbohrt mich und deutet mir so das Gegenteil.

Verlegen weiche ich ihm aus. „Es tut mir leid. Das hab' ich nicht geglaubt ..."

Ehe ich mich versehe, verschwindet er durch die Tür in sein Reich. Ich schaue ihm durch die Glasscheibe nach, wie er sich eine frische Plastikschürze umbindet. Meine Antennen haben wohl seine Signale nicht richtig erkannt. Oder war ich zu abgelenkt durch den Baby-Mord?

Einige Wochen später jedenfalls erzählt mir der Bär dann, der Leichendoc wäre zurück in seine Berliner Heimat gekehrt. Ob ich daran schuld bin? Ich weiß es nicht und ehrlich gesagt, ist es mir auch wurscht.

Wieder drei Wochen später hat der Opa seine Kur um zwei Wochen verlängert, weil er, oh welche Überraschung, sich einen Kurschatten, namens Rosmarie, angelacht hat, der oide Lüstling! Ich glaube zwar nicht, dass da noch was zwischen denen läuft, oder besser gesagt, ich will es mir gar nicht erst vorstellen, aber er blüht richtig auf. Bei meinem Besuch in der Kurklinik im Bayerischen Wald verliert er kein Wort mehr von wegen ‚sei Maschie ist hie' oder ‚seine Zeit wäre abgelaufen'. Ich muss dazu sagen, dass die Rosmarie eine wirklich sympathische Frau ist. Gerade Siebzig geworden, hat auch sie einen Herzinfarkt hinter sich. Für ihr Alter schaut sie noch recht fit und adrett aus. Ich frage mich wirklich, was sie mit dem Opa will. Gegen die fesche Frau wirkt er wie ein oider, runzliger und buckliger Waldschrat. Ich befürchte, die Liebelei wird ein jähes Ende finden, sobald sie wieder in ihren gewohnten Leben zurück sind.

Toni ist die meiste Zeit hier bei mir in Essing. Auch einige seiner Kleidungsstücke und Toilettenartikel haben Einzug in mein Haus gefunden und ich bin ernsthaft am Grübeln, ihn zu fragen, ob er nicht ganz bei mir einziehen will.

Lukas ist damit einverstanden, weil er jetzt doch auf der Suche nach einer Wohnung in Regensburg ist. Sein täglicher Weg mit dem Auto in die dortige Uni ist für seinen schmalen Geldbeutel doch zu kostspielig. Es beruhigt ihn, dass ich nach seinem Auszug nicht ganz allein mit dem Opa in dem großen Haus sein werde. Und dem Opa passt es auch, weil der momentan auf Wolke sieben schwebt.

Nach der Brotzeit schlendern Toni und ich zum Friedhof und besuchen zuerst das Grab von Martin und dann das von Pia. Auf irgendeine Art und Weise fühlen wir uns mit dem kleinen ermordeten Mädchen verbunden, weil sie uns indirekt zusammengebracht hat. So hatte ihr Sterben wenigstens ein wenig Sinn, wenn man es von der Seite betrachten mag. Darum schauen wir auch bei unseren gelegentlichen Spaziergängen bei ihr vorbei.

Wie versprochen hat Rita die Grabpflege übernommen und es schön herbstlich bepflanzt mit weinroten Veilchen und Erikas.

„Ich hab' um meine Versetzung nach Regensburg gebeten", sagt Toni auf einmal, als wir den Friedhof gerade wieder verlassen.

Ich schaue ihn überrascht an. „Nach Regensburg?"

„Ich habe früher gern dort gearbeitet", erklärt er verlegen.

Soll ich jetzt auch einen Vorstoß wagen?

„Ich wollt' dich sowieso fragen, ob du nicht bei mir einziehen magst."

„Das muss nicht sein", sagt er betreten.

Ich bin verwirrt. „Wie meinst du das?"

„Na, du musst dich nicht dazu verpflichtet fühlen. Ich such' mir eine Wohnung in Kelheim oder so", erklärt er mir und wir gehen auf der Dorfstraße langsam zurück nach Hause.

Ich bleibe stehen. „Aber das wär' doch ein Schmarrn."

„Ich will nicht, dass du irgendwann feststellst, dass dir das mit uns alles zu schnell gegangen ist und du es bereust", erklärt er weiter.

Ich stelle mich vor ihn hin. „Auf was sollen wir warten? Bis wir irgendwann rausgefunden haben, ob wir wirklich zusammenpassen? Wir sind nicht mehr die Jüngsten, Toni. Und ich will dich immer um mich haben, jede Minute meines restlichen Lebens. Das ist alles, was ich weiß."

Er lächelt sanft und küsst mich. „Das war die schönste Liebeserklärung, die ich je bekommen habe."

Arm in Arm mit einem glückseligen Gefühl schlendern wir weiter und es entgeht mir nicht, wie sich die Vorhänge des Esszimmerfensters von Rita Katzmeiers Haus bewegen, als wir daran vorbeikommen. Jetzt hat sie wieder was zu erzählen, die oide Ratschkathl!

Als wir in meine Einfahrt abbiegen, steht da Ullis weinroter Mini und sie hockt auf der Treppe zur Haustür. Sie schaut drein wie ein Häuflein Elend.

Als sie uns sieht, steht sie auf und fällt mir in die Arme. „Mary!"

„Was tust du denn da?", will ich wissen. „Ich dacht', du bist wieder in München?"

Ulli windet sich. „Bin ich ja auch."

Ich sehe, dass sie geweint hat.

Von ihrer sensiblen Seite kenne ich sie nicht und das irritiert mich. „Was ist los?“

Toni merkt, dass er fehl am Platz ist. „Ich werd duschen.“

Ulli und ich folgen ihm ins Haus und gehen in die Küche. Sie redet nicht drauflos wie sonst. Das gefällt mir gar nicht und frage sie, ob sie was trinken möchte. Sie schüttelt den Kopf. Als ich dann neben ihr an der Küchentheke auf dem zweiten Hocker Platz genommen habe, bricht sie schließlich in Tränen aus. Ich lege den Arm um sie und gebe ihr ein Papiertaschentuch.

„Was ist denn passiert, Kruzinesn?“

„Ich bin schwanger!“, platzt sie raus.

Mir stockt vor Schreck der Atem. „Wirklich?“

„Vermutet hab’ ich es schon länger, aber mein Frauenarzt hat es mir heut’ bestätigt, verdammter Mist! – Was mach’ ich denn jetzt?“

Das muss ich erst sacken lassen. „Ich dacht’, du verhütest wenigstens anständig …“

Sie zieht eine Lätschn und verteidigt sich: „Hab’ ich doch! Aber einmal ist das Kondom kaputt gegangen. – Beim Jonny!“

„Der Jonny also …“, verstehe ich. So viel sie mir erzählt hat, ist er wieder zurück in seine schwedische Heimat.

„Und jetzt halt mir keine Moralpredigt darüber, was die Leut’ sagen werden!“, liest sie meine Gedanken. „Das ist mir so was von egal.“

Ich schnaufe tief durch. „Was hast du also vor?“

„Keine Ahnung! – Deswegen bin ich ja hier.“

„Ich soll dir sagen, was du machen sollst?“, bin ich verunsichert.

„Du hast doch Kinder.“ Es klingt fast wie eine Anklage.

„Ja, und?“

Sie lächelt mich gequält an. „Deine Jungs sind dir wirklich gut geraten. Und du hast sie nach dem Tod von Martin alleine groß gekriegt.“

„Aber das war kein Kinderspiel“, gestehe ich ihr und schließe aus ihren Worten, dass ihr Jonny wohl nicht die Vaterrolle übernehmen wird. „Darüber musst du dir im Klaren sein.“

Sie macht eine nachdenkliche Pause und fleht mich dann an: „Hilfst du mir?"

Ich antworte nicht, weil ich damit völlig überfordert bin.

Während sie versonnen ihren flachen Bauch betrachtet und mit ihrer manikürten Hand darüberstreichelt, gesteht sie mir: „Irgendwie spür' ich, dass da was ganz Besonderes in mir wächst. Aber andererseits habe ich Zweifel, ob ich eine gute Mutter sein kann. – Ich bin nicht so wie du."

Ich nehme ihre Hand, mit der sie gerade noch ihren Bauch liebkost hat. Keine werdende Mutter weiß, was auf sie zukommt, und das ist auch gut so, denn sonst wäre die Menschheit längst ausgestorben. Aber ich kenne Ulli, ihre Begeisterungsfähigkeit, ihren Ehrgeiz und Enthusiasmus und ihr gutes Herz, um wenigstens zu erahnen, dass sie das packen wird. Natürlich werde ich sie unterstützen, gar keine Frage. Aber einfach wird das für uns beide nicht werden, befürchte ich.

„Gut, ich helfe dir. – Soweit ich kann."

Auf diese meine Antwort hat sie offenbar gehofft und gebangt und fällt mir heulend und erleichtert um den Hals.

Am späten Abend liegen Toni und ich nach einem geselligen Beisammensein mit Ulli nebeneinander im Bett. Natürlich hat sich das meiste Gespräch nur um ein Thema gedreht: Kinder!

„Ich kann mir die Ulli beim besten Willen nicht als Mutter vorstellen", sagt Toni nachdenklich.

„Ich auch nicht, aber sie wird das schon schaffen." Ich schmiege mich an ihn. „Wann lern' ich eigentlich mal deine Tochter kennen?"

Er schaut mich erstaunt an. „Ich wusste nicht, dass du das willst."

„Natürlich!"

„Ich werd' sie anrufen."

Ich höre die Unsicherheit in seiner Stimme.

„Außerdem hast du mir immer noch nicht geantwortet."

Wieder ist er verwundert. „Auf was?"

„Ob du bei mir einziehen willst?"
„Bist du dir da ganz sicher?"
„Ja!", sage ich entschlossen. „Aber nur, wenn du kein Problem damit hast, dass der Opa hier wohnt, meine Söhne kommen und gehen, wann es ihnen passt, und in Zukunft ab und zu eine genervte Ulli mit ihrem Baby unsere Nachtruhe stören wird."
Verlockend klingt das wirklich nicht, muss ich feststellen.
„Solang du auch dabei vorkommst, dann will ich das, ja!", sagt er dann ganz feierlich und wir müssen beide lachen.

Epilog

Rico Lehmann krümmt sich auf dem Fußboden des Speisesaals der JVA Straubing zusammen. Der letzte Fußtritt in seine Eingeweide hat ihm den Rest gegeben. Sein demolierter Kopf dröhnt und aus seiner Nase tropft das Blut auf den grauen Linoleumboden. Das Gejohle und schadenfrohe Gelächter seiner Mithäftlinge, die ihn gerade verdroschen haben und ihn jetzt umringen, klingt hallend in seinem Kopf. Die Ohnmacht hüllt ihn immer mehr ein.

„Wir mögen nämlich keine Kindermörder!", sagt der dicke Willi.

Die anderen um ihn stimmen sarkastisch zu. „Genau, du mieses Schwein!"

„Babymörder!"

„Scheißkerl!"

„Feigling!"

„Drecksau!"

Breitbeinig und voller Genugtuung steht der dicke Willi über ihm und spuckt auf ihn hinab.

Dann ertönen endlich warnende Rufe von den Wärtern.

Rico fragt sich noch, wie dieser Willi herausgefunden hat, warum er hier ist. Er selbst hatte es jedenfalls niemandem gesagt. Sein Anwalt hatte es ihm geraten: „Kindermörder sind im Knast nicht sonderlich beliebt!"

Alles wegen so einem Scheiß-Baby! Dieses blöde Balg hatte sein ganzes Leben versaut, nur weil die Drecks-Schlampe Janine unfähig dazu gewesen war, die Pille zu schlucken, und schwanger geworden war! Bloß gut, dass die Alte im Wasser verreckt war, denn sonst würde er ihr sinnloses Leben beenden, wenn er erst wieder draußen war! Nur wegen ihr, dieser Jammer-Tussi, saß er hier! Was für eine Befriedigung wäre es, wenn er ihr so lang den Hals zudrücken würde, bis sie aufhörte zu zappeln. Ein Grinsen huscht über seine aufgeplatzten Lippen.

Ein herbeigeeilter Wärter dreht ihn auf den Rücken und ruft seinen Namen. „Herr Lehmann!“

Willi befreit sich aus dem Griff eines weiteren Justizvollzugsbeamten, der ihn zurückdrängt. „Da! Jetzt grinst diese Drecksau auch noch so schmierig! – Na warte, Bürscherl!“

Rico sieht noch die profilierte Sohle des Schuhs seines Angreifers auf sein Gesicht zukommen, dann wird es endgültig schwarz um ihn.

Dankschön …

… möchte ich meinen Testlesern sagen: meiner Schwester Simone und meinem Schwager Wolfgang Lichtenegger; meiner Freundin Claudia Fischer und natürlich meinem Mann Volker, der mich darin bestärkt hat, einen Verlag für mein Erstlingswerk zu suchen.

Danke für euren Aufwand und eure Begeisterung!

Dann gilt mein Dank auch den Mitarbeitern des SüdOst-Verlages, die in irgendeiner Weise zum Gelingen dieses Buches beigetragen haben; im Besonderen aber Josef Roidl und Manuela Bonfissuto, die mir die Chance zur Veröffentlichung gegeben haben, und meinem Lektor Andreas Dick, den ich beim Überarbeiten des Manuskriptes ziemlich in Anspruch genommen habe.

Danke für die gute Zusammenarbeit!

Dankbar bin ich in gewisser Weise auch Sabina. Tatsächlich wurde ihre kleine Leiche am 24. August 2000 bei Heidenstein von einem Angler aus dem Rhein-Main-Donau-Kanal gefischt. Leider konnte ihre Mutter nie ausfindig gemacht und konnten ihre Todesumstände nie geklärt werden. Sabinas tragisches Schicksal hat mich zu diesem Krimi inspiriert und soll ihr somit ein Andenken sein.